KB078565

絶對天王 절대천왕

장담 新무협 판타지 소설
FANTASTIC ORIENTAL HEROES

절대천왕 1

장담 新무협 판타지 소설

초판 1쇄 찍은 날 § 2008년 5월 1일
초판 1쇄 펴낸 날 § 2008년 5월 10일

지은이 § 장담
펴낸이 § 서경석

편집장 § 문혜영
편집책임 § 서지현

펴낸곳 § 도서출판 청어람
등록번호 § 제1081-1-89호
등록일자 § 1999. 5. 31
어람번호 § 제2-1478호

주소 § 경기도 부천시 원미구 심곡1동 350-1 남성B/D 3F (우) 420-011
전화 § 032-656-4452 팩스 § 032-656-4453
http://www.chungeoram.com
E-mail § eoram99@chollian.net

© 장담, 2008

ISBN 978-89-251-1302-9 04810
ISBN 978-89-251-1301-2 (세트)

※ 파본은 구입하신 서점에서 교환하여 드립니다.
※ 저자와 협의하여 인지를 붙이지 않습니다.
※ 이 책은 도서출판 청어람과 저작자의 계약에 의해 출판된 것이므로,
   무단 전재 및 유포 · 공유를 금합니다.

1

제천신궁(帝天神宮)

절대천왕

장담 新무협 판타지 소설
FANTASTIC ORIENTAL HEROES

悲覇天王

도서출판 청어람

작가의 말   6

序   9

제1장   사석지계(捨石之計)   13

제2장   제학전(提學殿)   47

제3장   세 가지 약속   107

제4장   묵령기환보(墨靈奇幻寶)   155

제5장   세상 밖으로   179

제6장   무은도(霧隱島)   211

제7장   기다려라, 비상(飛上)할 그날을!   257

제8장   누구도 그를 막지 못할 것이다!   283

제9장   추적(追跡)   303

천사혈성을 완결 짓고 잠시 쉬며 책을 읽었습니다.

그 와중에 눈에 콕 박히는 대목이 있어 다시 자판을 두드리기 시작했습니다.

그런데 어느새 출간을 하게 되었네요.

이번에는 단순히 복수와 음모를 파헤치는 것만이 아니라, 절대자가 되어가는 과정을 그려볼까 합니다.

애달픈 사랑의 걸도…….

그리고 지면을 빌어 문피아의 독자 여러분께 사과의 말씀을 드립니다.

출간이 예상보다 빨리 진행되는 바람에 연재를 올리다 말고 버리게 되었습니다.

대신 일전에 써놓았던 유쾌한 풍의 글, '광룡기(狂龍記)'를 연재하오니 용서해 주시기 바랍니다.

신록이 짙어지고, 꽃향기 가득한 오월.

금강님을 비롯한 문피아의 동도 여러분, 청어람의 식구 여러분 덕분에 쉼없이 다섯 번째 출간을 하게 되었습니다.

그 모든 분들께 감사드립니다.

장담.

序

사월 사일.

마주 앉은 두 사람은 뚫어지게 바둑판을 노려보고 있었다.

흑백이 복잡하게 얽힌 가운데 이백오십여 수가 진행된 상태였다. 혼전에 혼전을 거듭한 바둑은 후반을 향해 치달리더니 싸움이 절정에 이른 상황이다.

한데 흑돌을 쥔 자는 한참 동안 다음 수를 놓지 못하고 바둑판의 중앙 근처에 시선을 고정시킨 채 그대로 굳어버렸다.

얼마나 지났을까. 흑돌이 바둑판 정중앙 천원에 떨어졌다.

"졌네. 사석지계(捨石之計)에 완전히 당했어. 허어, 설마 그 요석(要石)을 버릴 줄이야……!"

왜소한 체구의 중년인이 백돌을 가려내며 조용히 말문을 열었다.

"때로는 제아무리 중요한 돌도 버려야 할 줄 알아야 합니다, 주군."

그때까지도 바둑판에서 시선을 떼지 못하던 장대한 체구의 중년인이 불만이 가득한 표정으로 투덜댔다.

"그래도 그렇지, 아마 자네가 아니라면 천하의 누구도 버리지 않을 요석이었네."

"아마 선우 대협이었다면 한 점 망설임 없이 버렸을 겁니다."

"그 친구 욕심없는 거야 나도 알지. 그렇게 붙잡아도 떠돌이 생활이 좋다고 돌아다니더니, 이제는 동정호 한가운데에다 터전을 만든 인간이 아닌가?"

그 말에 왜소한 체구의 중년인이 빙그레 웃었다.

그는 바둑알을 다 쓸어 담고는 고개를 들더니 담담한 목소리로 말했다.

"사석지계가 성공하기 위해서는 버릴 돌과 때를 잘 택해야 하는 법이지요. 저라면… 저를 버리겠습니다."

난데없는 말인데도 무슨 뜻인지 아는 듯 장대한 체구의 중년인이 눈을 부릅떴다.

"안 되네! 그건 절대 안 돼!"

"지금이 버릴 때입니다. 방법은 그것밖에 없습니다."

"군사!"

"선약당의 황 당주 말로는 잘해야 석 달 정도 남았다 했습니다. 어차피 죽을 목숨, 너무 마음 쓰실 것 없습니다, 주군."

장대한 체구의 중년인이 이를 악물고 잇새로 말했다.

"자네 정말… 나를 몹쓸 사람으로 만들 작정을 했구먼."

"대신 제 집사람과 자식을 부탁하겠습니다."

그날, 자신의 죽음을 말하며 조용히 웃는 그의 얼굴에는 그늘 한 점 보이지 않았다.

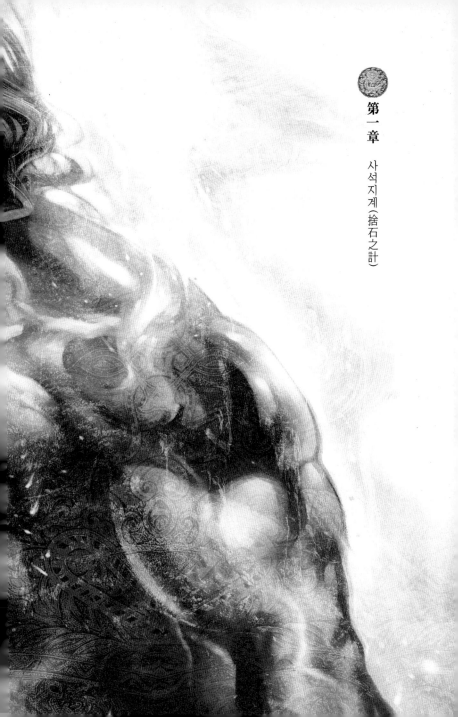

第一章

사석지계(捨石之計)

絶對天王

퍽!

발길질에 나가떨어진 소년은 이를 악물고 일어섰다.

한 놈이 안 되겠으니 비겁하게 두 놈이 덤빈다. 그것도 자신보다 나이가 두어 살 많은 놈들이.

소년은 입가의 피를 소매로 훔쳐 내며 전면을 노려보았다.

"한 놈씩은 자신이 없어? 그러고도 대제천신궁의 무사들이 될 생각이야?!"

"흥! 죄인의 자식 놈이 말이 많구나!"

"우리 아버지는 죄인이 아니야!"

"그럼 왜 너희 엄마랑 외성으로 쫓겨난 건데? 소천이 네 아버지 때문에 수백 명이 죽었는지 살았는지 모르는 곳에서 실종되었다는 걸 몰라? 그중에는 우리 삼촌도 있단 말이야!"

"아직 확실한 것은 아무것도 없어! 그러니 함부로 말하지 마!"

"건방진 새끼! 군사의 아들이라고 해서 봐줬더니 주둥아리만 살아가지고……."

"봐줘? 누가 누굴 봐줘?! 네놈들이 언제 봐주고 싸웠어?! 덤벼! 덤벼봐!"

두 소년이 와락 덤벼들더니 소년을 두들겨 팼다.

처음에는 제법 격식을 갖춘 초식을 쓰다가도, 조금만 지나면 서로 엉킨 채 마구잡이 싸움이 되었다.

그 와중에도 소년, 좌소천은 눈을 빤히 뜨고 두 소년의 움직임을 놓치지 않았다.

덕분에 세 대 맞을 것을 두 대, 두 대 맞을 것을 한 대만 맞았다. 그러더니 조금 지나자 가끔씩 상대 소년들을 한 대씩 때리기도 했다.

하지만 소년들은 좌소천보다 훨씬 컸고, 둘이나 되었다.

게다가 자신은 아버지에게 심법만 배웠을 뿐 초식은 몰래 훔쳐 배운 것이 다였으나, 두 아이는 무공을 정식으로 오 년 이상 배운 아이들이었다.

바닥을 구르길 몇 번.

좌소천은 손이 닿는 곳에 곤봉처럼 길쭉한 돌이 보이자 재빨리 집어 들었다.

"어디 계속해 봐!"

순간 두 소년은 뜨거운 물이라도 등에 끼얹어진 듯 깜짝 놀라 뒤로 물러섰다.

"비겁하게 돌을 들기야!"

"둘이서 덤비는 너희들이 더 비겁해! 하나씩 덤벼! 그럼 돌을 버릴 테니까!"

좌소천은 물러선 소년들을 씩씩거리며 노려보았다.

눈을 치켜뜨고 독기를 뿜어내는 좌소천의 기세에 두 소년은 기가 질린 듯 서로를 돌아보았다.

"그만 가자. 저 독종 새끼도 이제 함부로 까불지 못할 거야."

"에이, 퉤! 생각 같아서는 확 뼈를 부러뜨리고 싶은데……."

그러면서도 뒤돌아서지 못하고 천천히 뒤로 물러나는 두 소년이다.

두 소년은 아는 것이다. 싸움은 아직 끝나지 않았다는 것을.

좌소천은 절대 물러서는 법이 없었다. 한 번 싸움이 벌어지면 정신을 잃을 때까지 달려들었다.

작은 체구 어디에서 그런 독기가 뿜어져 나오는지, 한두 번 싸워본 아이들은 다시는 좌소천과 싸우려 하지 않았다. 무공을 몇 년씩 배웠다는 아이들도 혼자는 좌소천과 싸우는 걸 꺼려할 정도였다.

자신들 역시 평소라면 건드리지 않았을 것이다. 고개를 푹 숙이고 걸어가는 좌소천이 요즘 와서 기가 죽은 것처럼 보이지만 않았다면.

어쨌든 두 소년이 뒤로 물러서자 좌소천도 돌을 바닥에 내던지며 피 섞인 침을 뱉어냈다.

"퉤!"

자신도 모르게 눈물이 나왔다.

뱉어낸 피 섞인 침보다 더 진한 눈물이었다.

"아버진 죄인이 아니야! 절대로!"

분명 그럴 것이다. 그래야 한다.

그런데 언제부턴가 그 믿음에 금이 가고 있었다.

그래서 더 화가 나고 눈물이 나왔다.

"아버지는… 아버지는 죄인이 아니란 말이야. 치잇!"

끼이익.

문을 열고 집에 들어가자 어머니가 보였다.

여느 때보다 싸늘해 보이는 표정이다.

고개를 푹 숙이고 들어가자 어머니가 말했다.

"가서 씻고 오너라. 점심 먹어야지? 아버지는 내궁에 들어가셨으니 우리 먼저 먹자."

"예, 어머니……."

좌소천은 기어들어 가는 목소리로 대답하고 우물이 있는 뒤쪽으로 돌아갔다.

이상하게 어머니만 대하면 주눅이 들었다.

무표정한 얼굴 때문인지, 아니면 어릴 때부터 냉정한 모습만 봐서인지 말을 걸기가 어려웠다. 하고 싶은 말이 가슴속에

쌓여 저 뒤쪽의 황강산보다 더 높아진 지가 오랜데.

왜 어머니는 나에게 저리도 싸늘한 걸까?

어머니는 정말 나를 사랑하지 않는 걸까?

어느 덧 열셋.

생각을 할 수 있을 때부터 지금까지 좌소천은 늘 그게 궁금했다.

사실 무공을 정식으로 배우지 못한 것도 어머니 때문이다.

아버지가 군사이기에 뛰어난 무공을 얼마든지 배울 수 있었다. 그런데도 무엇 때문인지, 다른 것은 다 아버지에게 양보하면서도 자신이 무공을 배우는 일에 대해서만큼은 양보하지 않았다.

그나마 기초적인 심법을 배우는 것에 대해서 관여하지 않은 것만도 다행이라면 다행이었다.

'쳇, 몰래 배운 것 가지고는 애들에게 당할 수 없단 말이야……'

그렇다고 손을 놓고 있었던 것만은 아니었다.

눈이 있으니 내궁을 지키는 호성당 무사들의 연무를 가끔 훔쳐보며 초식을 익혔다.

하지만 그 정도로는 정식으로 몇 년씩 무공을 배운 아이들을 당해낼 수가 없었다.

그때 문득 든 생각에 좌소천의 눈이 반짝였다.

'근데 아버지는 왜 내궁에 들어가셨지? 이제야 죄가 없다는 것이 밝혀졌나?

사석지계(捨石之計) 19

그럴지도 몰랐다. 그러니 근신하는 분을 내궁으로 불렀을 것이 아닌가 말이다.

좌소천은 환해진 얼굴로 우물에서 물을 길어 머리에 쏟았다.

'그럼 그렇지! 아버지는 죄가 없어!'

아이들에게 두들겨 맞은 곳이 멍은 들었지만 아무런 아픔도 느껴지지 않았다.

'아버지가 내궁에 들어가셨다잖아! 와하하하!'

2

백 년 전만 해도 강호인들은 강호에 가장 큰 영향을 끼치는 대문파를 꼽으라 하면 대부분이 스물세 곳을 꼽았다.

정도의 구파일방과 오대세가, 마도의 팔대마세.

그런데 어느 날, 그들의 천하에 등장해 팔대마세 중 다섯 곳을 밀어내고 패권을 이룬 거대 세력이 있으니, 강호인들은 그들을 천하오패라 불렀다.

그중 하남성 남단 신양 서쪽 황강산의 백만 평 대지에 둥지를 튼 곳이 있으니 그곳이 바로 제천신궁(帝天神宮)이었다.

칠월 초하루.

천하오패 중의 북패(北覇), 제천신궁의 내궁에 긴장감이 맴돌았다.

주요 간부들은 정오까지 모두 제천전으로 모이라는 제천무제 혁련무천의 명이 떨어진 것이다.

느닷없는 명령에 제천전으로 모여든 사람들은 모두 마흔네 명.

이원, 사전, 사단, 십당의 주인들과 일선에서 물러난 장로들까지, 신궁의 오천 무사를 다스리는 최고위급 간부들이 모두 모였다.

그리고 정오 정각.

"의견을 말해보라!"

제천신궁의 궁주 제천무제 혁련무천의 일갈이 삼백 평 대전을 쩌렁쩌렁 울렸다.

"폭풍전야라는 말을 알 것이다. 팽팽한 세력 간의 균형이 깨지려 하고 있다. 이 위기를 헤쳐 나갈 해법이 있는 자는 말해보라!"

장로인 비월수 유지청이 벌떡 일어서서 말했다.

"신월맹(新月盟)과 전마성(戰魔城)이 연합한다는 보고가 있었습니다. 그대로 놔둬서는 아니 되옵니다, 궁주!"

제천신궁은 신양에서 오십 리 서쪽에 위치해 있다.

북쪽은 소림과 화산, 황보세가.

서쪽은 무당과 제갈세가.

동쪽은 남궁세가와 황산검문, 해왕방이 수백 년 동안 기틀을 다져 놓은 곳이어서 세력을 뻗치는 데 한계가 있을 수밖에 없었다.

하기에 지금까지 호북과 호남성 쪽으로 부챗살처럼 세력을 뻗쳐 왔다.

그런데 제천신궁 정남쪽 황파(黃坡)에 있는 신월맹과 형주(荊州)의 전마성이 연합해서 자신들을 견제하면, 호남 쪽으로 내려가는 수로와 육로가 동시에 차단되고 마는 것이다.

그리되면 그 피해가 말할 수 없을 정도로 커질 뿐만 아니라, 결국은 안위조차 위협을 받게 될 터. 보고만 있을 수는 없었다.

"하면 그들의 연합을 막을 수 있는 방법이 있는가?"

"사자를 보내 연합을 방해하면 어떻겠습니까? 비록 근래 들어 사이가 벌어지긴 했지만, 그래도 신월맹주 초동강은 궁주님과 사돈지간이 아니옵니까?"

"그들이 본 궁주의 말을 들을 거라 생각하는가? 그들을 설득시킬 묘안이라도 있는가?"

"그게……."

그가 머뭇거리자 다른 자가 일어섰다.

"궁주께 아뢰옵니다!"

"말해보게."

"저희도 다른 곳과 연합을 하면 어떻겠사옵니까?"

"다른 곳과?"

"당금 오패 중 해왕방은 너무 멀고, 남은 곳은 사천련이옵니다. 그들과……."

"설마 그대는 본 궁과 사천련이 말보다 검을 먼저 들이대는 사이라는 것을 모르는 것은 아니겠지? 한데도 손을 잡으라 이 말인가?"

"꼭 손을 잡으라는 것이 아니옵고……."

"앓아!'

적의 적은 친구가 될 수도 있다.

그러나 꼭 그렇지 않은 부류도 있다. 제천신궁과 강서성의 패자 사천련이 그런 사이였다.

이후로도 몇 사람이 일어서서 의견을 말했다. 하지만 타 세력의 연합으로 인해 압박감을 느낀 제천신궁의 위기를 구할 뚜렷한 묘책이 나오지 않았다.

그렇게 시간이 흐르자 모두가 입을 다물고 상석의 거대한 태사의에 몸을 묻은 혁련무천만 바라보았다.

잠시 침묵이 흐를 때였다.

"속하가 한 말씀 드리겠습니다."

조용히 앉아 있던 왜소한 중년인이 일어섰다.

혁련무천의 표정이 와락 일그러졌다.

"자네가? 그러고 보니 자네가 여기는 왜 왔는가? 근신하라 하지 않았는가?"

"제천무령이 궁주님의 명을 전하였는데 어찌 오지 않을 수가 있겠습니까, 궁주?"

"뭐라? 제천무령이 죄인인 그대에게도 전갈을 보냈다고? 이런, 이런……."

"아직 군사의 지위를 박탈당하지 않다 보니 그만 실수를 한 듯합니다. 하나, 어차피 왔으니 속하의 의견을 말씀드릴까 합니다."

그때 옆에 앉아 있던 자가 눈을 치켜뜨고 말했다.

"그냥 앉으시오, 좌 군사. 죄인이면 죄인답게 굴어야 하지 않겠소? 최근만 해도 그대로 인해 본 궁 최강의 무사단인 제천단 이백여 고수가 실종되어 죽었는지 살았는지도 모르는데, 그들의 한 맺힌 원성이 들리지도 않소?"

한때는, 아니, 석 달 전만 해도 일인지하 만인지상의 위치에 있던 그다. 그러나 연이어 세 번의 실수를 하고, 오백여 정예무사를 아무런 소득도 없이 잃은 그는 단 석 달 만에 죄인이 되어 버렸다.

심지어 가족들도 내궁의 군사부에서 외궁으로 쫓겨나다시피 한 상황이었다.

"어찌 그걸 모르겠습니까, 다만 마침 제게 의견이 하나 있어서……."

그래도 고개를 숙이며 끝까지 말하겠다는 그다.

결국 혁련무천이 짜증나는 표정을 지으며 그의 의견 개진을 허락하였다.

"말해보라. 여기까지 왔으니 말하는 것 정도야 못 들어주겠는가?"

그제야 그가 말했다.

"본 궁과 가장 가까운 곳은 신월맹이옵니다."

"그걸 모르는 사람이 누가 있는가!"

"또한 나머지 사패 중 지리적으로 가장 중요한 곳에 위치한 곳이기도 합니다."

혁련무천의 송충이 같은 눈썹이 꿈틀거렸다.

"아는 것 말고, 새로운 것을 말하란 말이다!"

"예, 궁주."

짜증을 내는 혁련무천의 다그침에도 굴하지 않고 그가 천천히 자신의 의견을 말했다.

"본 궁과 신월맹의 힘이 합쳐지면 전마성도 사천련도 감히 도발할 수 없을 것이옵니다."

쾅!

혁련무천이 태사의의 팔걸이를 부서지도록 내려치고 벌떡 일어섰다.

"유승, 자네! 나에게 억하심정이 있는 건가? 그렇군. 삼척동 자도 아는 이야기를 하는 걸 보니 틀림없이 그런 것 같구먼."

"어찌 속하가……."

"아니라 이 말인가? 좋다! 그럼 본론을 말해봐라! 만일 특별 한 계책이 나오지 않는다면 내 용서치 않고 지난일의 죄까지 물을 것이니라!"

혁련무천의 대노에 모두가 침을 삼키는 것도 삼가고 눈도 굴리지 않았다.

바늘 하나만 떨어져도 천둥벼락같이 들릴 것 같은 대전의 분위기다.

그 가운데 그가 입을 열었다.

"신월맹과 단순히 손을 잡는 것이 아니라, 신월맹을 쳐서 흡 수하자는 것이옵니다, 궁주."

"뭐라!!"

혁련무천이 버럭 소리쳤다.

그런데도 왜소한 체구의 그는 흔들리지 않고 말을 이었다.

"비록 신월맹의 총단이 난공불락의 요충지에 자리 잡고 있다고는 하나, 저에게 신월맹의 총단을 단숨에 부술 수 있는 비책이 있사옵니다."

"그대가 감히……! 그간의 공을 생각해서 참형의 죄를 단순히 근신하는 것으로 무마했거늘, 뭐라? 사돈지간인 신월맹을 쳐?"

"궁주, 궁주의 누이가 안타깝기는 하나, 대의를 위해……."

"그만!!"

혁련무천이 으르렁거리며 불길이 이는 눈으로 그를 노려보았다.

"여봐라! 제천무령주 여가룡은 밖에 있느냐!"

갑자기 혁련무천이 밖을 향해 소리쳤다.

대전의 문이 덜컹 열리고 장대한 체구의 중년인이 안으로 들어섰다.

"속하 대령이옵니다, 궁주!"

혁련무천의 손이 그를 가리켰다.

"죄인 좌유승을 묶어 뇌옥에 가두어라!"

쿵!

대전에 앉아 있던 오전오각의 주인들이 벌떡 일어섰다. 개중에 좌유승과 가깝게 지냈던 몇 사람이 다급히 앞으로 나섰다.

"궁주! 좌 군사의 죄를 용서해 주십시오!"

"그간의 공을 생각해서라도 이번 한 번만……."

혁련무천이 단칼에 그들의 말문을 막아버렸다.

"그만! 누구도 그를 비호하지 마라! 그는 나와 사돈지간인 신월맹을 치고자 하는 자다! 감히 나 혁련무천을 배덕한 자로 취급했단 말이다! 닷새 후 참형에 처할 것이니 모두 그렇게 알고 물러가라! 누구든 그를 비호하려는 자는 함께 참형으로 다스릴 것이니라!"

대전이 뒤흔들릴 정도로 노성을 내지른 그는 자신의 말이 끝나자 홱 몸을 돌렸다.

"데려가라!"

뒤에서 제천무령주가 수하들에게 명령을 내리는데도 돌아보지 않았다.

"괘씸한 놈! 아우처럼 대해주었거늘, 뭐라? 내 누이가 어떻게 되든 말든 신월맹을 치자고?"

그는 끓어오르는 노화를 참지 못하겠는지 다시 몸을 홱 돌렸다.

"모두 돌아가게! 당분간 회의는 없네!"

돌아서서 소리치는 그의 눈이 파르르 떨렸다.

"유승……. 잘 가게."

3

칠월 육일 아침.

일천의 군중이 지켜보는 가운데 한 사람의 참수형이 집행되었다.

　제대로 알지도 못하면서 오백의 최정예무사를 천하사대금지 중 하나인 귀무곡(鬼霧谷)에 집어넣어 실종되게 했다는 죄였다.

　거기에 더해 궁주를 기만하고, 궁주 부인과 사돈지간인 신월맹을 이간질시키려 했다는 죄목이 추가되었다.

　"아버지가 무슨 죄를 지었단 말이에요! 아버지를 살려주세요, 궁주님!"

　"궁주, 자비를 베풀어주십시오!"

　가족들과 친우들의 처절한 울부짖음에도 형의 집행은 멈추지 않았다.

　콰르르릉!

　하늘에서 갑자기 뇌성벽력이 일고 굵은 빗줄기가 쏟아진 순간, 얼어붙은 은빛 비늘처럼 차가운 칼날이 그대로 좌유승의 목에 떨어졌다.

　"아버지!!"

　"여보!!"

4

　칠월 칠일 저녁.

　신월맹에서는 맹주인 비월신군 초동강의 거처에서 축하연

이 열렸다.

가장 껄끄러웠던 적인 제천신궁의 군사 신유(神儒) 좌유승의 죽음을 축하하는 연회였다.

"하하하하! 혁련무천이 그래도 의리는 있단 말이야. 우리가 전마성과 접촉하고 있다는 것을 알면서도 사돈 간의 의를 잊지 않다니, 안 그런가?"

"그러게 말입니다. 이거 괜히 미안한 마음이 듭니다, 맹주."

"별수있나. 우리도 우리의 안전을 위해 그런 것인데. 그래도… 당분간은 전마성과도 거리를 두세나. 혁련무천이 자신의 오른팔보다 아끼던 자를 죽이면서까지 마음을 보였는데 우리도 뭔가를 보여줘야 하지 않겠나?"

"알겠습니다, 맹주. 그러잖아도 전마성에 잠시 일을 미루자고 연락을 넣었습니다."

"하하하! 잘했네. 현웅, 역시 자네는 내 마음을 아는구먼. 자, 들게! 신월맹의 무궁한 번영을 위하여!"

"맹주께서도 만복을 누리소서!"

그렇게 연회가 무르익어 자정이 되어갈 때쯤이었다.

갑자기 밖이 소란스러워졌다.

"무슨 일인가?"

대답 대신 신월전의 문이 떨어져 나갈 듯이 거세게 열리고 한 사람이 다급히 들어섰다.

사십대 초반의 중년 무사였다. 뛰다시피 초동강 앞에 당도

한 그가 바닥에 무릎을 꿇고 다급히 외쳤다.

"맹주!"

"무슨 일인데 이리 소란이냐!"

사현웅이 이마를 찌푸리며 들어선 자를 향해 소리쳤다.

하지만 들어선 자는 그를 안중에 두지도 않고 초동강을 향해 소리쳤다.

"급습이옵니다!"

"무슨 뚱딴지같은 소리냐! 술 취했느냐!"

"놈들이, 제천신궁 놈들이 쳐들어왔사옵니다, 맹주!"

초동강이 술잔을 들어 올리며 파안대소를 터뜨렸다.

"푸하하하하! 전위, 그리 말한다고 내가 놀랄 거라 생각하나? 이봐, 현웅. 전위에게도 술 한잔 따라주게나! 아마 우리끼리만 마시니까 골이 난 모양일세!"

초동강의 말에 신월맹 상현당주 전위가 번쩍 고개를 쳐들었다.

"이미 만월평의 입구까지 놈들의 수중에 들어갔사옵니다! 곧 이곳으로 쳐들어올……."

한데 바로 그때였다.

전면이 아닌 후면에서 처절한 비명과 외침이 암흑 천공을 떨어 울렸다.

"으아악!"

"웬 놈이냐!"

"적이다! 모두 일어나서 적을 막아라!"

그게 시작이었다.

갑자기 나타난 오백의 제천단이 난공불락이라 여겼던 신월맹의 후면을 급습했다.

전면으로는 제천신궁의 삼천 정예무사가 들이닥쳤다.

그들의 움직임은 너무도 빨랐다.

알아챘을 때는 이미 오백의 제천단이 후면의 삼백 장 높이 절벽을 타고 모두 올라온 이후였다.

술에 취한 무사들은 제대로 대항도 해보지 못하고 썩어 말라버린 갈대처럼 허무하게 무너졌다.

게다가 전면의 유일한 통로가 막히는 바람에 외부에 있던 무사들은 만월평으로 올라오지도 못했다.

일천이면 일만을 막아낼 수 있다는 천혜의 요지 만월평이 일시에 최악의 악지로 바뀌어 버렸다.

"으아악!"

"사, 살려줘!!"

처절한 비명과 살고자 발악하는 아우성에 하늘이 떨었다.

비명이 커지면서 고이던 피가 넘쳐흐르고, 뒤편의 절벽으로 피의 폭포가 떨어졌다.

그날, 하늘도 숨을 죽이고 만월평의 참사를 외면했다.

그리고 마침내 제천무제 혁련무천이 초동강의 심장을 가루로 만들면서 싸움이 끝이 났다.

"초동강! 네 피로써 좌 군사의 넋을 위로하리라!"

난공불락의 요충지에 세워져 있던 천하오패천 중의 하나인 신월맹의 총단이 단 하룻밤 만에 끝장나 버린 것이다.

5

한 장의 서신이 좌소천의 손에 쥐어졌다.

열세 살, 아직 어린 나이인 그의 눈에서 쏟아진 피눈물이 마르기도 전이었다.

아들아, 한비자 설난(設難) 십이편, 대부(大夫) 관기사(關其思)의 이야기에 대해 알지? 안다면 이 아비의 죽음을 너무 슬퍼하지 말거라. 이 아비는 어차피 더 살지 못할 몸이었다. 하기에 아비의 온전치 못한 몸을 돌봐준 궁주의 은혜를 갚기 위해 스스로 관기사가 되기로 한 것이란다.

…중략…….

너도 알겠지만, 궁주께선 그동안 아비의 뒤틀린 기혈을 다스리기 위해 십수 년간 수많은 영약을 쓰시지 않았더냐. 덕분에 너와 함께 지낼 수 있었고 말이다. 미리 말해주지 못한 것은 비밀을 지키기 위해 어쩔 수 없었음이니 네가 이해해야 할 것이다. 부디 어머니를 잘 모시고…….

"어, 어떻게… 이런 일이……. 아버지!"

좌소천은 서신을 움켜쥐고 몸을 부들부들 떨었다.

아버지가 남긴 서신이었다. 이미 읽어보았는지 하늘을 올려다보는 어머니의 눈이 텅 비어 있다.

벌써 한 시진째. 저대로 쓰러지지 않을까 겁이 날 정도다.

'아버지! 왜? 왜?!'

이대로 통곡이라도 하고 싶었다.

하지만 어머니를 생각하면 그럴 수도 없었다.

자신이 통곡하면 어머니의 가슴에 맺힌 피멍울이 터져 버릴지도 모른다.

그렇게 다시 한 시진이 더 지났을 때다.

어머니의 입이 열렸다.

"무정한 양반."

아버지에 대한 원망도 슬픔도 담겨 있지 않은 듯한 무감정한 목소리였다.

하지만 좌소천은 알고 있었다. 어머니가 슬픔을 감추기 위해 억지로 감정을 짓누르고 있다는 것을.

"어머니……."

좌소천의 목에서 자갈로 쇠를 긁는 듯한 목소리가 새어 나왔다.

어머니가 답하듯 다시 입을 연다.

"나쁜 사람……."

'차라리 우세요, 어머니! 소리 내어 원망이라도 하면서 우세요!'

"나에게 미안하다는 말도 할 기회를 주지 않고 그렇게 가버리다니……. 정말 나쁜 사람이다, 네 아비는……."

'맞아요. 아버지가 잘못한 거예요. 말도 없이 이런 법이 어디 있어요? 하지만 어머니가 참으세요, 제발……. 어머니마저 쓰러지시면 저는 어떡해요.'

"그러니 너무 슬퍼하지 마라. 네 아버지는 네가 그렇게 슬피 울어줄 만큼 잘난 짓을 한 사람이 아니다."

"어머니, 어머니부터 몸을 추스르세요. 아버지가 잘못했는데 왜 어머니가 고생하세요."

"그래. 나도 일어나마. 그럼, 일어나야지!"

다짐하듯 강하게 말하시는 어머니시다. 그러나 속은 텅 비어 공허한 울림이 이는 것만 같다.

좌소천은 아무런 표도 내지 않고 천천히 무릎을 폈다.

저릿저릿한 것이 수십 개의 바늘이 핏줄에 박힌 듯했다.

좌소천의 무릎이 반쯤 펴졌을 때다.

"안에 있소?"

밖에서 묵직한 음성이 들렸다.

좌소천도, 좌소천의 어머니 은선향도 그 목소리의 주인을 알고 있었다. 너무나 잘 알아서 목소리를 듣는 순간 이가 악다물어지고 얼굴이 창백하게 굳어버렸다.

아버지의 목숨을 구해준 자! 아버지를 죽인 자!

남편의 목숨을 부지시켜 준 자! 남편의 목을 자른 자!

제천무제 혁련무천, 바로 그였던 것이다.

"뭐라 할 말이 없소, 부인."

제천무제 혁련무천의 머리가 숙여진다.

천하제일의 세력을 이룬 제왕의 고개가 꺾인다. 한낱 초부 앞에서.

하지만 여인은 고개를 꼿꼿이 쳐든 채 혁련무천을 응시하며 말했다.

"궁주께서는 그분이 어떤 말을 했다 해도 거절하셔야 했어요. 그런데 그러지를 못하셨죠."

"내 어찌 그걸 모르겠소. 구차한 변명은 하지 않겠소."

앞에 있는 자는 은인인가, 원수인가.

원수라 하기에는 그간의 은혜가 너무 크고, 은인이라 하기에는 무너진 가슴이 너무 참담하다.

은선향은 이를 악물고 눈을 부릅떴다.

"이제 어떻게 하실 건가요?"

"일단 좌 군사의 명예를 먼저 회복시키겠소. 본 궁의 제일공신으로 추대하고 그에 준하는 대우를 해드리겠소이다."

"편안한 죽음과 맞바꾼 것치고는 대단하군요."

비꼼이 가득한 목소리에선 서리가 내리는 듯하다.

그런데도 혁련무천은 조금도 흔들리지 않고 조용히 말했다.

"병법을 아는 사람은 많으나 병법을 실천에 옮길 수 있는 사람은 그리 많지 않소. 그리고 병법과 자신의 목숨을 맞바꿀 수 있는 사람은 거의 없소. 좌 군사는 그런 대우를 받아 마땅하오."

"훗! 정말 대단한 분이셨군요, 제 낭군님은!"

은선향의 목소리에 칼날이 섰다.

그러자 혁련무천이 침중한 목소리로 말했다.

"남자이기 때문이오. 또한 한 아이의 아버지이기 때문이오. 남편과 아버지는 세상에서 가장 강하고 독한 사람이 될 수밖에 없소. 나는… 부인께서 부디 좌 군사의 진심을 알아주었으면 싶소."

질끈 눈을 감은 은선향의 목소리가 떨려 나왔다.

"그 바람에 저는 그분께 지은 죄를 영원히 갚을 수 없게 되었어요. 아시겠어요? 죽을 때까지 가슴에 죄를 묻고 살아갈 수밖에 없게 되었단 말입니다."

그녀의 눈가에서 이슬이 방울져 떨어졌다.

좌소천은 무릎걸음으로 다가가 어머니의 눈물을 닦아주었다.

혁련무천의 눈이 좌소천을 향했다.

"좌 군사는 소천이와 부인을 나에게 부탁했소."

"그랬더군요. 저에게 씻을 수 없는 죄를 짓게 만들더니, 그것만으로도 부족했는지 이제는 아들마저 넘겨주겠다고 했더군요."

힘이 하나도 없는 목소리였다.

좌소천은 어머니의 손을 잡고 고개를 저었다.

"어머니, 저는 누가 뭐라고 해도 어머니 곁에 있을 거예요. 걱정 마세요."

그런데 은선향이 고개를 저었다.

"아니다. 너는 네 아버지의 뜻을 따라야 한다."

"아닙니다, 어머니! 저는⋯⋯."

"그것이 이 어미로 하여금 네 아버지에게 두 번의 죄를 짓지 않게 하는 것이다. 무슨 말인지 알겠느냐?"

"어머니!"

은선향은 매몰차게 고개를 돌리고 혁련무천에게 말했다.

"궁주께 이 아이를 맡기겠어요. 그분의 뜻대로. 데려가세요."

한데 이번에는 혁련무천이 고개를 저었다.

"아직은 아니오. 당분간은 부인의 곁에 놔두고 사흘에 한 번씩 내궁으로 보내시면 되오. 그러다 열여섯이 되면 그때부터 본격적으로 가르치도록 하겠소."

미처 생각지 못한 듯 은선향의 얼굴이 조금 밝아졌다. 마치 빼앗겼던 아들을 되찾기라도 한 것마냥.

"그나마 고맙군요."

"다시 한 번 말하지만 정말 미안하오, 부인."

은선향은 아무런 대답도 않고 눈을 감았다.

그러자 혁련무천이 다시 좌소천을 바라보았다.

"너는 이제부터 나를 백부라 불러라. 나와 네 아비는 남이 보지 않는 곳에서는 호형호제하며 지냈느니라."

'그런데 왜 아버지를 그렇게 죽게 했어요!'

아버지의 뜻이었다고 했다. 하지만 어린 좌소천으로선 이해할 수가 없었다.

"소천아."

은선향의 재촉이 있고 나서야 질겅거리며 입술을 씹던 좌소천의 입이 열렸다.

"예… 백부."

다음날, 날이 새자 제천전에서 혁련무천의 일성이 터져 나왔다.

좌유승에 대한 이야기였다.

그가 목숨을 던져 꾸며낸 계책에 대한 칭송이었다.

"군사 좌유승에게 태군사의 칭호를 내리노라! 또한 그의 가족에게 태군사가 누릴 수 있는 모든 혜택을 주겠노라!"

제천신궁의 궁도들은 좌유승의 죽음에 대한 내막을 듣고 모두가 할 말을 잃었다.

그런 한편으로 좌유승의 죽음을 탄식하며 애도했다.

뒤늦게 치러진 장례는 열흘간 이어졌다.

그동안 좌유승의 위패 앞에는 수많은 군웅들이 운집했다.

죽은 좌유승을 향해 동료들을 사지(死地)에 몰아넣고도 자신의 죄를 모르는 뻔뻔한 놈이라 욕한 자, 그의 시신에 침을 뱉었던 자들은 피를 토하면서 용서를 빌었다.

"오, 맙소사! 이 죄를 어찌 감당하리오!"

"좌 군사, 우리가 죽일 놈들이외다!"

"용서해 주시오, 좌 군사!"

좌유승의 목을 친 망나니는 자신의 칼을 부러뜨리고 열흘간 울부짖었다.

좌유승의 실패를 성토했던 군사부의 문사들은 붓을 꺾고 좌유승의 위패 앞에서 석고대죄하며 죄를 빌었다.

천하가 좌유승의 충절에 탄성을 금치 못했다.

좌유승 같은 군사가 있기에 제천신궁이 천하제일패가 되었다며 그의 죽음을 애도했다.

심지어 신월맹의 살아남은 무사들마저 자신들에게 좌유승 같은 군사가 없음을 탄식하며 그의 충절 앞에 건배를 했다.

그러나 오직 두 사람만은 감동도, 칭송도 하지 않았다.

두 사람은 그저 원망할 뿐이었다.

―아버지는 바보야!

―나쁜 사람!

하지만 저 하늘 아래, 그 두 사람보다 좌유승의 죽음을 슬퍼하는 사람이 누가 있을까.

6

열흘에 걸친 좌유승의 장례가 끝난 다음날.

은선향은 깊숙한 곳에서 낡은 궤를 하나 꺼내 좌소천에게 내밀었다.

"받아라."

"무엇입니까, 어머니?"

"네 아버지에게 내가 무슨 죄를 지었는지 아느냐?"

말이 별로 없는 어머니였다. 한 번도 제대로 안아주지도 않던 어머니였다.

어릴 때는 그런 어머니가 무섭게 느껴지기도 했다.

걸어 다니면서부터 책과 놀고, 또래의 아이들에게 독종처럼 행동한 것도 어쩌면 그 때문인지 몰랐다.

"자세히는 모릅니다."

은선향은 물끄러미 궤를 내려다보더니 나직이 말했다.

"바로 이것 때문이었다."

좌소천은 왠지 어머니의 목소리가 떨리고 있다고 느껴졌다.

"이것 때문이라니요?"

"정확히는 이 속에 든 것 때문이지."

은선향은 기다란 손가락을 뻗어 궤의 뚜껑을 열었다.

궤 안에는 금판이 차곡차곡 겹쳐져 있었는데, 봉황 같기도 하고 용 같기도 한 괴상한 동물이 그려져 있는 덮개까지 모두 일곱 장이었다. 그리고 아래에는 작으면서도 제법 두꺼운 책자가 놓여 있었다.

"이 어미의 집안에 전해지던 물건이다. 이것만 아니었다면 네 아버지는 누구보다도 건강하게 살아왔을 것이다. 기혈이 뒤틀려 불구의 몸이 되지도 않았을 것이고, 죽음과도 같은 고통을 참으며 살아오지 않아도 되었을 것이다. 나는 그렇게 될지도 모른다는 것을 알면서도 이것을 네 아버지에게 주었다."

그녀가 스무 살 때의 일이다.

당시 좌유승은 제천신궁의 촉망받는 후기지수 오 인에 꼽히는 절세기재였다. 그러면서도 제천오룡이라 불리던 그들 중 인물과 집안이 가장 뒤떨어지는 자였다.

부상을 입은 채 적에게 쫓기던 은선향은 우연히 그에게 목숨을 구원받았다. 그 후 그의 집에 숨어 지내던 그녀는 자신보다 일곱 살이나 많은 그에게 남은 삶을 맡기기로 결심했다.

어쩌면 정체를 알 수 없는 적의 추격을 따돌리는 것에 지친 이유도 있었을 것이다. 그러나 분명한 것은, 석 달을 함께 지내는 동안 그녀가 좌유승을 사랑하게 되었다는 것이다.

결국 그녀는 석 달 열흘 만에 그에게 자신의 모든 것을 털어놓았다.

마음도, 비밀도.

"어쩌면 이것을 네 아버지에게 준 것은, 내 마음 한구석에 도사리고 있던 욕심을 차마 떨칠 수가 없었기 때문인지도 모른다. 차라리 이것을 영원히 없앴다면 이런 일도 없었을 것을……."

"어머니……."

은선향은 고개를 저어 좌소천의 말을 막았다.

그러고는 묵묵히 이야기를 이어갔다.

"네 아버지는 신비에 싸인 무공을 익힌다는 것에 환호하며 일 년간 금속판의 해석에만 전념했다. 본래 무보다 문에 더 뛰어났던 그분은 제천신궁의 모든 자료를 뒤지며 미친 듯이 파고들더니 결국 모든 것을 해석해 냈다. 그리고 그 후부터는 금속판의 무공을 익히는 것에 매달렸지. 그런데… 반년 만에 기혈이 뒤틀리기 시작했다. 나중에서야 그 원인을 알았지만, 이미 그때는 돌이킬 수 없을 만큼 상황이 악화된 이후였지."

담담히 말하던 은선향의 눈매가 급격하니 떨렸다.

"고통에 몸부림치는 그분을 볼 때마다, 그 지독한 고통을 참으며 나를 보고 억지웃음을 지을 때마다 이 어미의 가슴은 찢어질 것만 같았다. 내 뱃속에 너만 없었다면, 아마 함께 죽자고 했을지도 모를 정도였어."

좌소천도 아버지가 일 년에 두 번 정도 고통과 싸우며 사흘간 식음을 전폐한다는 것을 알고 있었다. 그러나 설마 그 정도일 줄은 상상도 하지 못했다.

"어머니, 그것이 어머니의 잘못은 아니잖아요. 그러니 마음을 가라앉히세요."

은선향은 흐르는 눈물을 닦지도 않고 좌소천을 바라보았다.

"아마 지금의 궁주가 아니었다면, 궁주가 매년마다 영약을 주지 않았다면 네 아버지는 네가 태어나기도 전에 돌아가셨을 거다."

"저도… 알아요, 어머니."

처음에는 은혜고 뭐고 미칠 것만 같았다. 한이 맺혀 어떤 식으로든 복수를 하고 싶었다.

그러다 아버지의 서신을 보고, 혁련무천이 찾아와 사죄를 하고, 명예를 되찾은 아버지의 장례가 끝났다.

무엇이 옳고 무엇이 그른 걸까?

어린 좌소천은 혼란스럽기만 했다. 이제 그에게 남은 것은 어머니의 뜻이 전부였다.

'그래도 아버지는 바보예요. 어머니에게는 알렸어야죠. 그렇죠, 어머니?'

그때 은선향이 천천히 손을 뻗어 좌소천의 머리를 쓰다듬었다.

"비록 네 아버지를 사지로 내몰긴 했지만 은혜는 은혜. 그래서 내가 궁주를 크게 원망하지 않는 거란다."

평상시 하지 않던 어머니의 행동에 좌소천은 몸이 떨렸다.

언제인지 기억도 잘 나지 않았다. 아무리 기억을 되돌려 봐도 어머니가 머리를 쓰다듬어 준 적이 없는 것 같았다.

"네 아버지의 기혈이 뒤틀린 원인이 무엇인지 아느냐?"

어머니가 묻는데도 좌소천은 대답할 수가 없었다. 모르는 것도 모르는 것이지만, 가슴이 미어져 입이 열리지 않았다.

그때 은선향이 좌소천의 머리를 당겨 가슴에 안으며 말했다.

"이 안의 무공으로 인한 씨앗이 생성되기 전에 여자를 안으면 안 되는데 이 어미를 안아서란다. 그리고… 네가 생겼지. 네 아버지는 당신의 아픔 대신 네가 생겼다고 기뻐했지만, 나는 그럴 수가 없었다. 그럴 수가… 없었어."

어머니의 눈물이 뺨으로 떨어져 흘러내렸다.

좌소천의 눈에서도 눈물이 쏟아져 어머니의 가슴을 적셨다.

어머니의 가슴이 너무나 따뜻하다.

'그래서였나요, 어머니?'

자신을 볼 때마다 아버지의 고통스런 모습이 떠올랐나 보다.

그래서 자신을 바라보는 어머니의 눈빛이 그렇게도 아팠었나 보다.

아버지의 고통스런 모습과 겹치다 보니 제대로 한 번 자신을 따뜻하게 바라보지 못했나 보다.

기초적의 심법 외에 무공을 배우지 못하게 한 것 역시도.

자신이 무공을 펼치는 걸 보면 마음이 아플 테니까.

'어머니……!'

두 모자가 떨어진 것은 한참이 지나서였다.

"미안하구나. 좀 더 자주 안아주지 못해서……."

"아니에요, 어머니."

은선향은 아직 눈물이 마르지 않은 좌소천을 물끄러미 바라보았다.

그 어느 때보다 따뜻한 눈빛이었다.

좌소천은 울컥 또 눈물이 쏟아지려는 것을 가까스로 참았다.

그때 은선향이 궤를 밀었다.

"이제 이것은 네 것이다."

"어머니?"

"이 어미의 조부께서 촉산혈전이 끝났을 때 환상마궁의 지하 깊숙한 곳에서 얻었다는 말만 들었을 뿐 정확한 이름은 모른다. 네 아버지는 이것을 해석한 책의 이름을 금라천경(金羅天經)이라 지었지. 익히든 익히지 않든 그것도 네 마음이다. 다만 익히려거든 씨앗이 생길 때까지는 여자를 안아서는 안 된다."

그 말이 무엇을 뜻하는지 좌소천도 모르지 않았다.

얼굴이 붉게 달아오른 좌소천을 바라보며 은선향이 말했다.

"그리고 천아야, 이 어미의 진짜 이름은 은선향이 아니라 동방선유란다. 혹시나 나를 찾는 자들이 있을지 몰라 이름을 숨기고 살아왔지."

"동방⋯ 선유요?"

"그래, 십사 년 전, 천외천가에 의해 멸망한 금라천의 삼십이 대 후손인 동방선유가 이 어미의 진짜 이름이란다."

그것은 결코 작지 않은 비밀이었다. 그녀가 자신의 이름을 십여 년간 숨기고 살아야 했을 정도로.

그때만 해도 좌소천은 짐작도 하지 못했다.

천비삼역(天秘三域) 중의 하나인 금라천(金羅天), 그리고 환상마궁(幻想魔宮).

그 이름이 주는 무게를.

동방선유는 자신의 이름을 되새기는 좌소천을 바라보고는 조용히 말을 이었다.

"그동안 무공은 익히지 못하게 해서 화도 많이 났었지?"

"아니에요, 어머니."

아들의 말이 거짓말이라는 것을 어찌 모를까.

동방선유는 쓴웃음을 지으며 금라천경을 가리켰다.

"이제는 네 맘대로 해도 좋다. 책 뒤에는 내가 따로 적어놓은 것이 있단다. 이 어미 집안에서 대대로 전해지던 세 가지 무공의 구결이지. 당장은 내공이 딸려 익힐 수 없을 테니 일단 외워놓기만 해라."

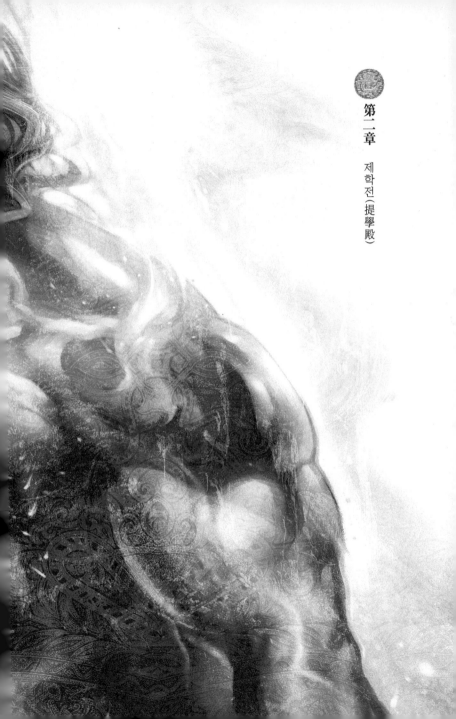

第二章

제학전(提學殿)

絶對天王
절대천왕

혁련무천에게는 세 명의 아들과 딸이 하나 있었다.

큰아들인 혁련호정은 좌소천보다 열 살이나 많았고, 둘째인 혁련호승은 다섯 살 많은 열여덟이었으며, 막내아들인 넷째 혁련호운은 오히려 좌소천보다 한 살이 어렸다.

그리고 딸인 셋째 혁련미려는 좌소천보다 세 살이 많았다.

혁련호정이야 나이 차이가 워낙 많이 나는데다 제천동의 삼차 수련에 들어가 있어서 만나볼 수도 없었지만, 혁련미려와 혁련호운은 좌소천과 제학전에서 함께 배우게 된 것을 즐거워했다.

문제는 둘째아들인 혁련호승이었다. 그는 좌소천을 아주 싫어했다.

처음에는 좌소천이 자신의 아버지를 백부라 부른다며 몰아붙였다.

"비천한 놈이 어디서 감히! 네가 어떻게 나와 형제란 말이냐?"

그러다 나중에는 제학전의 스승들이 좌소천의 자질이 뛰어나다며 치켜세우자 질시에 차 괴롭혔다.

"건방진 새끼, 거지새끼면 거지새끼답게 시늉만 하다 말 것이지! 네가 정말 그렇게 잘해? 이리 와봐! 나랑 붙어보게!"

그는 기회만 되면 비무를 핑계로 좌소천을 구석으로 데려갔다. 그러고는 겉으로 거의 표가 나지 않게 두들겨 팼다.

혁련호승은 성격도 괄괄한데다 다섯 살의 나이 차이만큼 체격도 커서 이긴다는 것 자체가 불가능했다.

좌소천이 아무리 독종이어도 역불급(力不及)이었다. 혁련호승은 십여 년간 정식으로 무공을 익힌 무재. 그런 사람을 어깨 너머로 배운 무공과 독기만으로 상대할 수는 없는 일이었다.

게다가 아버지가 돌아가신 후로는 독기마저 가슴속에 묻은 좌소천이었다. 군사였던 아버지가 없는 이상, 자신이 독종처럼 행동하면 어머니가 더 힘들어질 테니까.

그렇게 시련은 사흘에 한 번씩 벌어졌다. 좌소천이 사흘 간격으로 내궁의 제학전(提學殿)에 가기 때문이었다.

세 달, 네 달…….

좌소천은 말도 안 되는 비무를 묵묵히 견디어냈다.

맞고 왔다는 표도 내지 않았다. 자신이 맞고 왔다는 것을 표내면 어머니께서 가슴 아파하실 것이 아닌가 말이다.

그렇다고 매일 혹독한 시련만 있는 것은 아니었다.

호운과 미려는 그를 좋아했다.

미려는 멋진 남동생이 하나 더 생겼다고 좋아했고, 호운은 친구나 다름없는 형이 생겼다고 좋아했다.

미려는 가끔씩 맛있는 음식을 가져다주기도 했고, 호운은 자신이 배운 바를 자랑 삼아 펼쳐 보이기도 했다.

혁련호승이 보이지 않는 날은 제학전에서의 배움이 그렇게 즐거울 수가 없었다.

그렇게 내궁에 드나든 지 일 년이 지난 어느 날, 뜻밖의 일이 한꺼번에 일어났다.

그날도 좌소천은 제학전에 가기 위해 내궁으로 향했다.

이제 혁련호승과의 일은 평범한 일상이나 다름없었다. 힘든 건 여전했지만, 속 편하게 수련의 일환으로 생각하며 상대하다 보니 맞아도 가슴까지 아프지는 않았다.

그놈의 거친 주둥이만 아니라면.

'후우, 오늘도 저번처럼 무사히 넘어갔으면 좋겠는데……'

좌소천은 저만치 내궁의 입구가 보이자 숨을 크게 들이쉬었다. 제발 혁련호승이 없기를 바라며.

한데 내궁의 입구가 가까워질 즈음, 좌소천의 눈이 크게 뜨였다.

'어? 저분은?'

반대쪽에서 한 사람이 마주 온다.

허름한 마의, 옆구리에서 덜렁거리는 철검 한 자루.

겉으로 보기에는 평범하다 못해 영락없이 삼류무사로 보이는 자였다.

하지만 그를 보는 순간, 좌소천은 가슴이 쿵쿵 뛰었다.

그도 아는 사람이었다.

외부에는 거의 알려지지 않았지만, 그는 혁련무천의 몇 안 되는 죽마고우 중 하나였다.

천하제일패 제천신궁주의 친구!

그는 이삼 년에 한 번씩 제천신궁을 찾아오곤 했는데, 듣기로는 동정호에 산다고 했다. 혁련무천이 아무리 사정해도 그는 절대 사흘 이상을 머무는 법이 없었다.

좌소천은 이 년 전, 궁주인 혁련무천의 생일날 아버지를 따라 내궁에 갔다가 먼발치에서 그를 한 번 본 적이 있었다.

그의 이름은 선우궁현.

강호에서는 그를 만패철검(萬敗鐵劍)이라 불렀는데, 혹자는 철검판관(鐵劍判官)이라 부르기도 했다. 그가 나서면 강호의 어떤 난제도 풀린다고 해서 붙은 이름이었다.

중원칠기 중의 한 사람, 만패철검 선우궁현.

그는 강호제일의 해결사였으며, 가장 많은 친구를 둔 강호의 기인이었던 것이다.

"삼가 선우 대협을 뵙습니다."

좌소천은 거리가 적당해지자 재빨리 인사를 했다.

선우궁현이 좌소천을 보더니 불쑥 물었다.

"너는 누구지?"

좌소천은 정중히 고개를 숙였다.

"좌소천이라 합니다."

"좌소천? 좌 씨?"

선우궁현은 흥미가 인 눈으로 좌소천을 바라보더니 입가에 잔잔한 웃음을 띠고 물었다.

"그럼 네가 바로 일 년 전에 돌아가신 좌 군사의 아들인가 보구나?"

"맞습니다, 선우 대협."

"대협이라……. 하하! 나는 그렇게 불리는 것을 그리 좋아하지 않는다. 솔직히 말해서 나는 대협이 아니거든. 봐라, 어디서 나처럼 볼품없는 대협을 본 적이 있느냐?"

그가 팔을 활짝 펼치며 찡긋 웃었다.

재미있는 사람이었다. 그리고 왠지 상대를 편안하게 만드는 재주가 있는 사람이었다.

"선친께선 선우 대협이야말로 대협이라 불릴 강호의 몇 분 중 한 분이라 하셨습니다."

"응? 네 아버지가 그랬다고?"

"예, 대협. 하니 선친께서 대협으로 인정한 분을 제가 어찌 대협이라 부르지 않을 수 있겠습니까?"

언뜻 선우궁현의 눈이 웃는다고 느껴졌다.

"그래도 내가 거북하니 그렇게 부르지 마라."

그러더니 장난스럽게 말했다.

"나는 대협이라는 말을 들으면 몸이 근질거리거든."

"하오면 어찌 불러야 하는지요?"

선우궁현이 힐끔 좌소천의 전신을 훑어봤다.

문득 그의 눈 깊은 곳에서 이채가 스쳤다.

빼빼 말라서 힘도 못 쓸 것 같은 가냘픈 체구, 평범한 가운데 곱상해 보이는 얼굴.

언뜻 보면 길가의 돌멩이만큼이나 많아 보이는 평범한 자질을 지닌 아이처럼 보인다.

그러나 선우궁현은 결코 그렇게 생각하지 않았다.

강호의 일류고수들도 자신과 눈이 마주치면 눈길을 돌린다. 한데 이제 겨우 열서너 살 먹은 아이가 눈이 마주치고도 한 점 흔들림이 없다.

그런 눈을 가진 아이가 어찌 평범한 아이일까.

'묘한 아이군.'

선우궁현은 좌소천의 눈을 자세히 들여다보다가 은근한 어조로 말했다.

"앞으로는 그냥 아저씨라고 불러라. 대협보다는 그게 낫겠다."

"하지만 제가 어찌……."

"싫으면 알은체를 말든지."

장난기 가득한 말투에 좌소천이 어색한 표정으로 말했다.

"알겠습니다, 아… 저씨."

그제야 기분 좋은 웃음을 배어 문 선우궁현이 물었다.

"그런데 내궁 안으로 들어가던 길이냐?"

"예, 사흘에 한 번씩 제학전의 다섯 스승님께 무공의 기초를 배우기 위해 갑니다."

"호, 그래? 그럼 들어가자."

두 사람이 다가가자 내궁의 입구에 서 있던 호성당의 무사가 절도있게 허리를 숙였다.

"오셨습니까, 대협!"

좌소천은 슬쩍 선우궁현의 옆모습을 훔쳐보았다.

"쿵! 그놈의 대협은……."

선우궁현의 콧소리에 웃음이 나왔다.

오늘은 왠지 모든 일이 즐겁게 풀릴 것 같았다.

좌소천은 선우궁현과 함께 내궁으로 들어가 정원을 가로질렀다. 그때 우측의 건물 옆에서 누군가가 걸어나왔다.

"숙부님을 뵈옵니다."

혁련호승의 목소리였다.

'제길, 운이 좋은 날일 줄 알았는데…….'

좌소천은 씁쓸한 표정으로 돌아섰다.

역시나 혁련호승이 선우궁현을 향해 허리를 숙이고 있었다.

"흠, 너는 둘째 호승이구나."

선우궁현의 담담한 말에 혁련호승은 허리를 폈다.

"예, 숙부님. 저 그런데… 숙부님께서 왜 저놈과 함께 오시는 겁니까?"

말로만 숙부님이라 할 뿐, 결코 숙부를 대하는 태도가 아니었다.

그런데도 선우궁현은 표정 하나 변하지 않고 좌소천을 바라보았다.

"들어오다 만났다. 제학전에 가는 길이라더구나."

혁련호승은 선우궁현은 안중에도 없는 듯 좌소천을 차가운 눈길로 바라보았다.

"제학전에 간다고?"

"예, 호승 형님."

"형님? 그렇게 부르지 말랬지? 내가 어째서 네 형이란 말이냐?"

혁련호승의 눈매가 날카롭게 변했다.

좌소천은 말다툼하기가 싫어 고개를 숙이고 걸음을 옮겼다.

"죄송합니다. 스승님께서 기다리실 테니 저는 그만……"

"누가 맘대로 가라고 했지? 그리고 뭐? 스승? 네 스승이 여기에 누가 있단 말이냐?"

좌소천을 바라보는 혁련호승의 눈에서 악독한 빛이 일렁였다.

그때 선우궁현이 물었다.

"혁련 형은 안에 계시느냐?"

혁련호승이 눈살을 찌푸리며 대답했다.

"예, 숙부님. 제천전에 가시면 계실 것입니다."

선우궁현은 좌소천을 바라보고 씩 웃더니 몸을 돌렸다.

"앞장서거라, 호승. 오랜만에 왔더니 길이 헷갈리는구나."

"예?"

"어서 가자. 비가 올 것 같다."

순전히 핑계일 뿐이라는 것을 모를 그가 아니다. 그러나 아무리 별 볼일 없어 보이는 숙부라 해도 천하의 제천무제가 인정하는 사람이 아닌가.

아무런 명분도 없이 그의 말을 거부할 수는 없는 일. 혁련호승은 좌소천을 슬쩍 노려보고는 이를 지그시 깨물었다.

"알겠습니다. 제가 모시지요, 숙부."

그러고는 좌소천의 곁을 지나며 으르렁거렸다.

"오늘은 운이 좋은 줄 알아라."

듣고도 못 들은 척 선우궁현은 좌소천을 향해 슬쩍 손을 흔들고는, 혁련호승을 앞세우고 제천전으로 향했다.

선우궁현이 멀어진다.

좌소천은 그리 넓지 않은 그의 등을 바라보았다.

벼락같이 강해 보이지는 않았다. 오히려 구름처럼 편안해 보였다.

'나도 저분처럼 살아가고 싶다.'

갑자기 든 생각에 입가로 희미한 웃음이 번졌다.

생각하고 보니 정말 그러고 싶다.

어머니를 모시면서 부지런히 공부하는 것. 그 외에는 앞으로 뭘 할 것인지 뚜렷이 생각해 본 적이 없었다.

그런데 선우궁현의 모습이 그에게 잔잔한 충격을 주었다.

어머니만 허락해 주신다면 제천신궁을 벗어나 보는 것도 괜찮을 것 같다.

'그전에 나 자신을 먼저 다듬어야겠지. 어머니가 걱정하지 않으실 정도로.'

좌소천은 고개를 들고 하늘을 올려다봤다.

황금빛 햇살이 그의 얼굴을 덮었다.

문득 선우궁현의 말이 생각나자 웃음이 더욱 짙어졌다.

'큭, 이런 날씨에 비가 올 것 같다라니……'

좌우간 기분 좋은 하루였다. 좋은 사람을 만났다는 것만으로도 한 달 정도는 어떤 시련도 견딜 수 있을 것 같았다.

'그래도 아직은 운이 좋은 날이군.'

2

검왕(劍王) 위지숭정.

제학전 승검각의 주인인 그는 곤혹스런 눈으로 앞을 바라보았다.

한 아이가 검을 펼치고 있었다.

모두 합해봐야 열여덟 개의 연환 동작.

열 살 먹은 아이라 해도 반나절이면 모두 외울 수 있을 정도로 단순해 보였다.

한데 연결되는 동작 하나하나가 너무나 깨끗하다. 자신이 펼친다 해도 그 이상은 펼칠 수 없을 것처럼 완벽하다.

완벽하다는 것.

그것은 결코 하고 싶다고 해서 되는 것이 아니다. 자질이 없으면 천 번 만 번 반복해도 완벽한 동작이 나오지 않는다. 다만 완벽에 접근할 수 있을 뿐.

한데 눈앞의 아이 좌소천은 세 번을 반복하면 완벽에 근접한 동작이 나오고, 열 번을 반복하면 흠을 잡기 어려울 정도로 완벽한 동작을 취한다.

'후우, 정말 아까운 아이로다. 누가 이 아이를 일 년 배운 아이라 할 것인가?'

지난 일 년간 한두 번 본 것이 아니었다. 집에 돌아가 수백 번을 반복해서 연습한다는 말을 듣긴 했지만 그것과는 또 다른 문제였다.

하지만 위지승정은 아쉬움을 털어내지 않을 수 없었다.

궁주의 자식보다 자질이 뛰어난 것은 어쩔 수 없다. 그것은 타고난 문제니까.

하지만 더 나아가서는 안 된다. 자칫하면 규율이 무너지고 기반이 흔들리게 될 터. 주인보다 나은 수하는 부담이 될 수밖에 없는 것이다.

'차라리 내 제자로 들일까?'

그런 생각을 안 해본 것은 아니다.

혁련무천의 말만 아니었다면 그랬을지도 몰랐다.

"좌소천이란 아이, 너무 깊은 마음은 주지 마시구려."

혁련무천이 그러한 말을 했을 때는 그만한 이유가 있을 터. 어쩌면 그래서 더 아쉬운 위지승정이었다.

"됐다. 그만 하고 이리 앉아라."

"예, 스승님."

목검을 거둔 좌소천은 거칠어진 숨을 가다듬고서 의지승정의 앞에 공손한 자세로 앉았다.

위지승정이 무릎을 꿇고 앉은 좌소천을 향해 담담히 입을 열었다.

"검을 무엇이라 했더냐?"

"검이 곧 마음이라 하셨습니다."

"그래, 항상 그런 마음으로 검을 써야 할 것이니라."

"예, 스승님."

원론적인 말이었다. 절정의 고수라 해도 검을 마음으로 다룰 수 있는 사람이 몇이나 있을 것인가. 하물며 이제 일 년이 갓 넘은 좌소천에게는 뜬구름 잡는 것 같은 말일 뿐이었다.

그런데도 좌소천은 별다른 의문을 제기하지 않았다.

언젠가부터 한 가지를 깨달은 그다. 자신이 배우는 것과 혁련무천의 자식들이 배우는 것에는 차이가 있다는 것.

그것을 알게 된 것은 우연한 일로 인해서였다.

제학전에 출입한 지 한 달쯤 지났을 때다. 혁련호승이 코웃음 치며 말했다.

"우리와 네가 같은 스승께 배운다고 해서 그분들이 너에게도 우리와 같은 것을 가르칠 거라는 생각은 버려라. 주인과 하인은 배우는 것이 다를 수밖에 없으니까."

그때만 해도 그러려니 했다.

한데 어느 날, 혁련호운이 자랑 삼아 자신이 배운 바를 말했다. 그제야 좌소천은 혁련호승이 말한 뜻을 확실하게 깨달았다.

제학전의 스승들이 혁련호운에게는 마지막 구결을 확실하게 풀어서 가르쳐 줬는데, 자신에게는 원론적인 구결만 이야기해 주었던 것이다.

비록 약간의 차이였지만, 그 간격은 천 리 떨어진 것만큼이나 멀었다.

조금은 약도 오르고 조금은 비참한 마음도 들었지만, 좌소천은 사흘 만에 그 마음을 털어내 버렸다.

자신은 혁련무천의 자식이 아니다. 궁주의 자식들과 똑같은 걸 배우고자 한다는 것 자체가 욕심일지도 몰랐다.

사실 따지고 보면, 검왕을 비롯한 제학전의 다섯 스승님에게 무공을 배우는 것만도 대단한 복이라 할 수 있었다.

어쨌든 스승들의 뜻을 안 좌소천은 이후로 무리하게 욕심을 내지 않기로 했다.

대신 나름대로 스승들의 뜬구름 같은 이야기를 풀어보려 애를 썼다.

풀리지 않으면 밤을 새서라도 매달렸다.

집 안에 있는 모든 기초 무공서를 들춰보고, 그래도 모르면 어머니에게라도 물어보았다. 혹시 도움이 될지 몰라 아직 실력이 안 되어 입문도 하지 못한 금판의 해독서를 어머니의 도움을 받아 이해하려 애썼다.

그 덕분에 금판을 해석한 해독서, 아버지가 남긴 금라천경을 완벽하게 외우고, 이제는 그 안의 뜻을 조금씩이나마 이해할 정도가 되었다.

그렇게 일 년을 보낸 지금, 나름대로 스승들의 가르침을 해석해 온 좌소천은 위지승정의 원론적인 말조차 한마디 한마디가 아까웠다.

"마음이 흐르는 곳으로 검을 가게 해야 한다. 역행은 결코 순행을 따라잡을 수 없음이니……."

여전히 뜬구름처럼 흘러가는 가르침이다. 그러나 좌소천은 머릿속에 하나도 놓치지 않고 새겼다.

'금라천경에서도 그랬지. 역행은 단순히 속(速)에서 그치지만, 순행은 상승(相乘)을 동반한다고. 순행을 하기 위해서는 몸과 마음과 기운을 하나로 하고…….'

가르침을 내리는 위지승정은 꿈에도 알지 못했다. 좌소천이 자신의 말을 모두 외우고, 그중 이해할 수 있는 것은 깨닫고, 거기에 나름의 해석을 더하고 있다는 것을.

그렇게 이각여, 위지승정의 입가에 쓴웃음이 매달렸다.

고개를 숙인 채 묵묵히 듣고만 있는 좌소천이다.

마치 모든 것을 포기한 것 같은 모습.

미안함과 자괴감이 동시에 들었다. 아무리 직전제자가 아니라지만, 스승이라는 작자가 잔머리를 굴려 알아듣지 못하도록 가르침을 내리다니.

위지승정은 쓴웃음을 매단 채 고개를 저었다.

"기(氣)가 화(和)하고, 화가 정(靜)이 되면 모든 것이 하나가 되어 흐름이니……. 나중에라도 천천히 음미해 보면 조금이나마 얻는 것이 있을 것이니라."

"예, 스승님. 오늘의 가르침, 잊지 않겠사옵니다."

그제야 위지승정은 허리를 깊숙이 숙이는 좌소천을 보며 기이한 생각이 들었다.

'이 아이가 정말 배우는 것을 포기했을까?'

자신이 아는 한 절대 쉽게 포기할 아이가 아니다. 오히려 끝까지 파고든다면 모를까.

한데 왜 묻지 않는 걸까?

하긴 묻는다 해서 대답해 줄 수도 없는 일. 씁쓸한 마음만 더해지는 위지승정이었다.

'네 복이 거기까지라면 어쩔 수 없는 일.'

바로 그때, 밖에서 두런거리는 소리가 들렸다.

위지승정은 목소리만으로도 누가 왔는지 알고 눈살을 찌푸렸다.

아니나 다를까, 문이 열리더니 혁련호승이 들어왔다.

"아직도 안 갔느냐? 흥! 내가 보고 싶었나 보지?"

혁련호승의 싸늘한 목소리가 들리자 좌소천은 천천히 몸을 일으켰다.

"아닙니다. 이제 가려고 하던 참이었습니다."

"아니라고? 그러니까 내가 꼴 보기 싫어서 가려고 했다, 이 말이지?"

혁련호승의 눈초리가 뱀눈처럼 차가운 빛을 발했다.

"그게 아니라……."

좌소천이 머뭇거릴 때다. 위지승정이 눈살을 찌푸리고 손짓을 했다.

"헛소리 그만 하고 이리 앉아라. 소천이는 그만 절룡각으로 가보고."

"예, 스승님."

좌소천이 다시 한 번 허리를 숙이고 걸음을 옮기자 혁련호승이 나직이 말했다.

"돌아가기 전에 승화담에서 기다려라. 할 이야기가 있으니까."

멈칫한 좌소천은 가볍게 고개를 끄덕이고 방을 나섰다.

3

절룡각(折龍閣)은 비룡도객(飛龍刀客) 운추양이 머물고 있는 곳이었다.

그가 전각의 이름을 절룡각이라 지은 이유는 단 하나. 패배를 모르던 그의 칼이 제천무제 혁련무천에게 꺾였기 때문이다.

그는 위지승정과 달리 좌소천을 그리 좋게 보지 않았다.

좌소천의 체격이 평범하다는 게 겉으로 내세운 이유였다.

"그딴 몸으로 내 도를 제대로 배울 수나 있겠느냐?"

하지만 진짜 이유는 따로 있었다.

그는 혁련무천의 둘째부인이자 혁련호승의 어머니인 운 부인의 오라버니였다. 하기에 조카인 혁련호승으로부터 매일같이 좌소천에 대한 험담을 들은 그로선 좌소천이 좋게 보일 리가 없었다.

그렇다고 혁련무천이 관심을 가지고 있는 아이를 나 몰라라할 수도 없는 일. 그는 자신만의 특별한 방법으로 좌소천을 괴롭혔다.

"무공은 머리로만 배우는 것이 아니다. 몸이 따르지 못하면 무슨 소용이겠느냐?"

괴롭히는 방법은 간단했다.

들기도 힘든 무거운 도를 휘두르게 하고, 그것이 조금 익숙해진 한 달째부터 목도 비무를 시작했다.

아이끼리 휘두르는 목도도 맞으면 멍이 들고, 잘못하면 뼈가 부러진다. 하물며 운추양이 휘두르는 목도다. 겉으로는 멍이 보이지 않고 뼈가 부러지지 않았지만 고통은 더 심했다.

한 대 맞을 때마다 뼛속이 다 시렸다.

도가 스치고 지나간 곳은 살갗이 찢겨져 나가는 듯했다.

그나마 자존심 때문에, 남의 눈 때문에 도를 넘기지 않는 게

다행이었다.

좌소천은 그렇게 일 년을 견뎌왔다.

오늘 역시 그 일 년의 연장선상일 뿐이었다.

따다닥! 퍽!

좌소천이 이를 악물고 재빨리 두 걸음을 물러서며 도를 사선으로 올려쳤다.

딱!

한 번은 무사히 막아냈다. 그러나 교묘하게 휘돌아 떨어지는 도가 허벅지에 떨어졌다.

퍽!

"멍청한 놈! 그것도 못 받느냐?"

이를 악문 좌소천은 도를 세우고 한 걸음 물러섰다.

"죄송합니다, 스승님."

좌소천이 자세를 잡자 운추양의 공격이 이어졌다.

"똑바로 보고 받아내라. 허초에 속는 멍청한 놈이 되지 말고!"

다시 일 초를 막아냈다. 그러나 처음 보는 두 번째 초식의 네 번째 변화에 또다시 일격을 맞았다.

'이, 이건? 흐읍!'

좌소천은 숨을 들이켜고는 그 와중에도 도를 휘둘러 두 번의 공격을 막아냈다.

"홍! 이번에는 그래도 낫구나."

운추양의 코웃음에 좌소천이 낮게 자세를 잡았다.

최근에 와서는 강도를 점점 세게 해서 도를 휘두르는 운추양이다. 일 초도 받아내지 못하고 나뒹굴던 자신이 이제는 오류 초를 맞지 않고 받아내기 때문이다.

　하지만 그것이 한계였다. 운추양의 공격이 거세지자 칠 초를 넘길 수가 없었다.

　좌소천은 그 이후에 쏟아지는 구타에 가까운 무지막지한 공격을 거의 몸으로 막아내야 했다.

　'지독한 놈! 겉으로 보면 순진해 보이는 놈이 어쩌면 저렇게 독하단 말인가. 어른이라도 비명을 지를 상황이거늘.'

　운추양은 좌소천을 바라보며 속으로 놀라움을 금치 못했다.

　비무한 지 석 달째부터 방어에 틀이 잡히기 시작하더니, 이제는 오류 초 정도는 거뜬히 받아내는 좌소천이다.

　물론 자신이 절기를 펼치지 않아 그렇다지만, 그것만으로는 설명할 수 없는 묘한 구석이 있었다.

　자신이 펼친 도는 대부분 실전에서 얻은 도식들이다. 그런데 좌소천이 방어하는 방법 역시 자신과 크게 다를 바가 없다.

　수비식은 완벽하고, 가끔씩 공격해 들어오는 수법도 완벽하다. 때로는 섬뜩한 생각이 들 정도로 공격해 올 때도 있다.

　따로 가르쳐 주지 않았는데 눈으로 보고 몸으로 느끼고 손이 저절로 따라간다.

　아무리 공력을 끌어올리지 않고 맞상대한다지만, 이십 년을 전장이나 다름없는 곳에서 살아온 운추양이 아닌가.

　이제 일 년을 익힌 놈이, 그것도 말도 안 되는 방법으로 가

르침을 받는 놈이 자신을 그대로 따라 하다니 놀라지 않을 수
없었다.

'호승이가 왜 저 아이를 그리 대하는지 알 것도 같구나.'

셋 중 하나를 택해야 할 것 같았다.

다시는 도를 잡지 못하게 하든지, 아니면 그냥 놔두든지. 그
것도 아니면 제대로 가르치든지.

조카의 부탁대로라면 첫 번째를 택해야만 한다. 어려울 것
도 없었다. 근맥을 교묘히 끊어버리는 일 정도야 식은 죽 먹기
니까.

한데 은근히 자존심이 상했다.

도에 관한 한 적수가 없다는 자신이 이제 열네 살인 어린아
이를 의식해서 악랄한 방법을 쓸 생각을 하다니.

아무리 자신의 조카인 혁련호승이 부탁을 했다지만, 그건
너무 치졸했다. 그거야말로 자신의 명성을 깎아먹는 짓이 아
니고 무엇이란 말인가.

'제기랄, 천하의 운추양이 이게 무슨 꼴이람!'

그는 스스로에게 짜증이 났다.

"됐다! 오늘은 여기까지만 하자."

후들거리는 다리로 겨우 서 있던 좌소천은 도를 거꾸로 잡
고 허리를 깊게 숙였다.

"가르침에 감사드립니다, 스승님."

절룡각에 머문 지 반 시진.

좌소천은 소나기라도 맞은 듯 땀에 흠뻑 젖은 몸으로 절룡각을 나섰다.

운추양에게 맞는 것은 어제오늘 일이 아니다. 자신이 제학전에서 배우기 시작한 지 한 달째부터 그랬다. 혁련호승이 뻔질나게 절룡각을 드나든 이후부터인 듯했다.

처음에는 단순히 골탕이나 먹이자는 뜻으로, 나중에는 혁련호승의 말에 설득당해 좌소천이 무공을 익히는 걸 포기하게 하려는 뜻으로.

그런 운추양에 대해 화가 날 만한데도 좌소천의 입가에는 보일 듯 말 듯 웃음이 매달렸다.

'오늘도 하나 배웠군.'

중요한 것은 그것이었다. 무엇을 배웠느냐 하는 것.

운추양은 좌소천이 고통을 참으며 자신의 칠 초를 막아내자 새로운 초식을 썼다.

그것 역시 어제오늘 일이 아니었다. 그리고 좌소천은 또 다른 도식 하나를 배웠다.

그거면 됐다. 다리가 후들거릴 정도였지만, 머리는 그 어느 때보다 맑았다.

좌소천은 말아 쥔 주먹에 힘을 주고 비연각을 향해 걸음을 떼었다.

'그래도 오늘은 유난히 더 힘들었어.'

4

신법에 관한한 천하에서 세 손가락에 든다는 비연선자(飛燕
仙子) 하조영.

비연각은 바로 그녀의 거처였다.

또한 그녀는 비연문의 문주이며 혁련미려의 사부이기도 했
다.

그런 그녀가 제학전에 자리를 잡게 된 것은 혁련무천의 간
곡한 청에 의해서였다.

"오 년, 오 년만 본 궁에 머물며 내 아이들을 가르쳐 주시
오."

물론 말로만 청한 것은 아니었다. 혁련무천은 그녀를 비연
각에 머물게 하는 대가로 비연문이 오래전에 잃어버린 칠연비
영(七燕飛影)의 비급을 내놓았다.

하조영으로선 절대 거절할 수 없는 조건을 내놓은 것이다.

그렇다고 비연문의 절기를 아무에게나 가르칠 수는 없는
일. 하조영도 조건을 걸었다.

"좋아요. 하지만 비전의 절기는, 미려 외에 다른 사람에게는
가르칠 수 없어요."

"내가 원하는 것은 신법과 경공의 기초요. 무리한 요구는 하
지 않겠소."

그것이 이 년 전의 일이었다.

사실 하조영은 혁련미려에게만 자신의 절기를 가르쳐 줄
뿐, 심지어 혁련호승과 혁련호운에게도 진실된 절기는 가르쳐

주지 않았다.

당연히 좌소천도 하조영에게서 배우는 것은 그다지 많지 않았다. 그저 기초적인 신법이 전부였다.

그런데도 오지 않을 수 없는 것이, 절룡각에서 입은 충격을 추스르고 가라는 혁련미려의 강압이나 다름없는 부탁 때문이었다.

자신이 비연각을 그냥 지나치면, 혁련미려는 끝까지 도끼눈을 뜨고 따라다녔다.

그날은 공치는 날이었다.

제학전의 어떤 스승도 그녀의 수다를 당해내지 못했으니까.

비연각으로 가자 마침 혁련미려가 밖으로 나오고 있었다.

좌소천은 비연각으로 다가가다 그녀를 보고 멈칫했다.

연노랑색 경장을 입은 그녀는 화사한 한 마리 나비처럼 아름답고 발랄해 보였다. 이제 겨우 열일곱 살인데도 제천신궁의 삼대미녀 중 하나로 불리는 혁련미려다.

좌소천은 사흘에 한 번씩 보는데도 그녀를 볼 때마다 가슴이 뛰었다.

'누님은 갈수록 아름답게 변해가는구나.'

좌소천의 얼굴이 붉어질 때다. 밖으로 나오던 혁련미려가 그를 보고 눈을 동그랗게 떴다.

"어머? 소천! 언제 왔어?"

"소천이 누님을 뵙습니다."

"호호호호! 대체 언제 그 인사법을 바꿀 거야? 그냥 누나라고 부르라니까."

"그, 그게……."

"왜? 둘째오라버니가 또 때렸어?"

혁련미려가 눈을 치켜떴다.

좌소천이 혁련호승에게 맞고 다닌다는 것은 그녀도 알고 혁련호운도 알고 있었다. 어쩌면 궁주인 혁련무천도 알고 있을지 모른다.

하지만 이들이 알고 있는 것은 사실에 비해 일 할도 채 되지 않았다.

"아닙니다, 미려 누님."

"쳇, 또 누님."

혁련미려가 입술을 삐죽였다.

"둘째오라버니가 때리면 말해. 내가 가만두지 않을 테니까."

"너무 걱정하지 마세요. 요즘은 별일없으니까요."

"정말?"

"예, 보다시피 깨끗하잖아요."

"뭐, 그럼 다행이고."

그때 비연각 안에서 낭랑한 여인의 목소리가 들려왔다.

"미려야, 수다 그만 떨고 어서 들여보내라."

혁련미려가 비연각을 향해 혀를 삐죽 내밀고 말했다.

"사부님은 제가 뭐 수다쟁이인 줄 아세요?"

"네가 수다쟁이가 아니면 천하에 수다쟁이는 한 사람도 없을 것이다."

"피이, 하나 있는 제자를 챙겨주지는 못할망정 창창한 제자의 앞날을 막으려 하시다니. 사부님도 너무해. 그렇지, 소천아?"

대답하기 막막한 질문이었다.

그렇다고 하면 비연선자 하조영이 제자의 앞길을 막는다는 걸 인정하는 셈이고, 아니라고 하면 당장 혁련미려에게 한 시진은 시달려야 할 판이다.

다행히 하조영이 좌소천의 어려움을 해결해 주었다.

"뭐 하느냐? 어서 들어오라니까."

"예, 스승님."

좌소천은 재빨리 대답하고 혁련미려를 향해 조그맣게 속삭였다.

"누님이 워낙 예뻐서 그런 말씀을 하시는 걸 겁니다."

순간 혁련미려의 눈이 몽롱하게 변했다.

"정말? 소천이 너도 내가 예쁘다고 생각해?"

하지만 이미 좌소천은 등을 돌리고 안으로 들어가고 있었다.

혁련미려가 좌소천의 등을 바라보며 배시시 웃었다.

"빨리 끝내고 나와. 이 예쁜 누나가 맛있는 거 줄 테니까."

반 시진 후.

좌소천이 비연각을 나왔을 때 그녀는 보이지 않았다.

아마 그녀는 주방으로 가서 숙수들을 닦달하고 있을 터이다. 그리고 마치 자신이 직접 만든 것처럼 온갖 생색을 내며 음식을 가지고 올 것이 분명했다.

좌소천은 피식 웃으며 걸음을 재촉했다.

아직 가야 할 곳이 두 군데나 더 있었다.

'천봉각에 먼저 가는 게 낫겠군.'

5

제천신궁의 원로 중 한 사람인 봉왕(棒王) 진양.

나이가 칠십이 넘은 그는 말이 거의 없었다. 그러나 모든 것에 있어서 철저한 사람이었다.

조금만 늦어도 그는 그 시간만큼 가르치는 시간을 줄였다. 대신 가르치는 것도 철저했다.

그만큼은 다른 사람처럼 마지막 구결을 선문답처럼 흐리게 가르치지 않았다.

모든 것은 각자의 능력에 달려 있다는 것이 그의 지론이었다. 하기에 좌소천이 가장 많은 노력을 기울여 배우는 곳 중 하나가 바로 천봉각이었다.

쾅!

"큭!"

"정신을 어디다 두는 게냐? 봉끝이 백 개, 천 개로 변하더러도 결국 봉은 하나라는 것을 잊지 말아라."

말이야 쉽다. 하지만 당하는 입장에서는 말도 되지 않는 소리였다. 수백 개의 봉이 다가오는데 어찌 하나의 봉만 생각한단 말인가.

그러나 좌소천은 아무런 반론도 제기하지 않고 진영이 뻗고 있는 봉만 바라보았다.

'그래도 오늘은 오 초나 받아냈잖아? 힘내자, 좌소천!'

사실이 그랬다. 석 달째까지는 일 초도 피하지 못했다. 그리고 육 개월이 지날 무렵에서야 겨우 이 초를 받아낼 수 있었다.

진양이 공력을 끌어올리지 않고 하는 공격이라지만, 오 초를 받아냈다는 것은 자신이 생각해도 대견했다.

그런데 자신감에 찬 그를 향해 진양이 싸늘하게 소리쳤다.

"일 년이나 배워놓고 이제 겨우 오 초밖에 받아내지 못하다니, 멍청한 놈!"

하지만 그의 속마음까지 그런 것은 아니었다.

'귀신같은 놈. 호정도 삼 년 걸려 겨우 오 초를 받아냈는데, 대체 이놈은 어떻게 된 것이……. 으음, 다른 사람들이 우려하는 것도 무리가 아니구나.'

영약을 복용하며 내공을 키운 궁주의 자식들에 비해 좌소천의 내공은 형편없이 약했다. 그러나 무공의 고하가 꼭 내공으로 결정되는 것은 아니었다.

더구나 아직 좌소천은 열네 살의 어린 나이. 내공이야 세월이 흐르면 그만큼 더 강해질 것이다.

'허허허, 잘하면 혁련 어린놈이 품속에서 호랑이 한 마리를 기른 셈이 되겠구나.'

게다가 기연이라도 만난다면 호랑이가 어떻게 변할지는 그조차 짐작하기가 어려웠다.

문제는 더 가르치고 싶은데, 혁련무천이 뭐라 하든 차근차근 자신의 모든 것을 넘겨주고 싶은데 시간이 없다는 것이다.

이틀 전 사문에서 연락이 왔다.

지난 죄를 용서할 테니 산으로 돌아오라는 것이었다.

돌아가지 않을 수 없었다. 평생을 바라온 일이었으니까.

하지만 그는 바로 떠나지 않고 이틀을 더 머물렀다. 이유는 오직 하나, 늘그막에 가르치는 재미를 붙이게 해준 어린아이를 마지막으로 만나보고 떠나기 위해서였다.

어차피 산에서 인정하지 않는 무공. 돌아가기 전에 버려야 할 것이 아닌가.

그때 좌소천이 다시 가르침을 청해왔다.

"다시 한 번 가르침을 청하겠습니다, 스승님."

진양의 입에서 싸늘한 코웃음이 흘러나왔다. 하지만 말투와 달리 그의 눈빛은 그 어느 때보다 차분하게 가라앉은 상태였다.

"흥! 건방진 놈. 좋다! 이번에는 칠절연환을 펼칠 것이다. 절대 멈추지 않을 것이니 어디 한번 막아봐라!"

순간 좌소천의 얼굴이 굳어졌다.

오 초도 겨우 막은 판이었다. 한데 칠 초? 그것도 연환공격
이라니!

그렇다고 못한다고 할 수도 없는 일. 좌소천은 봉을 쥔 손에
힘을 주고 눈을 부릅떴다.

그때부터였다. 전음이 좌소천의 고막을 흔들며 끊임없이 이
어졌다.

"이게 바로 붕설영(崩雪嶺)이다!"

열두 개의 사발만 한 봉끝이 그를 향해 밀려왔다.

그러다 어느 순간, 숫자가 눈덩이처럼 불어나더니 눈사태라
도 일어난 듯 와르르 쏟아져 내렸다.

"헛!"

놀랄 틈도 없었다.

수백, 수천 개의 봉이 그를 향해 쏟아지고 있었다.

좌소천은 죽어라 봉을 돌렸다.

퍼버버버벅!

강하지는 않았다. 그러나 수십 개의 봉이 그의 몸을 난타했
다. 그것이 쌓이고 쌓이니 몸이 저절로 축 늘어질 지경이었다.

하나 그것이 끝이 아니었다.

"이것이 두 번째, 붕회탄(崩回灘)이다!"

순간 머리 위에서 쏟아지던 봉영이 회오리치며 휘돌았다.

'맙소사! 저걸 어떻게 막으라고!'

그때 진양이 음성이 귓속을 파고들었다.

"놓치지 말고 잘 봐라! 다시는 펼치지 않을 것이니까!"

좌소천은 눈을 크게 뜨고 한 번도 깜박이지 않았다.

봉 그림자가 온몸을 두드리는 데도 이를 악물고 봉을 휘둘렀다.

어차피 막을 수 없는 공격이었다. 그나마 몸에 충격이 크지 않아 버티고 서 있을 수 있는 것이 다행이었다.

'배운다! 배울 것이다!'

세 번째 초식이 펼쳐졌다.

"이것이 세 번째, 설붕벽(雪崩壁)이다!"

평소보다 이각 정도 늦은 시각.

좌소천이 하얗게 변한 얼굴로 신권각에 들어가자, 신권각의 주인 등소패의 얼굴이 와락 일그러졌다.

"진가 늙은이가 미쳤나? 애를 아예 병신으로 만들 작정을 했군!"

신권(神拳) 등소패.

두 주먹이면 천하에 적수가 없다는 전대의 고수이자 중원칠기 중 한 사람.

그는 부글부글 끓는 마음을 진정시키지 못하고 이를 악물었다.

혁련호정이나 혁련호승은 자신의 권각을 기초 무공 정도로밖에 생각하지 않았다. 주먹질하는 것을 마치 건달들 싸움쯤으로 생각하는 듯했다. 그러다 보니 당연히 제학전의 다섯 스승 중 가장 홀대받는 것이 등소패라 할 수 있었다.

하지만 좌소천은 달랐다.

좌소천은 단순한 권각의 뻗음도 혼신을 다해 익혔다.

모든 것을 가르쳐 주려던 궁주의 아들들은 자신을 홀대하는데, 건성으로 가르치려던 좌소천은 자신을 진정한 스승처럼 대하고 배우려 드는 것이다.

그래서였을 것이다. 그는 다른 누구보다 좌소천이 오기만을 기다렸다. 가르치는 것도 배우는 사람이 열성적이야 가르칠 맛이 나는 것이 아니겠는가 말이다.

'까짓것, 제자로 삼지만 않으면 되지.'

그는 그런 마음으로 얼마 전부터 몰래 자신의 진실된 무공을 조금씩 섞어 가르쳤다.

한데 봉왕에게 얻어맞고 온 좌소천을 보니 공연히 화가 났다.

열네 살 아이가 봉왕의 봉을 막을 수 없다는 것을 누구보다 잘 알고 있으면서도, 마치 자신이 제대로 가르치지 않아 맞고 온 것처럼 느껴진 것이다.

'아무래도 계획을 앞당겨야 할 것 같군.'

결심을 굳힌 등소패가 잇새로 물었다.

"몇 초나 견뎠느냐?"

"오 초를 견뎠습니다."

등소패의 눈이 잘게 떨렸다. 오 초를 견뎠다는 말이 무엇을 뜻하는지 그도 알고 있었다.

"그걸로 끝난 것 같지는 않은데? 진가 늙은이가 그걸로 끝

내더냐?'

솔직히 털어놓으면 당장 달려가 진양 스승의 멱살이라도 잡을 것 같은 표정이다. 그렇다고 거짓말을 할 수도 없는 일.

"칠절연환의 공격을 한 번 더 받아냈습니다."

등소패의 눈이 커졌다.

"뭐라?! 칠.절.연.환?!"

그는 좌소천의 전신을 샅샅이 훑었다.

겉으로 보이지는 않았지만 옷자락 속의 몸이 잘게 떨리고 있다. 아직도 충격이 가시지 않았다는 말이다.

그러나 그것은 나으면 될 일, 그리 큰 문제가 아니었다.

정작 등소패의 마음을 급하게 만든 것은 진양이 칠절연환을 펼쳤다는 것이다.

'칠절연환이라면 진가 늙은이가 밑천인 천붕칠절을 드러냈다는 뜻. 이 늙은이가 혹시 나와 같은 생각을……? 가만, 철저한 그 늙은이가 소천이를 이각 이상 늦게 보낸 이유가 그럼? 이런! 그럴 수는 없지!'

쇠뿔은 단김에 뽑아야 했다.

마음이 움직였으니 망설일 것이 없었다.

결심을 굳힌 등소패가 벌떡 일어섰다.

"지금부터 잘 보고 한마디도 놓치지 말고 들어라. 딱 한 번만 불러주고 보여줄 것이다."

다른 말은 일체 하지 않았다.

등소패는 그 말을 마치고 전각의 중앙으로 가서 섰다. 그러더니 천천히 두 주먹을 좌우로 뻗으며 흔들었다.

순간 좌소천은 갑자기 눈앞이 캄캄해졌다.

하늘과 땅이 도는 기분이었다.

"이것이 바로 건곤신권(乾坤神拳)이다!"

그때 등소패의 목소리가 귀청을 후려쳤다.

좌소천은 혀를 깨물어 정신을 차리고 눈을 부릅뜬 채 한 번도 감지 않았다.

등소패의 옆구리를 따라 흐르던 권이 천천히 전후좌우를 휘돌았다. 동시에 등소패의 입에서 건곤신권의 구결이 흘러나왔다.

"뻗는 것만큼 거두어들이는 것이 중요하다는 것은 누차 말했으니 모르지 않을 것이다. 건곤신권의 묘리는 바로 그것의 조화에 있음이다. 중(重)과 유(柔)의 힘을 찰(擦), 회(回), 탄(彈)으로 조화시키니 모두 열여덟 초식이 파생된다. 그 첫 번째가 바로 건곤착(乾坤錯)이니……."

모두 십팔 초에 이르는 구결이었다.

등소패는 일각에 걸쳐 천천히 십팔 초를 모두 늘어놓았다.

처음에는 뭔가 목적이 있어서, 나중에는 자신도 모르게 흥이 나서 펼쳤다.

내공을 거의 끌어올리지 않았는데도 신권각 내부가 온통 그의 권영으로 가득 찼다.

우르르릉!

심지어 십이 초가 넘어가 후반 육 초식이 펼쳐지자 벽력음이 흘러나오기까지 했다.

그렇게 일각.

건곤신권을 모두 펼치고서야 몸을 멈춘 등소패는 그제야 아차 하는 마음으로 고개를 돌려 좌소천을 바라보았다.

좌소천은 벽까지 밀려나 있었다.

입가에 흐르는 핏물, 붉게 충혈된 눈, 창백한 얼굴은 적지 않은 충격을 받은 듯했다. 그런데도 손톱이 손바닥을 파고들 것처럼 주먹을 움켜쥐고 눈을 부릅뜬 채 자신을 바라보고 있었다.

"괘, 괜찮으냐?"

등소패가 머쓱한 표정으로 물었다.

"예, 스승… 님. 저는 괜찮습니다."

절대 괜찮지 않은 것 같은데도 좌소천은 웃음마저 띤 얼굴로 말을 이었다.

"천봉각의 스승님께서도… 저를 가르치시려다가……. 제가 조금만 더 열심히 했으면……. 그분을 이해해 주시길……."

"어? 그, 그랬느냐?"

한데 바로 그때였다.

삐걱, 문이 열리더니 진양이 안으로 들어섰다.

안으로 들어선 진양은 벽에 기대고 서 있는 좌소천을 보더니 딱딱하게 굳은 얼굴로 등소패를 노려보았다.

"미친놈! 대체 무슨 짓을 한 것이냐? 애를 저 지경으로 만들다니!"

등소패도 지지 않고 진양을 마주 노려보았다.

"홍! 애한테 칠절연환을 펼친 놈은 어떻고? 저 애가 저렇게 된 것은 다 네놈 때문이다."

"아무리 그래도 그렇지, 이렇게 좁은 곳에서 건곤신권을 펼쳐?"

"나는 그냥 혼자 펼쳤지만 네놈은 소천이를 상대로 펼쳤다며? 게다가 철저한 네가 왜 소천이를 이각이나 늦게 보낸 거지? 무슨 꿍꿍이야?"

그때였다.

쿵!

뭔가가 바닥에 떨어지는 소리가 울렸다.

두 사람은 홱 고개를 돌려 소리가 난 곳을 바라보았다.

좌소천이 뻣뻣한 자세로 쓰러져 있었다.

"일단 저 아이부터 돌보고 나서 이야기하자."

"그거야 당연하지."

두 사람은 말을 마치자마자 좌소천을 향해 급히 다가갔다.

다행히 큰 부상은 아니었다. 연속된 충격이 잠시 좌소천의 기혈을 역류시킨 것뿐이었다.

진양이 잠시 좌소천을 살피더니 품속에서 작은 함을 꺼내 금박에 싸인 단환을 집어 들었다.

"이걸 먹여라."

"나도 약 있어."

"비록 반쪽에 불과하지만……. 곧 죽어도 대환단이다. 사실 이걸 주려고 온 것이야."

"……!"

눈이 휘둥그레진 등소패가 황급히 진양의 손에서 반쪽짜리 대환단을 뺏어 들었다.

소림지보인 대환단이 왜 진양의 손에 있단 말인가!

'진가가 소림의 제자였을 거라는 소문이 있더니, 정말이었나?'

하지만 그것은 나중에 물어봐도 될 일이었다. 등소패는 급히 좌소천의 입을 벌리고 대환단을 밀어 넣었다.

그러자 진양이 등소패를 밀쳤다.

"저리 비켜. 약기운을 돌려줘야 하니까."

좌소천이 깨어난 것은 이각가량이 지나서였다.

'신권각에서 정신을 잃은 것 같은데…….'

어렴풋이 정신을 잃기 전의 기억이 떠오른다. 아마 천봉각의 진양 스승님이 들어오신 것을 본 것 같았다.

한데 묵직하던 몸이 가볍게 느껴졌다. 마치 잠을 자고 일어나 보니 부상이 모두 나은 것 같은 그런 기분이다.

"정신이 드느냐?"

그때 들려오는 등소패의 목소리.

좌소천은 천천히 눈을 두어 번 깜박이고 옆을 바라보았다.

평상시의 엄중함은 온데간데없이 초조한 표정을 한 등소패가 보였다.

"제가 왜……? 죄송합니다, 스승님."

"내기가 진탕되어 정신이 혼미해진 것뿐이다. 곧 안정될 테니 너무 걱정하지 마라."

좌소천이 일어나려 하자 등소패가 좌소천의 가슴을 지그시 눌렀다.

"아직 시간이 있으니 좀 더 누워 있거라."

"아닙니다. 제자가 어찌 스승님 앞에서……."

"스승보다 환자가 먼저다. 그러니 더 누워 있어라."

"조금 전에 진 사부님이 들어오신 것 같았습니다만……."

등소패가 힐끔 문 쪽을 바라보고 고개를 끄덕였다.

"약만 던져 주고 그냥 갔다."

그뿐이 아니다. 자신의 공력으로 약기운까지 인도하고 갔다. 하지만 등소패는 그 말을 빼먹었다. 조금 약이 올랐으니까.

"킁, 그렇다고 너무 서운해하지는 말아라. 제법 괜찮은 약이었거든."

서운해할 것도 없었다. 너무 철저해서 오히려 차갑게 느껴지는 진양이 약까지 주고 갔다는 게 오히려 고마울 뿐이었다.

"앞으로 당분간은 심법 연마에 힘을 기울여라. 그래야 진가가 준 약이 제대로 효과를 볼 테니까."

"예, 스승님."

"그리고… 내가 불러준 구결은 어느 정도나 외웠느냐?"

극심한 충격을 받은 상태였다. 처음의 몇 초식만 외웠어도 다행이었다. 한데 좌소천이 말한다.

"기억을 더듬으면 대부분 외울 수 있을 것 같습니다."

등소패가 눈을 깜박이며 다시 물었다.

"그, 그럼 동작은……?"

"다는 아니어도… 칠팔 할 정도는……. 죄송합니다, 스승님. 제가 못나서……."

못났다고? 한 번 보고 열 중 일고여덟은 외운 놈이?

기쁜 한편으로 은근히 골이 났다.

"쿵, 그럼 나는 아주 똥멍청이겠구나. 한 번 보고 이 초도 제대로 외우지 못했었으니 말이다."

"저… 그게 아니라……."

좌소천이 몸을 일으켰다. 이번에는 등소패도 말리지 않았다.

"그만 나가보거라. 시간이 다 된 것 같다."

축객령을 내린 등소패가 몸을 돌렸다.

한 번 내린 결정을 번복하지 않는 사람이 등소패다. 좌소천이 아는 한 그는 늘 그랬다.

좌소천은 등소패의 등에 대고 깊숙이 허리를 숙였다.

"그럼 이만 가보겠습니다, 스승님."

한데 등소패가 고개도 돌리지 않고 말했다.

"한 십 년 정도 꾸준히 연마해야 그럭저럭 네 것으로 만들 수 있을 것이다. 그리고 나중에 네가 커서 혹시 괜찮은 놈을 만나거든 건곤신권을 전해주고 건곤문의 맥이나 잇게 해다오."

"제가 어찌… 그건 스승님께서……."

"나도 그러고 싶은데 몸이 따라주지 않는구나. 늙은 것은 둘째 치고, 신월맹과의 싸움에서 입은 상처가 도졌거든. 아마 다시는 건곤신권을 전력으로 펼칠 수 없을 것 같다. 약속해 주겠느냐?'

건곤신권은 등소패의 모든 것이나 다름없었다. 그러한 것을 얻고도 나 몰라라 할 수는 없는 일.

"약속하겠습니다, 스승님."

좌소천은 다시 한 번 허리를 숙이고 신권각을 나섰다.

그제야 등소패가 고개를 돌리고 씩 웃었다.

"흐흐흐. 분명히 직전제자로 삼지는 않았다네, 궁주."

6

신권각을 나선 좌소천의 눈에 파란 하늘이 보였다.

비가 내릴 징조는 여전히 눈곱만큼도 보이지 않았다.

'큭, 재미있는 분이야.'

그러나 그 밝던 표정도 제학전을 나오면서 점점 굳어졌다. 정원의 구석, 승화담 연못가에 서 있는 혁련호승이 보이는 것이다.

좌소천이 다가가자 혁련호승이 등을 기대고 있던 버드나무에서 몸을 떼었다.

"꽤 늦었는데?"

"예, 부상을 입는 바람에……."

"부상?"

혁련호승이 차가운 눈빛을 번들거리며 좌소천에게 다가왔다.

좌소천의 주위를 한 바퀴 빙 돈 혁련호승이 갑자기 손을 꼿꼿이 세워 좌소천의 옆구리를 찔렀다.

"여기?"

'윽!'

좌소천은 속으로 신음을 삼키며 이를 악물었다. 그러자 혁련호승이 다시 가슴 부위를 쿡 찔렀다.

"아니면 여기?"

혁련호승의 단련된 손은 무기나 다름없었다.

쿡쿡 찌를 때마다 단단한 목검이 찌르는 듯했다.

"흠, 거기가 아니면 여긴가 보군."

이번에는 손이 아닌 발을 날렸다.

피하면 더 심하게 손을 쓰는 혁련호승이다. 좌소천은 피하지 않고 발이 날아오는 곳에 힘을 주었다.

퍽!

혁련호승의 발끝이 허벅지를 걷어찼다.

'흡!'

좌소천이 비틀거리자 혁련호승의 입가로 하얀 웃음이 차갑게 맺혔다.

"훗, 이번엔 제대로 짚었나? 어디 다른 곳도 찾아볼까?"

순간 혁련호승의 손이 옆구리로 날아왔다.

조금 전과는 판이한 위력이 담긴 수도다. 내공이 실린 듯 다가오는 혁련호승의 손에서 강한 기운이 느껴진다.

좌소천은 본능적으로 몸을 틀고 뒤로 물러섰다.

동시에 혁련호승의 손끝이 옆구리를 스치며 옷자락이 찢어졌다.

"어쭈? 이 비천한 거지새끼가!"

손이 빗나가자 혁련호승의 눈썹이 역팔자로 추켜졌다.

"네깟 놈이 감히 내 손을 마다해? 주인의 발이나 핥아야 할 놈에게 무공을 가르쳐 놓으니까 주인의 뜻을 거부해?"

좌소천은 이마에 송골거리는 땀을 닦지도 않고 자신을 향해 다가오는 혁련호승을 노려보았다.

"피하지 않았으면 내장이 상했을지 모릅니다. 형님이 더 잘 아시잖습니까?"

"흐흥! 그러니까 내가 고의로 그랬단 말이야? 난 그런 마음으로 손을 쓴 것이 아닌데?"

혁련호승이 느물거리며 손을 들어 올린다.

"나는 그냥 네가 어디 부상을 입었는지 보고 싶었을 뿐이야. 나야 싫지만 네가 나를 형이라고 부르잖아? 형이 동생의 부상을 모른 척하면 되겠어?"

피하자니 혁련호승의 독심만 더 키워줄 것 같고, 피하지 않자니 전과 달리 극심한 내상을 입을지도 모르는 일이다.

진퇴양난. 좌소천은 입술을 지그시 깨물었다.

"제 부상은 제가 알아서 하겠습니다."

"네가? 그럴 필요 뭐 있어, 내가 봐준다니까? 이리 와, 거지새끼야."

다가오는 혁련호승의 눈에서 악독한 눈빛이 번들거린다. 오늘따라 유난히 더 심하게 괴롭히려 든다.

'어머니, 저는 어떻게 해야 합니까?'

차라리 평소처럼 비무를 하는 거라면 속이 편할 것이었다. 비무를 하다 보면 맞을 수도, 다칠 수도 있으니까.

그러나 오늘 혁련호승이 바라는 것은 비무가 아니다.

대체 왜 저 늑대 같은 작자가 오늘 따라 살기를 드러내는 것일까?

'선우 대협과의 일 때문에 그런가?'

아무래도 그런 것처럼 보인다. 그동안 아무도 제어하지 못한 저자를 선우 대협이 끌고 가지 않았던가.

그때 혁련호승이 음충맞게 웃으며 말했다.

"네 아비를 우리 아버지가 살려줬잖아. 그래서 나도 네 부상을 봐주려는 거야. 그러니까 순순히 말을 들어, 벌레새끼처럼 도망갈 생각만 말고."

"견딜 만합니다. 형님이 신경 쓰지 않아도 될 정도니 걱정 마십시오."

문득 혁련호승의 비릿한 웃음이 짙어진다.

달싹거리는 입술, 뭔가 말하고 싶어 미치겠다는 표정이다.

결국 속삭이듯 나직한 목소리가 썩은 냄새를 풍기며 흘러나왔다.

"후후후, 혹시 이거 알아? 네놈 아비가 왜 죽었는지 말이야."

좌소천은 눈을 부릅뜨고 혁련호승을 노려보았다.

"무슨… 말입니까?"

"크크크. 오냐오냐해 주니까, 우리가 네 아비를 정말 의인처럼 생각하고 있는 줄 아나 보지?"

혁련호승의 목소리가 들릴 듯 말 듯 잇새로 나직이 흘러나왔다.

"잘 들어, 거지새끼야. 네 아비는 원래 죽게 되어 있었어. 물론 네 아비는 죽어서도 모르고 있을 테지만. 크크크크……."

혁련호승이 잇새로 으르렁거리며 쳐든 손을 움켜쥐었다.

좌소천은 이를 악물고 혁련호승이 손을 든 채 다가오는 것을 바라보았다.

다른 생각은 나지도 않았다.

대체 무슨 말일까?

분명 아버지가 남긴 글에도 아버지가 죽음을 원했다 했거늘. 저 독사 같은 놈의 말은 또 뭐란 말인가.

'단순히 나를 놀리기 위해서 하는 말일까?'

그럴지도 몰랐다. 거짓말 몇 마디로 사람 속을 뒤집어놓고도 남을 작자니까.

하지만 만에 하나라도 그게 사실이라면……?

혼란이 그의 머릿속을 뒤죽박죽으로 만들어 버렸다.

그때였다!

퍽!

멍하니 생각에 잠긴 사이 혁련호승의 주먹이 가슴을 후려쳤다.

숨이 턱하니 막히며 가슴이 터질 것 같았다. 본능이 그의 가슴을 움츠러들게 하지 않았다면 뼈가 부러졌을지도 모를 정도로 강한 일격이었다.

전과 달리 공력이 실린 일격. 작정을 하고 날린 주먹이다.

'역시 평소와 완전히 달라. 이자가 왜 그러는 거지?'

좌소천은 벌게진 얼굴로 혁련호승을 올려다봤다.

하얗게 웃으며 다시 손을 쳐드는 혁련호승이다. 한데 언뜻 그의 번들거리는 눈에 붉은 기가 돈다.

'설마… 살기?'

"키키키, 엊그제 우연히 들었는데 아버지가 그러시더군. 어차피 사석이 될 돌이었는데 꽤 유용하게 썼다고 말이야."

순간 말을 마친 혁련호승의 손에서 푸른 기가 맴돌았다.

그걸 본 좌소천의 눈이 딱딱하게 굳었다.

'제령수?! 설마 나를……?'

이제 겨우 입문 단계에 불과하지만, 제천신궁의 직계만이 익힌다는 제령수가 분명했다.

무쇠도 부순다는 수공.

정통으로 맞는다면 정말 병신이 될지도 모른다. 아니면 죽든지.

좌소천은 안간힘을 다해 뒤로 물러서며 급히 내력을 끌어올렸다. 가슴을 맞은 충격으로 인해 모든 힘을 다 쓸 수는 없는 상황. 그래도 어떻게든 혁련호승의 공격을 벗어나야만 했다.

"흥! 한 번만 더 피하면 팔이 아니라 목을 칠지도 모른다. 혹시라도 미려가 너를 구해줄 거라 생각했으면 꿈에서 깨라. 그 아이는 어머니의 심부름을 가서 이곳에 오지 못할 테니까."

"대체 왜 저를⋯⋯?"

혁련호승이 싸늘한 눈빛을 번뜩이며 이를 부드득 갈았다.

"왜냐고? 몰라서 묻는 거냐? 네놈 때문에 내가 어제 제학전에서 어떤 치욕을 당했는지 알아? 그런데 왜냐고? 형님과 비교당하며 바보 취급 받는 것도 서러운데, 네깟 놈 때문에 내가 왜 치욕을 당해야 한단 말이냐?! 그런데⋯ 왜냐고?"

으르렁거리는 목소리가 떨려 나온다.

상처 입은 늑대가 울부짖는 것만 같다.

그제야 어렴풋이 독사처럼 자신을 몰아붙이는 혁련호승의 마음을 알 것 같았다.

어릴 때부터 혁련호정과 비교당하며 살아왔을 터다. 그것도 서러운데 거기다 대고 어제 제학전의 스승들이 심하게 면박을 준 듯했다.

"그게 원인이라면 다시는 이곳에 오지 않겠습니다."

혁련호승이 세 걸음 앞까지 다가왔다.

"크크크, 이미 늦었어. 네놈이 병신이 되기 전에는 소용없는 일이야. 나는 나보다 뛰어난 하인은 필요없거든."

좌소천은 다시 한 걸음 물러섰다.

물러서며 다리를 정 자로 벌리고 자세를 잡았다.

자신이 저항하면 어머니에게까지 피해가 갈지 모른다. 혁련호승은 충분히 그렇게 하고도 남을 자니까.

그러나 자신이 크게 다치면 당장 어머니가 가슴 아파할 것이다.

어느 것이 더 어머니를 위한 길인지 확실치는 않다.

다만 분명한 것은, 이대로 가만히 서서 당할 수는 없다는 것이었다.

'일단은 피할 수 있는 데까지 피해보는 수밖에.'

혁련호승이 눈초리를 치켜뜨고 독사의 혓바닥처럼 혀를 내밀어 입술을 적셨다.

"어쭈? 대항하겠다고? 어디 한번 해봐라. 내 아버지에게 혼나는 한이 있어도 반드시 네놈을 걷지도 못하는 앉은뱅이로 만들어 버리고 말 테니까."

이를 악문 좌소천의 주먹이 바들바들 떨렸다.

두려워서가 아니다. 분해서다.

'어디 해봐라! 당장은 나를 몇 대 때릴 수 있을지 몰라도 네 깟 놈은 영원히 나를 꺾을 수 없을 거다!'

순간 혁련호승이 두 손을 앞세우고 달려들었다.

좌소천은 두 팔을 휘둘러 혁련호승의 손을 막으며 뒤로 물러섰다.

따닥!

손과 팔이 부딪치며 나무 두들기는 소리가 났다.

'크읍!'

제령수는 생각보다 훨씬 더 강맹했다.

강렬한 충격에 두 팔이 부러지는 듯하다.

좌소천은 이를 악물고 두 걸음을 물러서서 다음 공격을 대비했다.

"크크크, 발 병신에 팔 병신까지 되고 싶은가 보지?"

혁련호승이 비열한 웃음을 흘리며 다시 덮쳤다.

좌소천은 비연신법으로 정신없이 혁련호승의 공격을 피했다. 혁련호승은 생쥐를 가지고 노는 고양이처럼 좌소천을 놀리며 구석으로 몰아붙였다.

"킬킬킬, 꼭 생쥐새끼 같군!"

삼 초, 사 초, 오 초.

"쥐새끼, 갈비뼈를 뽑아내 주마!"

휘익!

갑자기 몸을 날린 혁련호승이 제령수를 뻗는다.

좌소천은 재빨리 옆으로 세 걸음을 갈지자로 걸으며 구석에서 빠져나왔다. 그러면서도 눈은 한시도 혁련호승에게서 떼어 놓지 않았다.

그때 쭉 뻗어오던 혁련호승의 손이 꺾어지며 옆구리를 훑어온다.

좌소천은 혁련호승의 내력이 흐르는 것과 같은 방향으로 다급히 몸을 한 바퀴 돌리며 제령수의 힘을 약화시켰다.

찌이익!

혁련호승의 손길에 옷이 다시 찢어지며 옆구리로 바람이 스며든다.

직접 맞지 않았는데도 살점이 뭉개지는 고통이 밀려든다.

이를 악문 좌소천은 주르륵 두 걸음을 더 물러섰다.

"요것도 받아봐라!"

순간 혁련호승이 땅을 박차고 독수리처럼 좌소천을 덮쳤다.

우족이 하늘에서 벼락처럼 떨어진다.

좌소천은 몸을 뒤로 살짝 눕히면서 두 손을 가위처럼 엇갈려 혁련호승의 일퇴를 막아냈다.

픽!

"흡!"

하지만 내력이 실린 일퇴는 커다란 몽둥이와도 같았다.

팔이 부서질 것 같은 충격!

전신이 그 충격에 벼락이라도 맞은 듯 떨렸다.

그 순간이었다.

"뒈져라, 벌레새끼!"

뒤로 몸을 반쯤 눕힌 좌소천의 얼굴로 혁련호승의 발길질이 다시 한 번 떨어져 내렸다.

이가 보이도록 하얗게 웃으며 어깨를 떡 펴고 발을 뻗는 그다. 세 살짜리 아이를 상대하는 듯 오만한 자세다.

좌소천은 급히 몸을 옆으로 돌리고, 손으로 바닥을 짚은 채 발을 휘둘렀다.

휘익!

상대의 빈틈이 보임과 동시에 나온 거의 무의식적인 동작이었다.

순간 좌소천의 발뒤꿈치가 혁련호승의 턱으로 날아갔다.

미처 생각지도 못했던 반격!

혁련호승은 사각을 비집고 날아든 발길질에 반사적으로 고개를 뺐다.

핏!

찰나간 좌소천의 발뒤꿈치가 혁련호승의 코끝을 스치고 지나갔다.

"헛!"

방심하다가 턱이 날아갈 뻔한 혁련호승이 헛바람을 들이켰다.

그때, 좌소천의 발끝이 스쳐 간 코에서 피가 뚝뚝 떨어진다.

"코… 피?"

쓰윽 소매로 코피를 닦아낸 혁련호승은 시뻘게진 얼굴로 눈을 부라리며 공력을 배로 끌어올렸다.

얼굴 좀 뭉개고 팔다리 한두 개 부러뜨리는 것으로 끝내려 했다.

한데 감히 반격을 하다니!

감히 주인의 몸에서 피를 흐르게 하다니!

"이 벌레새끼가! 어디, 이것도 받아봐라, 쥐새끼 같은 놈! 내 오늘 반드시 네놈을 앉지도 서지도 못하는 병신으로 만들고 말 것이다!"

혁련호승의 손에 맺혔던 푸르스름한 기운이 밖으로 흘러나온다.

좌소천은 급히 몸을 일으키고는 땀을 닦을 생각도 못한 채 혁련호승을 노려보았다.

자신도 모르게 공격을 하고 말았다. 그 한 번의 공격으로 이제 갈 때까지 간 상황이 되었다.

'제길, 조금 더 참았어야 하는데!'

그런 한편으로는 턱을 아예 부숴 버렸으면 더 좋았을걸 하는 생각도 들었다.

'그래도 저놈의 피를 보니 기분은 괜찮군. 크크크.'

좌소천은 미약한 내력이나마 모조리 끌어올리고 혁련호승의 공격에 대비했다.

호성단의 무사들은 절대 이곳으로 오지 않는다. 어제오늘 일이 아니니까. 그러니 순전히 자신의 힘으로 막아내야 한다.

몇 초나 막을 수 있을까?

혁련호승이 분노한 이상 삼사 초도 막지 못할 것이다.

방법은 하나였다. 기회가 오면 반격하고, 그사이 이곳을 빠져나가는 수밖에 없다. 그 기회가 올지는 알 수가 없지만.

'어떻게든 빠져나갈 기회를 잡아야 돼.'

좌소천은 이를 지그시 깨물고 몸을 낮췄다. 혁련호승이 살기 띤 눈으로 다가오고 있었다.

"흐흐흐, 병신이 되어서 땅을 박박 기어 다녀봐라, 거지새끼야!"

바로 그때다. 승허담 저쪽에서 나직한 노성이 들려왔다.

"악독한 놈! 만일 네놈이 한 번만 더 손을 쓰면 내 혁련 형과

사이가 멀어지는 한이 있어도 네놈의 손모가지를 분질러 버릴
것이다."

좌소천은 갑자기 가슴이 찡해졌다.

선우궁현의 목소리다. 죽기 직전 하늘에서 구원의 사자가
내려온 기분이다.

반면에 혁련호승은 다 된 밥에 모래가 한 주먹 들어간 표정
으로 눈살을 찌푸렸다.

선우궁현이 건물을 돌아 나오고 있었다.

"숙부님, 이 일은 제가 알아서 할 일입니다. 관여치 말아주
십시오."

"뭐라? 알아서 할 일? 관여치 말아?"

휘익!

옆으로 바람 한줄기가 스쳐 간다 느껴진 순간,

쾅!

"커억!"

혁련호승의 몸이 붕 떠서 날아갔다.

가공할 빠르기, 엄청난 위력의 발길질이었다.

"다시 한 번 말해봐라. 네가 알아서 한다고 했더냐? 관여치
말라 했더냐?"

"으으으……."

신음만 흘리는 혁련호승을 향해 선우궁현이 다가갔다.

"어디, 혁련 형에게 가서 물어보자. 과연 이 일이 네놈이 알
아서 해도 되는 일인지."

"수, 숙부……?"

"네놈이 마음대로 태군사 좌유승의 아들을 병신으로 만들어도 되는 일인지 내가 한번 물어봐야겠다."

"숙부, 왜 저 거지새끼를 두둔하시는 겁니까?!"

"그렇게 말하는 네놈의 그 말투가 싫어서다, 버르장머리없는 놈!"

퍽!

선우궁현의 기이한 발길질에 혁련호승의 몸이 다시 떼굴떼굴 굴러갔다.

열아홉 살 혁련호승의 덩치는 선우궁현보다도 컸다. 그러나 선우궁현은 결코 그가 상대할 수 없는 초절정의 고수였다.

"그만 하십시오, 아저씨."

좌소천이 다급히 말렸다.

선우궁현이 말리는 좌소천을 돌아다보았다.

"왜 그러느냐? 이놈은 더 혼내줘야 정신을 차릴 놈이다."

"제 일은… 제가 해결하겠습니다."

"뭐라?"

"말려주신 것은 고맙습니다만, 그 이상은 저에게 아무런 도움이 되지 않습니다."

선우궁현이 한 번은 혁련호승을 막을 수 있을지 몰라도 이 일은 오늘만 넘긴다고 끝나지 않는다. 선우궁현이 떠나가면 전보다 더 악랄하게 나올 사람이 혁련호승인 것이다.

선우궁현도 멍청한 사람이 아니었다. 아니, 철검판관이라는 별호가 붙었을 정도로 냉정하고 사리 분별이 확실한 사람이었다.

그는 좌소천의 말을 듣고서야 이상함을 느끼고 혁련호승과 좌소천을 번갈아보았다.

한데 그때다. 혁련호승의 눈가로 스치는 살기가 눈에 띄었다.

'아직 스물도 안 된 어린놈이 저리도 살기가 짙다니. 수십 명을 죽여도 눈 하나 까딱하지 않을 놈이로구나. 응? 가만, 혹시 다른 사람이 다칠까 봐……?'

처음에 좌소천이 가만히 서서 맞는 것을 보고 참 배알도 없는 놈이구나 싶었다. 나중에는 그럭저럭 피하기는 했지만.

한데 맞고도 참았던 것에 이유가 있었던 듯하다.

그가 아는 한 좌소천이 염려할 만한 사람은 오직 한 사람뿐이다. 그리고 혁련호승의 사악한 눈빛은 충분히 그가 염려하는 사람을 괴롭힐 수 있다는 반증이었다.

선우궁현의 얼굴이 딱딱하게 굳어졌다.

'그랬구나. 너는 어머니 때문에 맞고도 참았던 것이구나. 그러다가 호승이란 놈이 제령수를 쓰니까 그제야 피한 것이고.'

상황을 빠르게 유추한 선우궁현이 좌소천을 뚫어지게 바라보았다.

오해한 것은 오해한 거고, 잘못된 것은 바로잡아 줘야 했다.

"네가 잘못 알고 있는 게 있다. 도움이 안 되는 것은 지금 너의 행동이다. 설마 너는 네가 힘을 가질 때까지 맞고 다닐 생각은 아니겠지? 그때까지 너나 네 어머니가 안전할 거라 생각하는 거냐? 만일 그리 생각했다면 너는 정말로 바보멍청이다. 내가 만일 나서지 않았다면 어떻게 되었을 거라 생각하느냐?"

좌소천의 몸이 부르르 떨렸다.

그도 모르지 않았다.

어머니야 어떻게 되든 말든 무작정 대들 수도 없고, 어머니를 쫓는 자들이 있을지 모르는데 제천신궁을 도망치듯 떠날 수도 없고, 그렇다고 진짜 하인처럼 생활하기도 싫었을 뿐이다.

그래서 차라리 몇 대 맞는 게 나을 거라 생각했다.

그러면 혼자만 아프면 되니까.

"저는… 저는 어떻게 해야 할지 모르겠습니다. 길을 가르쳐 주십시오, 선우 대협."

선우궁현이 눈에 힘을 주고 소리쳤다.

"가르쳐 달라고? 좋아! 그럼 먼저 대협이라는 말부터 고쳐라!"

"예? 예, 아저씨."

"이제는 그냥 아저씨로도 안 된다. 내가 네 선친보다 서너 살 많으니 백부라 불러라."

"예… 배, 백부님."

그제야 선우궁현은 홱 고개를 돌려 혁련호승을 향해 냉랭히 말했다.

"들었느냐? 이 아이는 내 조카다. 한데 네가 감히 내 조카를 병신으로 만들려고 해?"

혁련호승의 표정이 와락 일그러졌다.

'이 너구리 같은 작자가!'

억지라는 것을 모를 그가 아니다. 그런데 억지라 할 수만도 없다. 아버지도 좌소천에게 백부라 부르라 했으니 아버지의 친구를 백부라 부른다 해도 이상할 것이 없는 것이다.

"숙부님, 그거야……"

"그만! 네가 또 토를 달겠다는 거냐? 안 되겠다. 혁련 형에게 가자! 진심으로 사죄하면 모를까, 꼭 너를 데리고 가서 혁련 형에게 따져 봐야겠다."

"죄송합니다, 숙부님. 제가 잘못했습니다."

"흥! 입에 발린 소리는 듣기 싫다. 잘못을 인정할 때는 그렇게 빳빳이 서서 하는 것이 아니다."

선우궁현의 뜻을 깨달은 혁련호승은 이가 부서지도록 악물고 무릎을 꿇었다.

아버지에게 갈 수는 없었다. 남의 눈을 생각해서라도 엄벌이 내려질 터다.

더구나 선우궁현의 말이라면 자신의 어떤 변명도 통하지 않을 것이 분명했다.

"용서해… 주십시오, 숙부님."

하지만 이번에도 선우궁현이 고개를 저었다.

"방향이 잘못되었다. 용서를 빌려거든 소천이에게 빌어라."

혁련호승은 벌겋게 달아오른 얼굴로 좌소천을 죽일 듯이 노려보았다.

좌소천은 안 해도 된다고 말하려다가 목구멍까지 기어올라온 말을 억지로 짓눌렀다.

이미 엎질러진 물. 주워 담을 수도 없었다. 그리고 무엇을 어떻게 해야 하는지도 확실하게 알았다.

이제는 당하면서 지내고 싶지 않았다.

많이 힘들어질지도 모르지만 어머니도 그걸 바랄 것이다. 분명히!

'그래, 백부님의 말대로 언제까지 이렇게 살 수는 없어!'

결정을 내린 이상, 절대 물러서지 않을 생각이었다.

좌소천은 고개를 세우고 혁련호승을 노려보았다.

"다시는 저를 괴롭히지 말아주셨으면 합니다. 다음부터는 저도 맞고만 있지 않을 겁니다."

갑자기 변한 좌소천의 태도에 혁련호승의 얼굴색이 순식간에 서너 번이나 변했다.

"대답해라! 어찌할 거냐?!"

그때 옆에서 선우궁현이 다그쳤다.

혁련호승은 부들거리는 몸을 주체치 못하고 떨리는 목소리로 말했다.

"좋… 다. 너를… 더 이상… 건들지… 않으마."

"남자로서 약속해 주십시오."

빠드득.

이를 간 혁련호승이 좌소천을 죽일 듯이 노려보았다.

"약속… 하마."

'대신 언제고 죽여 버리겠어! 처참하게! 거지같은 새끼!'

그런 혁련호승을 향해 선우궁현이 말했다.

"다시 말하지만 이 아이는 내 조카다. 철검판관 선우궁현의 조카. 그 점, 절대 명심해야 할 것이다. 만일 이 아이가 잘못되면 나는 가장 먼저 너를 의심할 테니까."

부르르 몸을 떤 혁련호승은 더 참지 못하고 몸을 돌렸다.

"명심… 하죠, 숙부님."

한마디 한마디마다 이가 부서져 후두둑 떨어지는 듯했다.

하지만 선우궁현은 안중에도 없는 표정으로 냉랭히 말했다.

"어쨌든 오늘 일에 대해서 일단은 혁련 형과 의논을 해봐야겠다."

순간 혁련호승의 몸이 바람 소리가 나도록 팽 돌아섰다.

"숙부님!"

"그렇게 쳐다볼 것 없다. 나는 약속을 어긴 것이 아니니까. 너를 데리고 가지는 않을 생각이거든."

선우궁현은 혁련호승의 반응을 본 척도 않고 태연히 몸을 돌렸다.

"가자, 소천아. 왜? 더 볼일이라도 남았느냐?"

"아, 아닙니다, 숙부님."

그날 좌소천은 선우궁현으로 인해 세상 살아가는 방법에 대한 것을 몇 가지 깨달았다.

사람은 일단 힘이 있고 봐야 한다는 것.

참을 땐 참아야 하지만, 무조건 참는 것만이 능사가 아니라는 것.

경륜이라는 것이 어지간한 무공보다 훨씬 중요하다는 것.

그리고 확실히 늙은 생강이 맵다는 것을.

선우궁현이 떠난 것은 그 일이 있고 사흘이 지나서였다.

그가 정말로 궁주에게 혁련호승과의 일을 말씀드렸는지는 알지 못했다.

다만 그 일이 있고 며칠이 지나지 않아서 혁련호승이 예정보다 빨리 제천동에 들어갔다는 것만 알 뿐이었다.

제천신궁의 직계들만이 들어갈 수 있다는 제천동. 혁련호승이 그곳에 들어갔다는 것은 마침내 그가 본격적인 제천신궁의 무공을 익히게 되었다는 말과도 같았다.

또한 앞으로 삼 년간은 그와 만날 일이 없다는 말이었다.

제천동의 수련 기간 삼 년 동안은 절대 외부 출입을 할 수 없으니까.

좌소천은 그가 나올 때까지 혼신을 다해 힘을 키울 작정이었다. 그가 나왔을 때 당하지 않기 위해서라도.

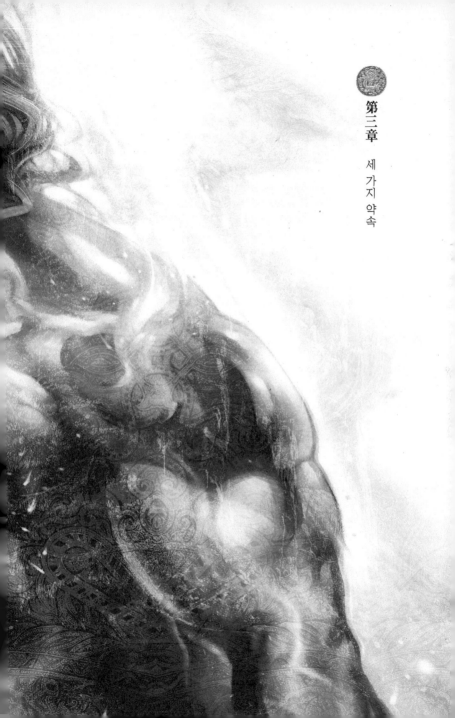

第三章

세 가 지 약 속

절대천왕 絕對天王

고요히 가라앉은 늦여름 아침의 공기가 온몸을 어루만진다.

온몸이 허공에 붕 뜬 채 대기 속으로 녹아들어 가는 것만 같다.

"후우우욱! 후우우……!"

좌소천은 두 손을 가슴에 모으며 천천히 숨을 조절했다.

떠오르는 태양이 가슴속으로 빨려드는 기분이 든다.

온몸에 흐르는 땀이 상쾌하기만 하다.

어스름이 밀려오기 전에 일어나 한 시진째. 다섯 스승에게 배운 초식을 펼치다 보면 온몸이 땀으로 젖는다. 육체의 능력을 한계치까지 끌어올리기 때문이다.

육체는 내공을 담는 그릇, 한순간도 소홀히 할 수가 없었다.

그 덕분인지, 아니면 진양 사부가 먹인 약으로 인해서인지 얼마 전 금라천경 상의 금라천황공이 갑자기 입문 단계를 넘어섰다.

너무 기뻤던 좌소천은 어머니에게 그 사실을 밝혔다. 그러자 어머니가 대경해서 말했다.

"네가 절정의 경지에 도달하기 전에는 타인 앞에 네가 그 무공을 익혔다는 걸 절대 드러내서는 안 된다. 무슨 일이 있어도. 알겠느냐?"

좌소천도 어머니의 말이 어떤 뜻인지 모르지 않았다.

금라천을 멸망시킨 자들의 추적. 아마 그것이 염려된 때문일 것이다.

대체 어떤 자들이기에 십수 년이 지나도록 추적을 멈추지 않는 걸까? 정말 그들이 지금도 추적을 하고 있을까?

아무것도 확실한 것은 없다. 지나친 염려일지도 모른다.

하지만 어머니의 밀씀을 무시할 수는 없었다. 만에 하나 그것이 사실이라면 자신으로 인해 어머니가 위험하게 될지도 모르는 일이 아닌가.

"예, 걱정 마세요, 어머니."

좌소천은 순순히 답하고, 대신 금라천황공이 입문 단계에 들어선 이후에 든 한 가지 의문에 대해 더 물어보았다.

"그런데 어머니, 금라천황공은 분명 금라천의 무공이 아닌데 왜 금라천의 무공과 비슷하게 느껴지죠?"

어머니는 한숨을 내쉬고는 조부에게서 전설처럼 들었다는

이야기 한 토막을 해주었다.

"천 년도 더 전에 있었던 일이라고 하는데……."

하늘을 농락할 힘을 가졌던 신인들이 하늘의 노여움을 받아 둘로 갈라졌는데, 그중 하나가 촉산에 터를 잡았다 했다.

그때만 해도 촉산의 주인은 하나였는데, 칠백 년 전부터 둘로 나뉘었다고 했다. 그 둘이 바로 금라천과 환상마궁이었다.

그 두 세력은 철천지원수처럼 서로를 멸망시키려 했다.

본래 사형제였는지 아니었는지는 알 수 없지만, 두 세력의 조상들이 권력을 차지하기 위해 서로의 가족을 죽였기 때문이라 했다.

한낱 조상의 권력욕 때문에 그 후예들이 무려 칠백 년에 걸친 앙앙불락의 원수가 된 것이다.

그리고 결국 촉산혈전에서 금라천이 승자가 되었다. 그러나 그런 금라천도 결국 천외천가에 의해 멸망하고 말았으니…….

"자업자득일지도 모르지. 서로를 멸망시키기 위해 수백 년간 피를 흘리며 싸워왔으니 말이다."

어머니는 그 말만 하고 원수들에 대해서는 입을 다물었다.

천외천가에 대한 복수를 부탁하지도 않았다.

네가 알아서 해라, 하는 것 같았다.

어쨌든 복수도 힘이 있어야 할 수 있는 법. 좌소천도 그 일에 대해서는 마음속으로만 다짐했다.

'저에게 힘이 생기면 꼭 외가의 복수를 해드릴게요.'

"자! 다시 해보자!"

좌소천은 스스로를 다그치고는 다시 한 번 자신이 아는 초식을 하나도 빠짐없이 모두 펼쳐 보았다.

그는 격렬한 움직임 뒤에 땀을 흘리는 것이 좋았다.

거센 심장의 박동. 손끝에서 발끝까지 느껴지는 신경 하나하나의 움직임.

그 모든 것이 그를 즐겁게 했다. 생각보다 진도가 느리다는 것만 빼고는.

어느덧 혁련호승과의 일이 있고 일 년이 지났다.

좌소천은 제학전에서 배운 무공을 하루도 소홀히 하지 않고 연마했다. 특히 연환칠절과 건곤신권을.

그런데도 겨우 형(形)을 흉내나 낼 수 있을 뿐이었다. 아마 내공운용법을 깨우치려면 아마 몇 년은 더 익혀야 할 것 같았다.

문제는 진양 스승님이 사문에 일이 있다며 떠나는 바람에 천붕칠절이라는 이름을 따로 가진 칠절연환을 더 가르침 받을 수가 없다는 것이었다.

등소패 스승님은 진양 스승님의 사문을 소림으로 짐작했다. 그러면서 그분이 가르친 천붕칠절을 열심히 익히라 했다.

어쩌면 천하제일이라 불리는 소림의 봉법을 실전에 맞게 고친 것이 바로 천붕칠절일지 모른다면서. 사십 년 전에 이단의

봉법을 익힌다며 소림에서 쫓아냈다던 소림의 제일기재 운혜
가 바로 진양 스승님일지 모르겠다면서.

그러고는 코웃음을 치며 한마디를 덧붙였다. 조금은 자신이
없는 표정으로.

"흥! 아무리 그래도 내 권법이 진가의 봉법보다 낫지. 아암!"

어쨌든 답답해한다고 해서 풀릴 것도 아닌 일. 좌소천은 깊
게 숨을 들이켜고 붉은 태양이 떠오르는 동녘 하늘을 바라보
았다.

"후우, 급하게 마음먹지 말고 천천히 하자. 아직 일 년이나
남았는데, 뭐."

일 년. 그랬다. 일 년 후면 궁주인 혁련무천이 직접 무공을
가르치겠다는 삼 년째가 된다.

어쩌면 그래서 자꾸 조급한 마음이 드는 건지도 몰랐다. 그
때가 되면 제학전의 스승님들에게서 더 배울 수 없을지도 모
르니까.

한데 그때 문득, 일 년 전 그날에 혁련호승이 한 말이 떠올
랐다.

'정말… 아버지의 뜻만으로 그렇게 된 것이 아니었을까?'

그날의 일에 대해선 어머니에게 말씀드리지 않았다. 당연히
혁련호승의 말도.

자신조차 그 말만 생각하면 가슴이 뛰고 마음이 안정되지

않는데 어머니는 오죽할까.

그런데 언젠가는 알아봐야 할 것 같았다.

만일 그의 말이 사실이라면 아버지의 아들로서 방관할 수만
은 없는 일이 아닌가 말이다.

'일단은 힘을 갖추는 게 먼저다. 힘이 없으면 아무것도 할
수 없는 세상이잖아?'

좌소천은 상념을 털어내고는 마보를 취하고 두 손을 앞으로
뻗었다.

"나는 할 수 있어! 차앗!"

뻗친 두 손이 붉은 태양 속에 틀어박혔다.

아침 햇살이 지붕에 황금빛으로 얹어져 있었다.

이슬 때문인지 더욱 빛이 났다.

'황금기와를 떼어다 팔면 먹고살 걱정은 없겠군.'

좌소천은 자신의 엉뚱한 생각에 피식 웃음이 나왔다. 한데
문을 열고 집으로 들어가려 할 때다. 이상한 느낌이 들었다.

좌소천은 걸음을 멈추고 눈살을 찌푸렸다.

마치 누군가가 엿보고 있는 것 같다.

끈적끈적한 느낌이 불쾌하게 다가온다.

그러나 주위를 둘러봐도 아무것도 보이지 않았다.

좌소천은 고개를 털고 안으로 들어갔다.

방으로 들어가자 동방선유가 좌소천을 불러 앉혔다.

"이리 앉아보거라."

"예, 어머니."

동방선유가 물끄러미 좌소천을 바라보더니 나직이 입을 열었다.

"밖에서 이상함을 느끼지 못했느냐?"

좌소천의 눈이 커졌다.

"어머니가 어떻게……?"

동방선유가 쓴웃음을 지으며 천천히 손을 내밀었다.

"아무리 내가 숨기고 살았다지만 너는 너무나 이 어미를 모르는 것 같구나."

갑자기 무슨 말일까?

좌소천이 의아해할 때다. 동방선유가 탁자의 귀퉁이를 가볍게 문질렀다.

탁자의 귀퉁이가 가루가 되어 바닥으로 떨어져 내렸다.

우수수수…….

좌소천의 입이 살짝 벌어지고 커진 눈이 파르르 떨렸다.

"정말… 그랬군요. 자식이 되어서 어머니를 너무나 몰랐군요."

전력을 다한다면 할 수 있을지도 모른다. 하지만 아무렇지도 않게 할 수는 없는 일이다.

그가 알기로는 적어도 사오십 년의 내공이 있어야만 어머니처럼 할 수 있을 터였다. 게다가 그것이 다가 아닐 것이 분명했다.

좌소천은 그동안 자신이 해온 행동이, 생각이 우습게 느껴졌다.

자신이 어머니를 걱정하는 동안, 어머니는 어린 자신을 길가에 내놓은 아이처럼 걱정했을 것이 아닌가 말이다.

그러면서도 속으로만 삭였을 것을 생각하니 눈물마저 나오려 한다.

'바보, 나는 바보다. 다른 사람이 기재라 추켜세워 준 것에 자만해서 내가 바보라는 것도 모르고 지내왔다. 어머니에게 기초 무공에 대한 것을 물어보면서도, 그에 대한 답을 얻었으면서도 어머니가 고수라는 것을 모르고 있었다니……'

자식이었기 때문이다. 자식이 아닌 남의 눈으로 봤다면 알아봤을지도 모른다.

아버지도 없어 자신과 단둘이 살아가는 불쌍한 어머니, 보살펴 줘야 할 어머니. 그게 자식이 보는 어머니가 아니던가.

"쯔쯔쯔, 내가 금라천의 후예라는 것을 말해줬는데도 생각하지 못했는가 보구나."

금라천의 후예.

그랬다. 어머니는 분명히 그렇게 말했었다.

완전히 바보멍청이가 된 기분이다.

"그래도 나는 그런 내 아들이 더 사랑스럽구나."

"예?"

동방선유의 입가에 가는 웃음이 그어졌다.

"그동안 이 어미를 많이 걱정했을 것이 아니냐?"

사실이었다. 너무나 걱정해서 혁련호승에게 맞고도 참았었다. 어머니만 아니었다면 어떻게든 피하기라도 했을 텐데.

그걸 생각하니 괜히 약이 올랐다.

"정말 너무하십니다, 어머니. 그걸 아시면서도 말씀해 주시지 않다니요."

"내가 말해주지 않아도 네가 알아봤어야지. 정식으로 무공을 배운 지 이 년이나 되었으면서도 알아보지 못한 네 잘못이 더 크다."

할 말이 없어진 좌소천은 고개를 푹 숙였다.

그때 동방선유가 처음의 담담한 목소리로 입을 열었다.

"얼마 전부터 며칠 간격으로 누군가가 우리 집을 엿보고 있다."

고개를 든 좌소천의 표정이 굳어졌다.

"대체 누가… 왜 우리 집을 엿보는 걸까요?"

"그걸 내가 어찌 알겠냐마는, 예상할 수 있는 자들은 두 무리다."

동방선유의 표정도 굳어졌다.

좌소천은 흠칫한 마음으로 조심스럽게 입을 열었다.

"혹시 어머니를 쫓는다는 자들인가요?"

"그들일 가능성이 가장 높다고 할 수 있겠지. 그리고 나머지 하나는……."

동방선유는 잠시 망설이더니 미간을 찌푸리고 신음하듯이 탄식했다.

"하아, 아무래도 안 되겠다. 잘못하면 선입견이 생겨 제대로 판단할 수 없을지 모르니 좀 더 살펴보고 말해주마."

대체 어떤 자들이기에 그러는 걸까?

어쨌든 항상 신중하고 말 한마디 한마디를 조심하는 어머니다. 좌소천은 곧 의문을 접고 자신의 생각을 말했다.

"저, 어머니. 궁주님께 도움을 청하는 것은 어떨까요?"

멈칫한 동방선유가 피식 웃었다.

"내가 걱정돼서 그러느냐?"

"솔직히 그렇습니다, 어머니."

동방선유가 입가에 작은 웃음을 매달고 손가락으로 좌소천의 코를 콕콕 찌르는 시늉을 했다.

"나는 우리 아들이 걱정된다."

좌소천의 얼굴이 붉어졌다.

어머니에 대해 알지도 못하면서 걱정만 태산보다 더 높게 간직하고 있던 자신이다. 걱정될 만도 했다.

"좌우간 나는 너를 걱정하고, 너는 이 어미를 걱정하니 궁주께 말씀을 드려보기는 해야겠지."

"그래도 되겠습니까?"

좌소천의 얼굴이 밝아졌다.

"안 될 것이 뭐가 있겠느냐? 대신 네가 만나봐야 한다."

"당연하죠. 궁주님에게 부탁하는 걸 어떻게 어머니께 맡기겠어요?"

"휴우, 우리 소천이가 그래도 남자라고 집안일에 나서는 것 같다만, 코앞에 있는 어미의 능력도 몰라본 철부지가 잘할 수 있을지 모르겠구나."

"참나, 어머니도. 제가 이래 봬도요……."

좌소천은 답답하다는 듯 가슴을 치며 자신을 자랑했다. 어머니 앞에서 뜀박질을 자랑하는 세 살짜리 아이처럼.

동방선유는 그런 아들의 모습을 보며 빙그레 웃었다.

'그럼, 누구 아들인데……'

2

혁련무천과의 독대가 허락되었다.

비록 내궁의 제학전을 제집 드나들 듯한다지만, 혁련무천을 만난 것은 지난 이 년 동안 일곱 번에 불과했다.

그나마도 아버지의 기일에 두 번, 혁련무천의 생일에 초대되어 두 번 등, 네 번은 공식적인 자리였고, 나머지 세 번도 혁련무천이 잠시잠깐 제학전에 들렀을 때 일각 정도 이야기를 나눈 것이 전부였다.

좌소천은 궁주 집무실이라 할 수 있는 제천전의 내실로 들어서자 손에 땀이 고였다.

넓은 내실은 화려하다기보다 고풍스럽게 보였다.

천하를 아우르는 무인의 집무실답게 양쪽 벽에는 천하 산천을 그린 산수화가 그려져 있었고, 거대한 태사의 뒤로는 검을 든 무인의 초상이 걸려 있었다.

초상화에 그려진 무인의 모습은 혁련무천과 비슷해 보였다.

"내 아버님이시지."

좌소천이 멍하니 그림 속의 무인을 바라보는데 묵직한 목소리가 들렸다.

황급히 고개를 돌린 좌소천은 허리를 숙이고 인사를 올렸다.

"궁… 백부님께 소천이 인사를 올립니다."

"오랜만이구나. 육 개월 만인가? 허허허, 그러고 보니 백부가 너무 무신경했던 것 같구나."

"아닙니다, 백부님. 바쁘신 분을 이렇게 찾아온 것만으로도 죄송할 뿐입니다."

"죄송하기는. 그리 않아라."

좌소천이 의자에 앉자 혁련무천이 수염을 쓰다듬으며 물었다.

"그래, 어머니께선 평안하시느냐?"

"예, 염려 덕분에 건강하십니다."

마침 시비가 다과를 내왔다. 아무래도 좌소천이 아직 어리다는 것을 감안해 내온 듯했다.

그때 혁련무천이 말했다.

"말은 많이 들었다. 네 자질이 훌륭해서 제학전의 스승들이 서로 가르치려 한다고 하더구나. 하하하!"

"과찬이십니다, 백부님. 그분들은 그저 무료함을 달래기 위해 저를 가르치시는 것뿐이지 제가 뛰어나 그런 것이 아닙니다."

"무슨 소리냐? 듣자 하니 등 장로가 자기 밑천이나 다름없는 건곤신권을 가르쳤다고 하던데."

"제 안목을 키워주시려고 그냥 한 번 펼쳐 보여주었을 뿐입니다. 다시 한 번 보여달라고 해도 보여주시지를 않는걸요."

"원 그 양반도. 좀 자세히 가르쳐 주면 어디가 덧나나? 그래, 정말 가르쳐 주지 않더냐?"

좌소천은 탁자 아래서 주먹을 움켜쥐었다.

형(形)과 식(式)은 다 배웠다는 말을 하려고 했다. 한데 혁련무천의 은근한 목소리를 들으니 입이 떨어지지 않는다. 왠지 모르지만 마음이 그리 움직이니 입에서도 다른 소리만 나온다.

"예, 백부님. 워낙 고집이 세신 분이라……."

"흠, 아깝지만 하는 수 없지. 그래도 너무 서운해 말거라. 이제 조금만 있으면 네 나이 열여섯이 아니더냐. 그때부터는 본궁의 절기를 배울 수 있을 것이다."

천하제일패 제천궁주의 말이다.

한데 이상하다. 그 말에 가슴이 뛰어야 하는데 아무런 감정도 일지 않는다.

혁련무천의 눈빛이 너무 고요해서 그런가, 아니면 그 눈빛에 아무런 열기도 느껴지지 않아서 그런가?

그렇다고 멀뚱하니 바라보고만 있을 수는 없는 일. 좌소천은 일단 고개를 숙였다.

"감사합니다, 백부님."

"그래, 무슨 일로 나를 보자 한 것이더냐? 보아하니 단순한 일로 온 것 같지는 않아 보인다만. 혹시 호승이의 일 때문에 온 것이더냐?"

좌소천은 잠시 대답을 하지 못했다.

고요한 찻물에 혁련무천의 굳은 표정과 눈이 비친다.

고개 숙인 그의 눈에 그 모습이 보인 것은 우연이었다. 깊숙이 숙이지 않았다면 보이지 않았을지도 몰랐다.

한데 찻잔 속의 혁련무천을 본 순간, 좌소천은 오한이 들었다.

얼음처럼 차가워 보이는 표정.

아무런 감정도 느껴지지 않는 눈빛.

왜?!

왜 당신은 그런 눈으로 저를 보시는 겁니까?

전날의 온화하던 그 눈빛은 어디로 간 겁니까?

정말로 저희 모자에게 말 못할 일이라도 있는 것입니까?

도무지 판단할 수가 없는 눈빛이다.

좌소천은 최대한 태연한 표정을 지으며 입을 열었다.

"아닙니다, 백부님."

"그럼 무슨 일이더냐?"

"얼마 전부터 저희를 지켜보는 눈이 있습니다. 해서 백부님께 부탁을 드리려고 찾아뵌 것입니다."

좌소천은 천천히 고개를 들고 혁련무천을 바라보았다.

고요히 가라앉아 있는 눈빛, 의아해하는 표정이다.

조금 전 자신이 허상을 본 것 같은 기분이 드는 좌소천이었다.

'내가 정말 잘못 본 걸까?'

그때 혁련무천이 이마를 찌푸리며 걱정과 분노를 동시에 쏟아냈다.

"너희 모자를 감시한다고? 누가 감히!"

"확실히 알 수는 없었습니다. 워낙 교묘하게 모습을 숨기고 있어서요. 해서 궁의 순찰무사 몇 명으로 하여금 어머니를 지켜주었으면 하는 마음입니다."

혁련무천의 송충이처럼 굵은 눈썹이 꿈틀거렸다.

그의 눈에서 분노가 일렁였다. 조금도 거짓이 보이지 않는 진실된 분노였다.

"걱정 말아라. 내 호성당의 무사 열을 붙여줄 것이니라."

호성당(護星堂)이라면 일류고수로만 이루어진 제천신궁 내궁의 호위무사들이다.

그들이라면 더 이상 어머니에 대해 걱정하지 않아도 될 것이었다.

"감사합니다, 백부님."

"태군사의 가족을 지키는 일이다. 내 어찌 소홀히 할 수 있겠느냐. 너는 그런 걱정 말고 배움에 더욱 정진하도록 해라."

"예, 백부님."

좌소천이 방을 나간 지 얼마나 지났을까. 혁련무천은 지그시 감았던 눈을 뜨고 허공을 향해 입을 열었다.

"은환."

"예, 주군."

좌측의 벽면 뒤에서 나직한 대답이 흘러나왔다.

"알아봐라. 누가 그들을 감시하고 있는지."

"존명!"

"그 이유까지 상세히 알아봐야 할 것이니라."

"알겠사옵니다."

그 대답을 끝으로 혁련무천의 눈이 다시 감겼다.

신월맹이 무너진 이후로 세상이 변했다.

수백 년 전통을 자랑하며 오랜 세월 강호를 이끌어왔던 구대문파와 오대세가조차 이제 제천신궁의 눈치를 본다.

전마성과 사천련, 해왕방을 제치고 명실상부한 천하제일패가 된 것이다.

그렇게 되는 데 가장 큰 공을 세운 사람이 바로 좌유승이었다.

영웅!

혼탁한 그 당시 제천신궁은 영웅이 필요했다.

앞으로도 영웅이 필요할 것이다.

좌유승은 그런 영웅이 되어야 했다. 그리고 제천신궁이 더 크기 위해선 그의 뒤를 따르는 영웅들이 나와야 한다.

좌소천 모자는 영웅이 있었음을 알리기 위해, 제천신궁이 영웅을 홀대하지 않는다는 것을 알리기 위해 존재해야 한다.

지금은 열 명의 절정고수보다도 그 두 사람이 더 가치가 있는 것이다.

'나는 유승을 위해 누만금(累萬金)을 투자했고, 그 가족에게 무릎까지 꿇는 정성을 쏟았다. 그런데 누가 감히 그들을 건드리려 한단 말인가.'

실처럼 가늘게 뜨여진 혁련무천의 눈에서 파르스름한 살기가 어른거렸다.

'내 허락 없이는 누구도 그들을 건드릴 수 없다. 그게 누구든!'

3

좌소천이 혁련무천을 만나고 온 그날 오후.

호성당의 무사 열 명이 집으로 찾아왔다.

그들은 동방선유를 태부인이라 부르고, 좌소천을 소궁주 대하듯 했다. 궁주의 명을 떠나 태군사 좌유승에 대한 예우였다.

한데 사흘째 되던 날 해가 질 무렵이었다.

좌소천의 집을 감시하던 자들의 은밀한 움직임이 감지되었다. 호성당이 경비를 선 이후 삼십 장 안으로 접근하지 않던 그들이 이십 장 안으로 들어온 것이다.

호성당의 무사들이 알아챈 것이 아니다. 그들은 멀찌감치

비켜 지나가는 감시자에 대해 별다른 신경을 쓰지 않았다.

하지만 동방선유는 달랐다. 그녀는 계속 신경을 써왔기에 그들의 움직임을 호성당 무사들보다 먼저 눈치 챌 수 있었다.

동방선유는 호성당의 무사들에게 알리기 전에 먼저 좌소천을 불러들였다.

"금라천경은 없앴느냐?"

"예, 어머니. 제가 직접 아궁이에 집어넣고 태웠습니다."

"잘했다. 네 아버지가 남긴 것이라 아깝긴 하지만, 후환이 될 것은 없애는 것이 낫다."

금라천경을 없애라 말한 것은, 감시자들이 천외천가의 사람들일 경우를 생각해서였다.

천외천가가 단순히 자신만 노리고 십오 년을 추적했을 리가 없다. 자신의 목숨 말고 자신에게 그들이 원하는 것이 있다면 그것은 오직 하나, 금판뿐이다.

저들은 금라천경이 있다는 것은 모를 테니까.

그렇다면 최악의 경우가 닥친다 해도, 아들의 목숨은 구할 수 있을지 몰랐다. 저들은 아직 금판이 해석되었다는 것을 모르고 있을 것이다. 아들이 그것을 다 외우고 있다는 것 역시도.

좌소천이 동방선유의 걱정하는 모습을 보고 안심하라는 투로 말했다.

"호성당이 지키고 있으니 너무 걱정 마세요, 어머니."

동방선유도 그렇게 믿고 싶었다. 더구나 이곳은 천하제일패제천신궁의 대지. 아무리 천외천가라 해도 함부로 할 수 없는 곳이었다.

하지만 호성당만을 믿기에는 저들이 너무 강했다.

'차라리 모든 것을 다 말하고 궁주에게 도움을 청할 걸 그랬나?'

그런 마음을 가져 보지 않은 것은 아니다.

문제는 그녀가 혁련무천을 완전히 믿지 못한다는 것이다.

그가 정말로 좌유승을 아우처럼 생각했다면 절대 그렇게 죽여서는 안 되었다.

목을 치다니!

만인 앞에서 그토록 처참하게 죽이다니!

고통스럽지 않게 죽일 수도 있었지 않는가 말이다!

물론 그로 인해 효과는 극대화되었을 것이다. 좌유승이 빼돌린 제천단의 무사들은 모든 사실을 이미 알고 있었을 터. 군사가 스스로 처참한 죽음을 택했다는 것을 알고 투지를 불태웠을 테니까.

하지만 동방선유는 그것으로써 혁련무천이 남편에게 베푼 은혜를 상쇄시켜 버렸다.

자식의 앞날을 생각해 드러내지는 않았지만, 그녀는 그런 혁련무천을 좋아할 수가 없었다.

그리고 믿지 못했다.

"어떤 경우가 닥쳐도 경거망동해서는 안 된다. 약속할 수 있겠느냐?"

"예, 어머니. 어머니도 조심하셔야 돼요. 그리고 절대 나서
지 마세요. 아셨죠?"

동방선유는 대답 대신 손을 뻗었다. 그러고는 좌소천의 머
리를 잡아당겨 가슴에 안았다.

"이 어미는 우리 소천이와 늙어 죽을 때까지 살고 싶단다."

"저도 그래요, 어머니."

좌소천도 어머니 동방선유의 허리를 감싸 안고 가슴에 얼굴
을 파묻었다.

호로로로! 삐이이이익!

그때 멀리서 밤새 소리가 들렸다.

동방선유는 좌소천의 머리를 가슴에서 떼어내고 밖을 향해
말했다.

"조 대주님, 밖에 계신가요?"

숨 두어 번 쉴 시간이 지나자 밖에서 묵직한 저음이 들려왔
다.

"태부인, 부르셨습니까?"

"들어와 보세요."

문이 열리고 삼십 중반 정도 되어 보이는 자가 안으로 들어
왔다.

경비를 서고 있는 무사들을 이끄는 자로 호성당 제칠대주인
조철신이라는 자였다.

"무슨 일이십니까?"

동방선유가 차분한 목소리로 말했다.

"좀 전에 수상한 자들이 접근하는 것을 봤어요. 아무래도 그 동안 몸을 숨기고 있던 자들이 뭔가 작정을 한 것 같습니다."

"너무 걱정 마십시오. 저희들이 지키고 있는 이상 궁내에서 함부로 이곳을 넘볼 사람은 없습니다."

"잘 알고 있어요. 하지만 문제는 그들이 궁내의 사람들이 아 닐지도 모른다는 겁니다."

조철신의 눈빛이 싸늘히 빛났다.

"정말 태부인께서 하신 말씀대로 외부인이 이곳을 넘본다 면 저희가 가만두지 않을 것입니다."

동방선유가 조철신을 똑바로 쳐다보았다.

"미안한 말씀입니다만, 그들이 만일 제가 생각한 자들이 맞 는다면 결코 호성당만으로는 막을 수가 없어요."

잠시 말문을 닫은 조철신이 어쩔 수 없다는 표정으로 나직 이 말했다.

"미처 말씀드리지 못했습니다만, 이곳에는 저희들만 있는 것이 아닙니다. 그러니 너무 염려하지 마십시오, 태부인."

호성당만 있지 않다?

동방선유의 표정이 싸늘하게 굳었다.

왜 알리지 않은 걸까. 최소한 자신들에게만큼은 알렸어야 하지 않는가 말이다.

"누가 와 있죠?"

조철신이 머뭇거리면서도 입을 열었다.

"밀천단의 삼유(三幽)가 비밀리에 움직였습니다."

밀천단이라면 어둠 속에서 이루어지는 비밀스런 일을 총괄하는 단체다. 과거 좌유승이 이끌던 군사부와 한 몸처럼 움직이는 자들.

더구나 삼유라면 밀천단 내에서도 서열 십위 권 근처에 있는 초일류의 능력자들이다. 그것이 정보를 모으는 것이든 살인을 하는 것이든.

그런 자들이 와 있다는 것은 혁련무천의 허락이 떨어지지 않고서는 불가능한 일이었다. 아니면 혁련무천이 직접 명을 내렸든지.

문제는 상대가 정말 천외천가의 사람들이라면 그들이라 해도 막을 수 없다는 것이었다.

"그래도 안심할 수 없어요. 그러니 속히 사람들에게 알려서 대비를 하라고……."

미처 동방선유의 말이 끝나기도 전이었다.

삐이이익!

밤새의 울음소리라고 하기에는 너무나 날카로운 소리가 야공을 갈랐다.

동방선유와 조철신이 동시에 고개를 들었다.

좌소천도 자리에서 일어나 창문가로 다가갔다.

"소천아, 물러서라!"

동방선유가 다급히 소리치며 창문을 노려보았다.

바로 그때였다.

"커억!"

"웬 놈이냐?!"

밖에서 억눌린 비명과 호통이 터져 나왔다.

"위험하니 여기 계십시오. 제가 나가서 상황을 알아보겠습니다."

조철신이 다급히 소리치고 밖으로 나갔다.

동방선유는 손을 저어 촛불을 끄고는 좌소천을 이끌고 창문이 있는 벽 쪽으로 가서 등을 붙였다.

"호성당 때문에 놈들의 마음이 급해진 것 같다. 적이 창문으로 들어올지 모르니 함부로 움직이지 마라."

좌소천은 조용히 내력을 끌어올리고 만일의 사태에 대비했다.

"저는 걱정 마시고 어머니 몸을 돌보세요."

좌소천은 동방선유를 향해 나직하고 빠르게 말하고는, 신경을 곤두세우고 주위의 동향을 살폈다.

아직 초가을인데도 한겨울이라도 된 듯 싸늘한 기운만이 온 집 안을 덮고 있었다.

여기저기서 들리는 가죽 북 터지는 요란한 소리.

침입자가 한둘이 아닌 듯하다.

"놈들이 안으로 들어가지 못하게 막아라!"

조철신의 악다구니 쓰는 소리가 들린다.

좌소천은 조금 더 확실한 상황을 살피기 위해 창문가에 바짝 붙었다.

그때였다!

쾅!

창문이 터져 나가며 한 사람이 폭풍에 휘말린 듯 날아들어왔다.

어둠 속의 방 안을 뒹구는 그는 호성당의 무사 중 한 사람인 소지석이라는 자였다.

"크윽!"

비틀거리며 일어서려는 그의 왼팔이 어깨 부위에서 덜렁거린다.

덜렁거리는 부위에서 뿜어지는 시뻘건 핏물.

창밖의 횃불로 인해 유난히 붉어 보이는 피가 방 안을 검게 물들인다.

순간 좌소천은 눈을 빛내며 바닥을 바라보았다. 소지석의 것으로 보이는 검 한 자루가 탁자 옆에 떨어져 있었다.

한데 좌소천이 검을 주워 들기 위해 움직이기도 전이었다.

"거기 그대로 있어라!"

동방선유가 나직이 소리치더니 몸을 낮추고 바람처럼 움직였다.

"어머니!"

어머니가 검을 주워 든다.

동시에 창문 밖에서 오한이 들 정도의 싸늘한 기운이 몰려온다.

"조심하세요!"

좌소천은 자신도 모르게 앞으로 튀어나가며 창문 쪽을 향해 노려보았다.

검은 그림자가 횃불의 불빛을 등에 지고 안으로 날아든다. 소리없이 움직이는 것이 유령 같기만 하다.

좌소천은 이를 악물고 두 주먹을 움켜쥐었다.

검은 그림자가 창문을 통과했다 싶은 순간, 좌소천의 주먹이 허공에 작은 원을 그리며 뻗어나갔다.

찰나, 검은 그림자의 손에서 번쩍이는 무언가가 좌소천을 향해 날아들었다.

좌소천은 급박히 몸을 비틀며 두 주먹을 휘둘렀다.

처음 해보는 실전이지만 긴장을 느낄 새도 없었다.

오직 본능에 의해 움직일 뿐이었다.

쉬익!

뭔가가 어깨 위를 스치며 지나간다.

싸한 통증. 바람이 뼈 사이를 지나가는 것만 같다.

곧이어 불에 달궈진 인두가 어깨를 뚫는 지독한 통증이 전해졌다.

'흐읍!'

조금만 늦었으면 가슴이 꿰뚫렸을지도 모를 일이었다.

이를 악다문 좌소천은 몸을 최대한 옆으로 눕히며 비연번신의 신법을 펼쳐 몸을 뒤집었다.

동시에 대경한 동방선유가 검은 그림자를 향해 검을 날렸다.

"물러서라!"

쩌정!

날카로운 금속성이 울리고, 좌소천을 덮치던 검은 그림자가 옆으로 흘렀다.

"금라비화검! 역시 우리의 생각이 맞았구나!"

몸을 세운 검은 그림자의 입에서 회열에 찬 경악성이 터져 나왔다.

그가 몸을 세우고 동방선유를 바라보며 경악성을 발한 것은 극히 짧은 순간이었다.

구르다시피 몸을 피한 좌소천은 그 순간을 놓치지 않았다.

마침 부서진 창문의 나무 쪼가리가 손에 잡힌다. 비스듬히 부러져 나간 부분이 칼날처럼 날카로운 나무 쪼가리다. 길이는 한 자 반 정도.

좌소천은 나무 쪼가리를 움켜쥐고 몸을 낮춘 자세 그대로 검은 그림자의 옆을 향해 쇄도했다.

급박한 상황에 어깨의 통증조차 잊어버렸다.

찰나에 일 장 반의 간격이 좁혀졌다.

뒤늦게 검은 그림자가 몸을 튼다.

그때다. 좌소천이 움직임과 동시에 동방선유가 검을 날렸다.

좌소천의 공격이야 가소롭기만 했다. 그러나 동방선유의 공격까지 무시할 수는 없는 일. 검은 그림자는 뜻밖의 양면 협공에 유령 같은 몸놀림으로 뒤로 물러섰다.

문제는 이곳이 방 안이라는 것이다. 그리고 방 안의 상황을 누구보다도 동방선유와 좌소천이 잘 알고 있다는 것이다.

원목으로 만들어진 탁자가 뒤로 물러서는 검은 그림자의 진로를 막았다. 검은 그림자로선 생각지도 못한 일이었다.

턱!

진로가 막히고 멈칫한 순간, 좌소천의 전신 공력이 담긴 나무 쪼가리가 검은 그림자의 옆구리에 꽂혔다.

"큭! 이놈이!"

검은 그림자가 대노하며 좌소천을 향해 칼을 휘둘렀다.

하지만 뒤이어 날아온 동방선유의 검이 그의 칼을 쳐냈다.

쩡!

그사이 좌소천은 뒤로 몸을 눕히며 자신이 꽂은 나무 쪼가리를 힘껏 발로 차고 몸을 굴렸다.

매끈한 도검이 아닌, 거친 나무 쪼가리가 내장을 파고든다.

"크윽!"

검은 그림자의 입에서 또다시 고통에 찬 신음이 흘러나왔다.

그때 다시 동방선유의 검이 그를 향해 날아갔다.

하지만 검은 그림자의 무공은 좌소천이나 동방선유가 생각했던 것보다 강했다.

그는 눈을 부릅뜨고 번개처럼 칼을 휘둘렀다.

쩌저정!

동방선유가 견디지 못하고 뒤로 밀려났다.

검은 그림자는 탁자와 의자를 발로 차서 부숴 버리고는 불길이 이는 눈으로 좌소천을 바라보았다.

"둘 다 살려서 데려가려 했더니 네놈만큼은 필히 죽여야겠구나!"

그는 자신이 당했다는 것이 믿어지지 않았다.

천외천가 도유당의 당주인 자신이 젖비린내 나는 꼬마에게 당하다니!

어이가 없어 두 눈에 불이 붙고 콧구멍에서 연기가 날 판이었다.

하지만 그의 앞에는 좌소천만 있는 것이 아니었다.

"흥! 도적놈들! 네놈들은 절대 내 아들을 해칠 수 없다!"

동방선유가 검을 움켜쥐고 재빨리 좌소천의 앞을 가로막았다.

그녀는 결코 반 각 전의 일개 여염집 여인이 아니었다.

자식의 위험 앞에서는 세상에서 제일 강한 '어머니'가 바로 그녀였다.

검은 그림자는 그런 동방선유를 덮치며 칼을 휘둘렀다.

쩌저저정!

순식간에 사오 초의 공방이 이어졌다.

언제부턴가 검은 그림자의 도에서 푸르스름한 도기가 일렁이기 시작했다.

평상시라면 동방선유가 막아내기에 역부족일 수밖에 없는 강맹한 도세였다.

그러나 그녀의 뒤에는 자식이 있었고, 검은 그림자의 옆구리는 나무 쪼가리에 의해 뚫려 있었다.

도와 검이 부딪칠 때마다 충격이 옆구리를 뒤흔든다. 불꼬챙이가 꽂혀 있는 느낌이다. 검은 그림자는 뜻대로 되지 않자 점점 초조해졌다.

시간이 없었다. 곧 제천신궁의 무사들이 몰려올 터였다.

최선은 물건의 행방을 알고 계집을 죽이는 것. 차선은 물건은 못 찾아도 계집을 죽이는 것이다.

'최선이 안 되면 차선이라도 행하는 수밖에.'

어느 순간, 검은 그림자의 칼날에서 넘실거리던 푸르스름한 도기가 안개처럼 뭉쳤다.

동방선유는 검은 그림자의 뜻을 간파하고 검을 쥔 손에 힘을 주었다.

그녀가 원하는 것은 오직 하나였다.

자신은 죽어도 자식은 살려야 한다는 것.

"생각대로 쉽게 되지는 않을 것이다, 도적놈들!"

동방선유가 싸늘하게 소리칠 때다.

두 사람의 의도를 짐작한 좌소천이 부서진 의자의 나무토막 하나를 집어 들었다. 곤처럼 쓰기에는 무리가 없을 듯했다.

어깨에서 찢어질 듯한 고통이 밀려왔지만, 좌소천은 얼굴 하나 찡그리지 않고 소리쳤다.

"어머니! 곧 궁내의 무사들이 올 테니까 힘을 합쳐 버텨봐요!"

세 가지 약속 137

좌소천마저 달려들 것만 같은 상황.

초조해진 검은 그림자는 동방선유를 향해 거칠게 도를 휘둘렀다.

쉑엑!

종전과 달리 그의 도에서 대기를 찢어발기는 기음이 터져 나왔다.

동방선유도 혼신을 다해 삼초 이십칠식의 금라비화검을 펼쳤다.

좌소천이 끼어들 틈도 없이 벌어진 격돌이었다.

콰과과광!

일순간, 두 사람의 전력을 다한 기운이 정면으로 충돌했다.

주르륵 뒤로 물러서는 두 사람이다.

"크읍!"

검은 그림자의 입에서 묵직한 신음이 흘러나왔다.

반면에 동방선유는 이를 악물고 눈을 부릅뜬 채 다시 검을 치켜들었다.

어디 덤빌 테면 덤벼보라는 듯.

좌소천은 재빨리 서너 걸음 앞으로 나아갔다. 그러고는 냉정한 눈빛을 싸늘히 빛내며 동방선유의 옆에 나란히 섰다.

뭉툭한 나무토막을 곤처럼 쳐든 그의 눈빛이 칼날처럼 싸늘하다.

'아직 새까맣게 어린놈이 어떻게 저리도 냉정하단 말인가.'

검은 그림자의 눈빛이 처음으로 흔들렸다.

바로 그때였다. 밖에서 쩌렁쩌렁한 호통 소리가 밤하늘을 울렸다.

"누가 감히 태군사의 집에서 소란을 일으킨단 말이냐! 모두 잡아라!"

마침내 궁내의 무사들이 이곳의 상황을 알고 몰려온 듯했다.

검은 그림자는 동방선유와 좌소천을 노려보고는 이를 지그시 깨물었다.

"오늘은 그냥 가지. 하지만 더는 도망갈 수 없을 것이다, 계집."

말의 여운이 사라지기도 전이었다. 부서진 창문 쪽으로 다가간 그는 훌쩍 몸을 날리더니 순식간에 어둠에 동화되어 사라져 버렸다.

"안에서 한 놈이 나왔다! 놓치지 마라!"

누군가가 그를 발견한 듯했다.

곧 다급한 목소리가 이어졌다.

"놈이 도망친다! 서쪽을 막아!"

하지만 목소리가 점점 멀어지는 것이 그를 놓친 듯했다.

좌소천은 그제야 동방선유에게 다가갔다.

"어머니, 괜찮으세요?"

한데 아무런 대답이 없다.

불길한 느낌에 좌소천은 다급히 동방선유의 몸을 잡고 다시 물었다.

"어머니, 어디 다치셨……."

하지만 그의 말이 끝나기도 전에 동방선유의 몸이 스르르 무너져 내렸다.

"어머니! 어머니!"

좌소천은 대경해 소리치며 동방선유를 끌어안았다.

핏물이 손 안에 가득 찼다. 자신의 어깨에서 흘러나온 핏물이 아니다. 어머니의 겨드랑이 쪽에서 흘러나온 핏물이다.

"으음……."

그때 동방선유의 입에서 나직한 신음이 흘러나왔다.

"어, 어머니!"

"조용… 내 아들……. 조용……."

좌소천은 핏물이 흘러나오는 어머니의 겨드랑이를 손바닥으로 눌러 막고는, 제학전에서 배운 대로 주위의 혈도를 눌러 지혈을 했다.

하지만 피는 쉽게 멈추지 않았다. 아무래도 동맥을 다친 듯했다.

"어머니, 어머니, 조금만 참으세요. 곧 의원을 불러올게요."

그때 방문 밖에서 다급한 목소리가 들렸다.

"좌 공자, 안으로 들어가도 되겠는가?"

좌소천은 목소리의 주인이 누구이든 상관이 없었다.

"의원을 불러주십시오! 어서요!"

그는 다급히 소리치며 동방선유의 겨드랑이 쪽을 손바닥으로 막았다. 자신이 아는 대로 혈도를 막았는데도 손가락 사이로 흘러나오는 뜨거운 선혈이 멈출 줄을 모른다.

그만큼 상처가 깊다는 말.

덜컹!

그때 방문이 열리고 두 사람이 안으로 들어왔다.

조철신과 사십대 후반의 흑염이 풍성한 중년인이었다. 그들은 난장판이 된 방 안을 보고는 눈을 부릅떴다.

"어찌 된 일이냐?"

우측의 흑염의 중년인이 황급히 다가오며 물었다.

그는 좌소천도 잘 알고 있는 사람이었다. 아버지가 살아 있을 때부터 가끔씩 들렀던 명혼당주 오증환이었다.

"어머니가 크게 다치셨습니다."

어두운 방 안의 바닥이 붉은 피로 검게 변해 있다. 상황의 다급함을 인식한 오증환이 주위를 치우며 말했다.

"의원을 빨리 데려오라고 하기는 했다만, 안 되겠다. 일단 어머니를 침상으로 옮겨라."

좌소천은 조심스럽게 어머니를 안아 들었다.

어머니의 몸이 유난히 가볍게 느껴진다.

왈칵 눈물이 쏟아질 것만 같았다.

겨우 침상에 어머니를 눕히자 오증환이 물었다.

"대체 그놈들이 누구기에 너희 모자를 노린 것이더냐?"

좌소천은 바로 대답하지 않고 어머니를 바라보았다.

어머니의 눈꺼풀이 파르르 떨린다. 말하면 안 된다고 말하는 것처럼 느껴진다.

좌소천은 확실한 대답을 나중으로 미루었다.

"일단 어머니가 깨어나셔야 알 수 있을 것 같습니다."

"허어, 감히 본 궁의 내부에서 이런 일이 벌어지다니. 어느 놈들인지 몰라도 잡히기만 하면 내 가만두지 않을 것이다!"

좌소천은 분노에 찬 오중환의 목소리를 들으며 이를 악물었다.

상황을 정확히 알지는 못해도 조용한 것을 보니 아직까지 한 사람도 잡지 못한 듯했다. 그렇다면 시간이 지나도 잡기 힘들다는 말이다.

천외천가.

그들의 무서움을 단적으로 증명해 주고도 남음이 있는 상황이었다.

하지만 그들이 강하게 느껴질수록 좌소천의 가슴에선 분노의 불길이 더욱 거세게 타올랐다.

'용서치 않을 것이다, 천외천가! 어머니의 가슴에서 흘린 피의 천배만배 피를 흘리게 할 것이다!'

좌소천의 생각대로 단 한 명의 침입자도 생포하지 못했다.

죽은 자는 셋. 조철신의 말에 의하면 모두 열 명쯤 된다 했으니 일곱 명이 도망갔다는 말이다. 게다가 호성당의 무사 넷이 죽고, 밀천단의 삼유 중 한 사람이 중상을 입었다.

제천신궁으로선 치욕적인 일이라 아니할 수 없었다. 안방에서 습격을 당하고, 그나마 한 사람도 생포하지 못하다니. 최근 몇 년 사이에 벌어진 일 중 최악의 결과였다.

그렇게 일각이 지났을 즈음 한 사람이 헐레벌떡 방 안으로 들어왔다.

선약당의 당주 황연송이었다. 아마도 태군사의 부인이 다쳤다는 말에 그가 직접 온 듯했다.

그는 아버지의 병 때문에 두어 달에 한 번씩 집으로 찾아왔었는데, 아버지를 은인처럼 생각하고 있었다.

언젠가 들은 말로는, 황연송이 모함을 받아 목숨을 잃을 위기에 처한 걸 아버지가 도와줘서 일가족이 목숨을 구했다고 한다. 그 일로 인해서인지 황연송은 아버지의 죽음을 누구보다 슬퍼했다.

"와주셔서 감사합니다, 당주님."

황연송은 손사래를 치며 침상으로 다가갔다.

"인사는 나중에 하고, 일단 네 어머니 먼저 봐야겠다."

황연송의 입이 열린 것은 일각가량이 지나서였다.

천천히 몸을 돌린 그가 말했다.

"다행히 출혈은 멈췄다만, 아무래도 혈맥을 몇 군데 다친 것 같다."

무인에게 혈맥의 원활한 유통은 목숨과도 같았다.

좌소천은 굳은 얼굴로 어머니를 바라보았다.

무공의 유무는 상관이 없었다. 그저 건강하기만 하면 되었다.

다행히 조금 전보다 평온해 보였다.

"상처만 나으면 이상 없겠죠? 그렇죠, 당주님?"

좌소천이 어머니의 손을 꼭 잡고 물었다. 황연송이 아닌 어머니에게 묻는 듯했다.

한데 황연송은 바로 대답하지 않았다.

좌소천이 바라보자 그제야 입을 열었다.

"일단 선약당으로 모시고 가서 자세히 살펴봐야 할 것 같다."

좌소천의 창백하게 굳은 얼굴이 덜덜 떨렸다.

왠지 불안했다.

"어, 얼마나 크게 다치신 건가요?"

"…아마 서 있기가 힘드실 거다. 척추를 다쳤어. 그리고……."

4

"뭐야?! 태군사의 부인이 중상을 입었다고?"

"적들 중 하나가 안으로 침입했는데, 그자에게 당한 것 같습니다, 주군."

"대체 호성당과 밀천단은 뭐 하고 있었던 건가!"

혁련무천의 분노한 일성이 제천전을 뒤흔들었다.

자신이 애지중지하던 보물을 손상시킨 침입자에 대한, 그것을 지키지 못한 수하들에 대한 분노였다.

하지만 무릎을 꿇은 채 보고를 올리는 사공은환의 표정은 일말의 흔들림도 없었다.

"아무래도… 천외천가가 움직인 것 같습니다."

그가 믿는 것은 바로 그것이었다. 범인이 천외천가라는 것. 그들이기에 어쩔 수 없었다는 당위성.

아니나 다를까, 당장 세상을 허물어 버릴 것 같던 혁련무천의 표정이 서서히 잔잔한 호수처럼 가라앉았다.

사공은환이 말을 이었다.

"태부인을 찾아온 듯합니다."

혁련무천이 태사의에 깊숙이 몸을 묻었다.

"그들이 천외천가의 사람들이라는 증거는?"

사공은환이 품속에서 유지에 싸인 뭔가를 꺼내 펼쳤다.

다섯 겹으로 된 유지가 다 펼쳐지자, 붉게 물들어 있는 손바닥만 한 살점 세 개가 모습을 드러냈다.

순간 혁련무천의 눈썹이 꿈틀거리며 치켜 올라갔다.

살점에는 날아갈 듯이 정교한 용 문양이 글자의 형태를 갖추고 새겨져 있었다.

하늘 천(天) 자.

세상에 알려진 전형적인 천외천가의 표식이었다.

"어깨에서 떼어냈다 합니다."

세 사람이 죽었다. 그리고 살점도 세 개다.

물어볼 것도 없이 다른 사람들에게 알려지지 않았을 터이다.

사공은환의 행사에 만족한 혁련무천이 담담한 목소리로 물었다.

"그들이 왜 그녀를 노렸다고 생각하나?"

"과거 군사의 부인이었던 만큼 태부인의 출생에 대한 것이 적혀 있나 알아봤습니다만, 인사록에는 군사의 부인이 호북 출신이라는 것만 적혀 있었습니다."

"출생을 알아보려한 의미는?"

"천외천가와 개인적인 원한이 있지 않았나 해서 조사했습니다."

"그녀는 십사 년간 이곳에서 살아왔네. 아무리 원한이 깊다 해도 그들이 그렇게 악착같이 쫓을 이유론 약해. 더구나 그녀가 이곳에 왔을 때 나이가 겨우 스물이 갓 넘었을 때네."

"만일 그들이 원하는 뭔가를 그녀가 가지고 있다면 이야기가 달라지지요."

"으음……."

혁련무천은 깍지 낀 양손을 턱에 괴고 깊은 생각에 잠겼다.

사공은환은 말을 멈추고 주인이 입을 열 때까지 기다렸다.

혁련무천의 입이 열린 것은 반 각이 지나서였다. 그가 혼잣말 하듯이 중얼거렸다.

"뭘까? 뭔데 천외천가에서 십수 년 동안 포기하지 않은 걸까? 얼마나 대단한 것이기에……."

"십오 년 전 천비삼역 중 하나인 금라천이 천외천가에 의해 멸망했다는 것은 주군께서도 아실 것입니다."

혁련무천의 눈이 서서히 커졌다.

"자네 말은 혹시 그녀가……?"

"방 안에서 금라비화검이라는 말이 들렸다 했습니다. 그리고 삼십여 년 전, 촉산혈전에서 금라천이 환상마궁을 멸망시키고 신비의 천무서(天武書)를 얻었다는 소문이 돌았었지요."

촉산혈전(蜀山血戰).

촉산에 근거를 둔 환상마궁과 금라천 간의 대혈전을 말했다. 삼 년에 걸친 그 싸움에서 금라천은 환상마궁을 멸망시키고 촉산의 지배자가 되긴 했지만 오백여 명의 고수를 잃고 말았다.

어쩌면 천외천가에 당한 것도 그때의 피해가 너무나 엄청났기 때문이라 할 수 있었다.

"그건 나도 들어본 것 같군."

무저의 늪처럼 가라앉은 혁련무천의 눈에 붉은 기가 스쳤다.

사공은환은 보고도 못 본 척 마지막 못을 박듯이 말했다.

"그 정도면 천외천가가 십오 년간 그녀를 쫓을 이유가 되지 않겠습니까?"

"천무서라……."

5

동방선유는 일단 선약당으로 옮겨졌다.

좌소천의 상처도 상당히 깊은 편이어서 황연송은 보름 정도 어깨를 움직이지 못하도록 했다.

다음날 정오 무렵, 동방선유가 힘겹게 눈을 떴다.

"어머니, 정신이 드세요?"

좌소천은 몸을 기울이며 바짝 다가앉았다.

핏기 없는 창백한 얼굴, 흐트러진 머리, 입술조차 바짝 마른 어머니의 얼굴을 보니 눈물이 솟았다.

"울지… 마라."

"안 울어요."

말은 그렇게 하는데 주책없이 눈물이 뚝 떨어졌다.

동방선유가 희미하게 웃으며 물었다.

"어깨는… 괜찮으냐?"

"참나, 어머니도. 지금 제 어깨가 문제예요?"

몇 마디 말하는 것도 힘이 드는지 동방선유가 눈을 감고 숨을 몰아쉬었다.

"선약당이냐?"

"예. 황 당주님이 선약당의 별실을 내주셨어요."

"뭐라 하시든? 걷기 힘들 거라고 하지?"

이미 알고 계신 듯했다. 하긴 어디에 상처를 입었는지 맨 먼저 느끼셨을 것이다.

좌소천은 황연송의 말을 살짝 돌려서 말했다.

"아니에요. 오래 서 있지만 않으면 괜찮을 거라고 하셨어요."

"그래? 다행이구나. 우리 아들 힘들게 하지는 않을 테니 말이다."

"저는 걱정 마시고 어머니 몸이나 돌보세요."

동방선유가 천천히 눈을 떴다.

"궁주님은 아직 오지 않으셨지?"

"예, 어머니."

"그럼 가서 내가 좀 뵙고자 한다고 말씀드려라."

"어머니……."

동방선유는 한 손을 뻗어 좌소천의 뺨을 쓸어 만졌다.

"이 어미가 얼마나 강한지 잊었나 보구나. 너무 걱정 말아라. 궁주님께 상의드릴 것이 있어서 그러는 거니까."

"알았어요. 그럼 바로 다녀올게요."

어머니가 원하는 만남이었다.

궁주의 도움을 받아서라도 어머니가 나을 수 있다면 뭐든지 할 수 있는 좌소천이었다.

설령 그것이 정의롭지 못한 일이라 해도.

어머니를 위해서라면!

좌소천이 혁련무천과 함께 동방선유의 곁으로 돌아온 것은 일각 반가량이 흘러서였다.

"괜찮으시오, 태부인?"

"와주셔서 감사합니다. 견딜 만하니 너무 걱정하지 마세요."

"허어, 좀 더 신경을 썼어야 하거늘, 미안하게 되었소이다."

"아닙니다. 궁주님께서 사람들을 보내주지 않으셨다면 어찌 우리 모자가 무사할 수 있었겠습니까?"

"아니오, 아니오. 내 책임이 너무나 크외다. 부인이 뭐라 해도 진작 거처를 옮기게 했어야 하거늘……. 황 당주에게 명해 부인의 몸에 도움이 될 만한 영약을 쓰라 했소이다. 곧 완쾌될 테니 조금만 참으시구려."

절절히 염려가 가득한 말투였다.

"감사합니다, 궁주."

동방선유는 간단하게 사례의 말을 하고는 좌소천을 바라보았다.

"소천아, 너는 잠시만 나가 있거라."

좌소천은 의아했지만 어머니의 말을 거역할 수는 없었다. 이유없이 나가 있으라고 할 어머니가 아니었다.

"예, 그럼 밖에 있을 테니 필요하면 부르세요, 어머니."

좌소천이 나가고 방문이 닫혔다. 그제야 동방선유가 혁련무천에게 말했다.

"목소리가 새어나가지 않게 막아주시지요, 궁주."

혁련무천은 물끄러미 동방선유의 창백한 얼굴을 바라보더니 천천히 고개를 끄덕였다.

잠시 침묵이 흘렀다. 혁련무천도 조용히 서서 동방선유가 입을 열기만을 기다렸다.

얼마나 지났을까. 동방선유가 깊게 숨을 들이켜고 천천히 내뱉었다.

그리고 보다 안정된 말투로 입을 열었다.

"적이 누군지 알아보셨는지요."

혁련무천은 잠시 뜸을 들인 후 대답했다.

"천외천가의 무사들로 보인다 하더구려."

어정쩡한 대답이었다. 그러나 동방선유는 그 말로 혁련무천의 뜻을 읽어냈다.

그는 알고 있으면서도 자신이 먼저 모든 진실을 털어놓길 바라고 있다.

못할 것도 없었다. 어차피 그러기 위해서 독대를 청한 것이니까.

"맞습니다, 궁주. 그들은 천외천가의 사람들이죠."

당신도 알고 있지 않느냐는 추궁이 섞인 말투였다.

하지만 혁련무천은 표정 하나 변하지 않고 물었다.

"그들이 왜 부인과 소천이를 죽이려 한 것이오?"

아무런 느낌도 없는 눈빛, 담담한 음성이다.

동방선유는 처음으로 혁련무천이 무섭게 느껴졌다. 또한 자신의 생각이 잘못되지 않았음을 깨닫고 속으로 안도의 숨을 내쉬었다.

'당신은 분명 나름대로 알고 있다 생각하겠지. 하지만 아무

리 그래도 하나만은 알지 못할 것이다.'

그녀가 말했다.

"저에게 그들이 원하는 것이 있기 때문이에요."

"그게 무엇인지 말해줄 수 있겠소?"

"사람들이 천무서라 부르는 물건이 저에게 있답니다. 아버님이 돌아가시기 전에 남겨주신 것이죠."

혁련무천의 눈이 찰나간 흔들렸다.

'역시 생각대로군.'

그의 마음을 아는지 모르는지 동방선유는 조용히 말을 이었다.

"그걸 궁주께 넘겨 드리겠어요. 대신 그 대가로 세 가지를 원해요."

혁련무천의 이마에 잔주름이 생겼다 사라지고, 그의 눈 깊은 곳에서 욕망의 불길이 잔잔하게 타올랐다.

몰래 사람을 보내 찾아볼 수도 있는 일이었다. 그러나 쉽게 찾을 수 없는 곳에 놔두었을 게 분명했다. 십오 년이 넘도록 천외천가의 눈을 속여온 여인이 아닌가.

하기에 자신의 마음을 드러내지 않고 나중을 기약했는데, 의외로 상대가 먼저 입을 연다.

자신의 선택이 잘못되지 않았다는 말. 혁련무천은 내심 흡족해하며 고개를 끄덕였다.

"말해보시구려. 내가 할 수 있는 일이라면 무엇이든 들어주겠소."

동방선유는 깊게 숨을 몰아쉬고 자신의 조건을 말했다.

"제왕신단 한 알이 첫 번째 부탁이에요."

제왕신단.

사십 년 전, 제천신궁은 모든 힘을 기울여 수집한 영약을 삼 년에 걸쳐 연단해서 스무 알의 제왕신단을 만들었다. 그 결과로 제천신궁은 십 년 만에 초절정고수 다섯 명을 배출하고 천하오패 중 하나로 우뚝 섰다.

현재 남은 것은 단 네 알. 그러나 못 줄 것도 없었다.

"주겠소. 아무리 귀한 약이라 하나 어찌 아끼겠소. 그래, 다른 두 가지는 뭐요?"

"제천신궁에 묵령기환보(墨靈奇幻寶)라는 것이 있다 들었는데 정말로 있는지 모르겠군요."

혁련무천이 눈살을 찌푸리고 잠시 생각하는 듯하더니 고개를 끄덕였다.

"이제야 기억이 나오. 하도 오래전에 들어서. 아마 비고(秘庫)를 뒤지면 있을 것이오. 그게 두 번째 부탁이오?"

"예, 궁주. 그걸 보름 후 소천이의 생일 선물로 주고 싶군요."

"흠, 그거야 어렵지 않소. 그러고 보니 이거 나도 선물을 하나 해야겠구려. 허허허, 아예 소천이에게 비고 구경을 시켜줘야겠소. 그곳에서 무엇을 고르든 그곳에 있는 무기 중 하나를 그 아이에게 선물로 주겠소."

"먼저 감사하다는 말씀을 드리겠습니다, 궁주."

"별말씀을. 어디, 세 번째도 말씀해 보시구려."

동방선유는 숨을 고르고 나직이 입을 열었다.

"세 번째 부탁은 나중에 소천이가 직접 할 거예요. 궁주께서 충분히 들어주실 수 있는 부탁을 할 것이니 꼭 들어주셨으면 합니다."

혁련무천의 표정이 딱딱하게 굳어졌다.

그의 눈빛이 찰나간에 서너 번의 변화를 일으켰다. 그러다 숨 한 번 쉬는 사이에 조용히 가라앉았다.

뭔지도 모르는 좌소천의 부탁. 그건 그때 가서 생각해 보면 될 일이었다.

"내 약속하겠소. 그리고 호성당으로 하여금 지속적으로 부인과 소천이의 곁을 지키게 할 것이오."

"감사합니다, 궁주. 혹시나 해서 드리는 말씀입니다만, 소천이에게는 제왕신단에 대해 말하지 말아주십시오."

"그리하리다."

잠시 후, 혁련무천이 나가자 동방선유의 눈이 감겼다.

'이 어미가 해줄 수 있는 것이 이것밖에 없구나, 아들아. 좀 더 오래 곁에 있으면서 그동안 못해준 것을 더 많이 해주고 싶은데……'

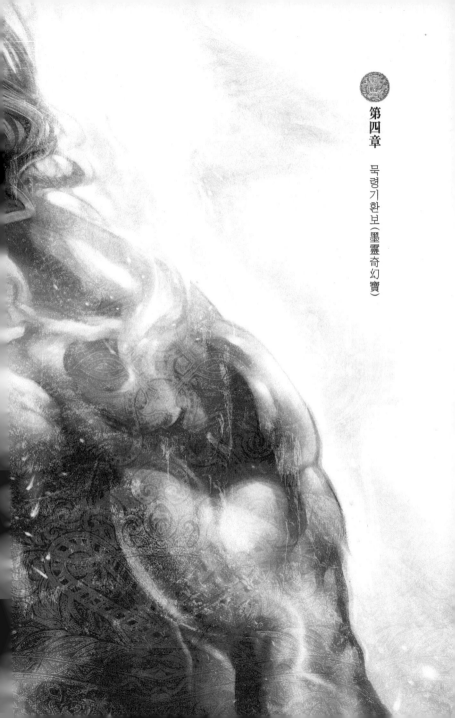

第四章

묵령기환보(墨靈奇幻寶)

태백산 깊숙이 자리한 천선곡(天仙谷).

안개가 입구를 막아 신비스럽게만 보이는 그곳에는 수십 채의 고루거각이 아무도 모르게 수백 년 동안 자리해 있었다.

팔월의 태양이 중천에 떠오른 오시 무렵.

천선곡 우측 절벽 아래쪽에 세워진 전각의 이층 창문가 탁자에 두 사람이 마주 앉았다.

두 사람은 가벼운 담소를 나누는 듯했지만, 내용은 결코 가벼운 것이 아니었다.

"찾았다? 그런데 실패를 했다?"

부챗살을 살피던 백의청년이 탁 소리를 내며 부채를 접었다.

통통한 얼굴의 황의중년인이 공손히 허리를 굽히며 대답했다.

"죄송합니다, 이공자!"

"이 일이 얼마나 중요한지 모르지는 않겠지?"

"어찌 속하가 모르겠습니까? 하오나 너무 걱정하지 마십시오. 비록 그 계집을 즉사시키지는 못했으나, 도유당주의 검이 그 계집의 심장 부위를 스쳤사온데, 검기의 기운으로 인해 혈맥이 조각났을 거라는 전갈이옵니다."

"물건은 그녀에게 있는 것 같다고 하던가?"

"그게… 가장 최근의 소식에 의하면, 혁련무천이 그 계집을 만났다고 하는데, 아무래도 두 사람 사이에 어떤 거래가 이루어진 것 같다는 정보입니다, 이공자."

백의청년은 부채 끝으로 턱을 쓸어내며 눈을 가늘게 떴다.

"형님도 이 소식을 알고 있나?"

"아직 모를 것이옵니다. 저희가 은밀히 진행한 일인지라……."

마음에 드는 듯 백의청년이 조용히 웃으며 물었다.

"음, 자식이 하나 있다고 했는데, 그놈은?"

"그 어린놈도 부상을 입었다고 하는데, 지금은 제천신궁에 비상이 걸린데다 호성당이 철저히 지키고 있어서 당분간 여유를 두고 제거할 생각입니다."

"흠, 그래? 좋아, 그럼 그대가 책임지고 형님이 눈치 채지 않도록 제천신궁의 상황을 조사해 놓게. 상황이 무르익으면 내가 직접 갈 것이네."

"이공자께서 직접 가실 겁니까?"

"물건도 그렇고, 오랜만에 강호 바람 좀 쐬고 와야겠어."

"그러하시다면 준비하겠습니다."

그때였다. 깜박 잊었다는 듯 백의청년이 물었다.

"아! 제천무제의 딸이 굉장한 미인이라던데, 혹시 그녀에 대해 아는 것이 있는가?"

황의인의 입가로 가느다란 미소가 그어졌다.

"최대한 빨리 모든 것을 알아보겠습니다, 이공자."

2

금판에 빽빽하게 새겨진 글자는 마치 글자가 아니라 그림처럼 보일 정도로 복잡하고 세밀했다.

알 듯 모를 듯 묘한 글자였다. 그래서 더 골치가 아팠다. 차라리 완전히 모르는 글자라면 다른 방법이라도 찾아볼 수 있으련만, 조금만 연구해 보면 알 수 있을 것 같으니 쉽게 손에서 놓지도 못하고 있는 것이다.

여섯 장의 금판을 펼쳐 놓은 지 어느덧 한 시진째.

혁련무천의 미간에 서서히 주름이 늘어갔다.

'열흘 동안이나 살펴봤는데도 도무지 알 수가 없구나. 이게 어느 곳의 글자란 말인가?'

처음에는 고대문자나 천축의 글자가 아닌가 생각했다. 그런데 중간중간 한자와 비슷한 글자가 섞여 있어 그것도 아닌 듯했다.

'은환에게 도움을 청해야 하나?'

사공은환이라면 알지도 모른다. 그러나 그러려면 모험을 해야 한다.

전설대로 금판에 천고의 무공이 적혀 있다면, 많은 사람이 알아서 좋을 것이 없었다. 게다가 만에 하나, 사공은환이 자신보다 더 높은 경지에 도달하도록 익힌다면 그것은 그것대로 또 문제가 될 수 있었다.

자신의 목숨을 맡길 정도로 믿긴 하지만, 제천신궁의 비전절기를 전수해 주지 못하는 것과 같은 이치였다.

'아무래도 문자에 능통한 학자를 찾아봐야 할 것 같군.'

결론을 내린 듯 그는 펼쳐진 금판을 다시 겹쳤다. 덮개가 빠진 여섯 장의 금판을.

*　　　　*　　　　*

그 시각.

비고에 들어간 좌소천은 가슴이 두근거려 걸음이 쉬 떨어지지 않았다.

혁련무천의 특별한 배려로 비고를 살펴볼 수 있는 시간은 한 시진. 길지도 짧지도 않은 시간이었다. 이곳에서 무엇을 얻을 것인지는 오직 자신의 능력에 달렸다고 봐도 과언이 아니었다.

'묵령기환보와 또 하나의 무기를 가지고 나갈 수 있다고 했지?'

보름 전, 어머니와 궁주와의 독대에서 내려진 결정이었다.

그 대가로 어머니는 어머니의 가문에 전해지던 금판을 건네주었다. 덮개는 빼고.

자신이 할 일은 오직 하나, 어머니의 기대에 어긋나지 않게 그만한 가치가 있는 물건을 찾아가지고 나가는 것이었다.

좌소천은 천천히 걸음을 옮겨 비고 안으로 들어갔다.

병기대에 놓여 있는 무기는 모두 백여 개에 달했다.

도검류가 주류를 이루고 있지만, 간혹 용도를 짐작하기 힘든 기병도 보였다.

하나하나가 예사롭지 않은 예기를 흘려낸다.

신병이기(神兵異器)까지는 아니더라도 능히 특상급의 무기들이었다.

어머니가 말하길, 묵령기환보는 그러한 무기들 중에서도 가장 특이한 기병이라 했다.

다행히 각 병기대마다 목패(木牌)가 달려 있어서 찾는 것은 그리 어렵지 않을 듯했다.

좌소천은 천천히 걸음을 옮기며 무기들을 살펴보았다.

백여 개의 무기 중 검이 삼십여 자루에 달했다.

단순한 장식으로 고풍스러워 보이는 검이 있는 반면, 검병에 보옥이 박히고 검집을 금으로 도금해 화려함의 극치를 달리는 검도 있었다.

길이가 두 자에 못 미치는 단검도 있는가 하면, 뽑는 것조차 버거워 보이는 다섯 자 길이의 거대한 장검도 있었다.

검을 쓰는 사람이라면 눈이 휘둥그레지고 하루 종일 봐도 질리지 않을 듯했다.

좌소천은 유난히 검집이 붉은 검을 들어 조심스럽게 뽑아보았다.

스르릉!

맑은 검명과 함께 검신이 한 자쯤 뽑히자 붉은 기가 눈에 어른거렸다.

진정 목패에 쓰여 있는 화영검이라는 이름에 어울리는 검이었다.

하지만 그도 잠시, 탁! 좌소천은 검신을 밀어 넣고 검대에 올려놓았다.

'화려한 보검은 무인의 정신을 무디게 한다고 했지.'

욕심이 나지 않는다면 거짓말이다. 그러나 그가 원하는 검은 아니었다.

두 번째로 잡은 검은 백설처럼 하얀 검이었다.

백학(白鶴).

검병에 정교하게 새겨진 학 문양으로 인해 그러한 이름이 붙은 것 같았다.

검을 뽑자 흠 하나 없는 푸르스름한 검신이 모습을 드러냈다.

살을 베어도 피 한 방울 묻어나지 않을 것 같은 예리함에 섬뜩함마저 느껴졌다.

"정말 멋진 검이군!"

감탄이 절로 나왔다. 하지만 그뿐이었다. 별다른 감흥도 느낌도 전해오는 게 없었다.

이후로도 좌소천은 검을 하나하나 뽑아보았다.

마치 검들이 자신을 택하라는 듯 예기를 자랑하며 날카로움을 뽐낸다. 하지만 그것도 계속 보다 보니 그게 그것처럼 느껴질 뿐, 마음에 진정으로 와 닿는 검이 없다.

좌소천은 아쉬움을 뒤로하고 도대로 발길을 옮겼다.

도는 모두 이십여 자루.

한데 검보다도 더 모양이 제각각이었다. 같은 모양이 거의 없었다.

반월처럼 휘어진 도, 도신이 한 뼘도 더 되는 넓은 도, 칼끝이 두 갈래로 갈라진 기형도.

좌소천은 도의 모양을 요리조리 살펴보며 뽑아도 보고 휘둘러도 봤다. 새로운 장난감 앞에 선 어린아이마냥.

한데 어느 순간, 칼 하나를 집어 든 좌소천이 움직일 줄을 몰랐다.

무진(無瞋).

미미하게 휘어진 검은 도신이 짙푸른 도집에 들어 있었다.

크기는 그리 크지 않았다. 도병까지 다해봐야 두 자 반 정도. 도신의 넓이도 두 치에 불과했다.

화려한 장식도 없고 눈에 확 들어오는 특별함도 없었다. 그런 칼이 좌소천의 마음을 사로잡은 것에는 그만한 이유가 있었다.

우선 무거웠다.

두 배 크기의 도보다도 더 무겁게 느껴졌다.

그리고 뽑히는데 소리가 나지 않고 날이 없었다.

무인도(無刃刀). 뭉툭한 것은 아닌데 날이 서 있지 않았다. 마치 피를 거부하는 듯했다.

마지막으로, 도신에 새겨진 칼의 이름이 유난히 마음에 와 닿았다.

무진(無瞋).

어떠한 일이 있어도 성내지 말라니, 흔들리지 말라니.

칼의 이름치고는 기이했지만, 어머니의 부상으로 인해 마음이 불안한 좌소천으로선 관심이 가지 않을 수가 없었다.

"후우, 내가 일개 칼보다도 못한 것 같구나. 그래, 네가 내 곁에서 흔들리는 마음을 잡아다오."

더 좋은 무기가 있을지 몰랐다. 언뜻 봐도 무진도의 가치는 중간에도 미치지 못할 것 같았다.

하지만 좌소천은 망설이지 않고 무진도를 옆구리에 꽂았다. 그러고는 보다 편한 표정으로 나머지 무기들을 살펴보았다.

자신의 권리인 무기 하나를 택해서 그런지 별다른 욕심은 생기지 않았다.

수십 종의 병기를 들었다 놓으며 신기한 듯 바라보는 그의 얼굴이 들어올 때보다 훨씬 밝아 보였다.

그렇게 병기대의 끝에 이르렀을 때다. 십여 개의 무기가 흐트러진 채 놓여 있었다. 오랫동안 사람들의 관심을 받지 못해서인지 먼지가 수북이 쌓여 있었다.

좌소천의 눈이 먹처럼 시커멓고 뭉툭한 봉에 멎었다. 심지어 목패도 봉에 눌려 글자가 잘 보이지 않았다.

좌소천은 봉을 밀어내고 눌려 있던 목패를 집어 들었다.

묵령기환보(墨靈奇幻寶).

"이게 묵령기환보?"

그는 의아한 표정을 지으며 봉을 집어 들었다.

겉면 전체에 얕게 새겨진 뭔지 모를 복잡한 문양을 빼면 너무나 평범했다. 길이도 짧아서 봉보다는 곤에 가까운 물건. 정말로 묵령기환보가 맞는지 의심이 들 정도였다.

'도대체 왜 이것에 묵령기환보라는 이름이 붙었을까?'

아무리 봐도 단순한 봉에 지나지 않았다.

길이는 두 자 정도. 굵기는 오리 알보다 조금 굵은 듯 느껴졌다.

그냥 곤이라 하면 그러려니 할 수 있을 듯했다. 문제는 단순

한 곤이 아니라 묵령기환보라는 이름이 붙은 기병이라는 데
있었다.

좌소천은 손에 쥔 묵령기환보를 좀 더 자세히 살펴보았다.

그런데 어느 순간이었다. 묵령기환보를 바라보는 좌소천의
눈이 겉면의 문양에서 떨어질 줄을 몰랐다.

한참만에야 좌소천의 입에서 의미를 알 수 없는 말이 새어
나왔다.

"다른 것처럼 보이지만 같은 거였어. 그래서 어머니가 원했
던 건가?"

언뜻 보면 용처럼 보였다. 그러다 다시 보면 한 마리 붕조처
럼 보이기도 했다.

금라천경의 덮개에 그려진 것과 같은 그림이었다.

'가만, 덮개를 빼고 준 이유가 혹시……?'

덮개를 빼고 준 이유가 덮개의 그림에 금라천경의 묘리가
담겨 있기 때문이라 생각했었다. 실제로 그랬으니까.

그런데 어머니는 또 다른 이유가 있어 덮개를 뺀 듯했다.

혁련무천이 덮개의 그림을 보면 묵령기환보의 가치를 알아
볼지도 모르는 일이 아닌가.

'어머니……'

좌소천은 두근거리는 마음을 누르고 옷자락으로 조심스럽
게 묵령기환보를 닦아냈다.

그리 큰 차이는 나지 않았지만, 모르던 사실을 알게 되자 왠
지 은은한 묵빛이 고풍스럽게 느껴졌다.

'그런데 어떻게 사용하는 거지?

기환(奇幻)이라 했다. 그러한 이름이 붙었을 때는 그만한 이유가 있을 터이다.

그때다.

쿠르르릉.

석문이 열리는 소리가 나더니 경비무사의 목소리가 들렸다.

"시간이 다 되었소이다, 좌 공자."

좌소천은 묵령기환보를 옆구리에 꽂아 넣고 몸을 돌렸다.

'급할 건 없지. 나중에 천천히 살펴보자.'

동방선유는 좌소천이 내민 묵령기환보를 보더니 의외라는 표정을 지었다.

그러면서도 내심 고개를 끄덕였다.

'하긴 특별하게 생겼으면 남들이 벌써 눈여겨봤겠지.'

너무 평범해서 그다지 관심을 끌지 못했을 터다. 그나마도 재질이 특이하지 않았다면 비고가 아닌 일반 병기고에서 뒹굴다 사라졌을지도 몰랐다.

"어떻게 사용하는 것입니까, 어머니?"

"나도 확실하게는 모른다. 다만 네 외조부께서 말씀하시길, 본래부터 금판과 한 쌍이었는데 제천신궁으로 들어간 이후 나타나지 않았던 것이라 하더구나. 해서 혹시나 했는데, 궁주가 있다고 해서 찾아보려 했던 것이다."

역시 생각대로 어머니는 묵령기환보와 금판과의 관계를 알고 계신 것 같았다.

"아마 금라천경의 무공을 익히다 보면 이것의 용도도 알 수 있지 않을까 한다만."

그럴지도 몰랐다. 그러나 그것은 나중의 일이었다.

당장은 금라천경을 익힐 수도 없는 상황. 일단은 마음을 느긋이 먹고 알아보기로 했다.

"참, 어머니, 이것은 제가 그 안에서 가져온 도입니다. 한번 보세요."

동방선유는 누운 채 좌소천이 내민 무진도를 빼보았다.

그러다 날이 서 있지 않은 무인도임을 알고 조용히 미소 지었다.

"너다운 것을 가져왔구나."

좌소천이 살짝 붉어진 얼굴로 말했다.

"좋은 기회를 너무 쉽게 보내 버린 것이 아닌지 모르겠어요."

동방선유가 눈을 흘기며 도를 건네주었다.

"녀석, 공짜를 너무 좋아하면 안 된다. 그리고 내 자세히는 몰라도 네 생각처럼 볼품없는 칼은 아닐 것 같구나. 제천신궁의 비고에 볼품없는 칼을 넣어두었겠느냐?"

좌소천도 그렇게 생각했다. 보이는 것만으로 따지면 평범한 칼이어도 나름의 사정이 있어서 제천비고에 넣어놨을 터이다.

하지만 좌소천에게는 무진도에 숨어 있는 비밀이 그리 중요하지 않았다. 그저 칼이 자신의 마음에 든다는 것, 그거 하나면 족했다.

좌소천은 칼을 받아 들고 어머니의 손을 잡았다.

"이제 좀 쉬세요, 어머니."

"그래, 우리 아들하고 좀 더 이야기를 나누고 싶은데 자꾸 눈이 감기는구나."

동방선유의 마지막 목소리는 귀를 기울이지 않으면 들리지 않을 정도였다.

약기운 때문인지 눈을 감자 금방 잠이 드는 어머니다.

좌소천은 눈물이 나오려는 것을 참고 자리에서 일어났다. 그러고는 한참 동안 어머니를 바라보다 방을 나섰다.

딸깍.

방문이 닫히는 소리가 나자 동방선유의 눈 가장자리로 물기가 맺혔다.

'내 아들, 어느새 정말 많이 컸구나.'

그렇게 얼마나 지났을까, 황연송이 방으로 들어왔다.

그는 동방선유의 맥문을 잡고 눈을 지그시 감더니 일각이 지나서야 눈을 떴다.

그때 잠든 것처럼 조용히 있던 동방선유가 입을 열었다.

"얼마나 남았을까요?"

나직하면서도 고요한 목소리에 황연송의 눈이 미미하게 떨렸다.

그는 동방선유의 손을 조심스럽게 내려놓고 차마 떨어지지 않는 입을 열었다.

"소천이에게도 알리는 게 낫지 않겠습니까?"

"미리 말해서 좋을 일이 뭐가 있겠어요?"

황연송은 착잡한 표정으로 동방선유를 바라보고는 한숨을 내쉬며 고개를 저었다.

"하아, 정말 태군사님이나 부인이나, 참 독하신 분들입니다."

동방선유의 입가로 미미한 웃음이 번졌다.

"그런 우리 두 사람의 아이가 소천이에요. 보기보다 훨씬 강한 아이죠. 궁의 아이들이 독종이라고 부를 정도로 말이에요. 그러니 너무 염려 마세요."

그녀는 알고 있었다. 소천이가 궁의 아이들과 자주 싸웠다는 것을. 어린 게 어쩌나 독하게 달려드는지 다른 아이들이 소천이를 독종이라고 부른다는 것을.

하지만 한 번도 그 일을 따져 소천이를 야단치지 않았다. 소천이가 불의를 행하지 않았다는 것을 알기 때문이었다.

'내 아들은 혼자서도 잘 살아갈 수 있을 거야. 강한 아이니까……'

너무나 고요한 동방선유의 표정에 황연송은 쓴웃음을 지었다.

"노력을 해봤습니다만, 다친 심장이 점점 약해져서……. 이대로라면… 열흘을 버티기 힘들 것 같습니다, 부인."

동방선유의 입가에 번진 웃음이 짙어졌다.

"그나마 다행이군요. 생일날 아들에게 축하한다는 말은 할 수 있을 테니까요. 그리고 죄송하지만, 황 당주님께 부탁 하나

할 게 있어요."

3

구월 구일.

동방선유는 어느 때보다 환해진 얼굴로 좌소천을 끌어안았
다.

"우리 아들, 생일을 축하한다."

좌소천은 동방선유의 가슴에 얼굴을 묻고 아무 말도 못했다.

한참 만에 좌소천이 가슴에서 벗어나자 동방선유는 좌소천
의 손에 뭔가를 쥐어주었다.

"옜다, 생일 선물이다. 이 어미가 보는 앞에서 복용하여라."

손에 쥐어진 것은 엄지손톱보다 조금 큰 단약이었다. 단약
은 금박으로 싸여 있었는데, 은은한 향기가 나는 것이 범상치
않아 보였다.

하지만 좌소천은 조금도 반갑지 않았다. 설령 손에 쥐어진 것
이 천고의 영약이라 해도 그에게는 다른 선물이 더 필요했다.

"저에게는 어머니가 건강한 것이 제일 큰 선물이에요. 그러
니 이것은 어머니가 드셔요."

동방선유는 조용히 웃으며 고개를 저었다.

"먹어서 내 몸에 좋을 것 같으면 진작 먹었지 왜 안 먹었겠
느냐. 이 어미의 몸은 그 약의 약효를 감당할 수가 없단다. 황
당주님 말씀이, 거꾸로 독처럼 작용해서 혈맥이 터질지도 모

른다고 하더구나."

"어머니."

"이 어미는 우리 아들이 강해지는 걸 원한단다. 그래야 남들에게 이용만 당하다가 다치지 않지."

왠지 말끝이 가늘게 떨리는 어머니다.

좌소천은 글썽이는 눈으로 어머니를 바라보았다.

자신이 모르는 뭔가를 알기에 저런 말씀을 하시는 걸까, 아니면 그냥 아들을 걱정해서 하시는 말씀일까?

확실한 것은 알 수 없었지만, 어머니가 직접 말씀을 하지 않으실 때는 그만한 이유가 있을 터이다.

좌소천은 어머니의 손을 잡고 굳센 어조로 대답했다.

"걱정 마세요, 어머니. 저는 어머니가 생각하시는 것보다 훨씬 더 강해질 거예요. 천하의 누구보다도 말이에요!"

동방선유가 손을 들어 좌소천의 머리를 쓰다듬었다.

"그럼, 그럼. 누구 아들인데……. 그러니 어서 복용하거라. 어서."

점점 어머니의 목소리에서 힘이 빠져 간다.

머리를 쓰다듬는 손길도 떨리는 듯 느껴진다.

좌소천은 차마 어머니의 말을 거부할 수 없었기에 떨리는 손을 들어 제왕신단을 입에 넣었다.

어머니가 조용히 웃으신다.

그것만으로도 잘한 것 같았다.

"단약의 기운이 퍼지거든 천천히 내력을 돌려라. 그리고 황

당주님께서 너를 도와주실 것이니 동요하지 말고."

그 말이 끝남과 동시 방문이 열리고 황연송이 들어왔다. 그는 처연한 표정으로 동방선유를 바라보고는 좌소천의 뒤로 가서 앉아 좌소천의 웃옷을 벗겼다.

그는 좌소천이 복용한 약이 무엇인지 알고 있었다. 그러나 좌소천에게는 아무런 말도 하지 않았다. 태부인이 그걸 원했기 때문이다.

"네 어머니의 말씀대로다. 그 약은 네 어머니에게 아무 소용이 없단다. 그러니 마음 편히 하고 어머니가 바라시는 대로 해 드리거라."

그래도 그것만큼은 사실이었다.

좌소천이 미미하게 고개를 끄덕였다.

그러자 황연송이 품에서 작은 옥함을 꺼내 서른여섯 개의 침을 늘어놓았다.

"조금 있으면 약기운이 거세질 것이다. 지금의 네 몸으로는 절대 약기운을 감당할 수 없다. 그러니 그 기운을 단전으로 몰아넣는 데 최선을 다해라. 그리고 나중에 네가 더 크면 뭉친 기운을 녹여 네 것으로 만들면 된다. 내가 도와줄 수 있는 일은 고작해야 그 기운이 헛되이 새어나가지 않게 하는 것뿐이다."

말을 마친 황연송은 세 치에 달하는 장침을 집어 들었다.

그때부터였다.

한 치 길이의 단침부터 네 치 길이 장침까지, 서른여섯 개의 침이 좌소천의 몸에 꽂히기 시작했다.

근 일각에 걸쳐 침이 모두 꽂히자 황연송이 좌소천의 명문 혈에 손을 얹었다.

기운이 헛되이 새어나가지 않게 하는 것.

그것은 말처럼 쉬운 일이 아니었다. 황연송은 '고작해야'라고 하며 해야 할 일이 별것 아닌 것처럼 말했지만, 의학적인 지식이 없고 오십 년 이상의 내력이 없으면 불가능한 일이었다.

게다가 그는 하는 김에 좌소천의 혈맥에 쌓인 탁기를 씻어 줄 생각이었다.

원래 그의 능력만으로는 가당치도 않은 일이었다. 그러나 제왕신단의 약기운이 요동치면서 혈맥을 휘돌 터, 그걸 이용한다면 가능할 것도 같았던 것이다.

어쩌면 그로 인해 황연송은 적지 않은 내력을 손해 볼지도 몰랐다. 하지만 그는 조금도 망설이지 않고 기쁜 마음으로 그 일을 시작했다.

'좌 군사의 은혜에 보답하는 길이거늘, 내 무엇을 망설일까?'

좌소천이 정신을 차린 것은 근 한 시진이 지나서였다.

눈을 뜨자 곤히 잠든 어머니가 보였다. 황연송은 나갔는지 보이지 않았다.

좌소천은 옷을 걸치고는 침상 아래로 처진 어머니의 손을 가슴에 얹으며 속삭이듯이 말했다.

"사랑해요, 어머니."

주무시는 어머니의 입가로 가느다란 미소가 번진다.

그 모습을 물끄러미 바라보던 좌소천은 왈칵 터져 나오려는 울음을 참고 천천히 몸을 일으켰다.

약 때문인지 어느 때보다 기운이 넘치는 기분이었다.

그러나 동방선유도 황연송도, 심지어 좌소천 본인도 짐작하지 못했다. 몸에 퍼져 있던 대환단의 기운과 제왕신단의 기운이 상생작용을 일으켜서 알려진 것보다 뭉쳐진 기운이 더욱 강해졌다는 걸.

그저 몸이 날아갈 듯 가벼워졌다는 것에 오히려 어머니에 대한 미안함만 더해진 좌소천은 한번 더 어머니를 쳐다보고는 몸을 돌렸다.

탁.

방문이 조심스럽게 닫혔다.

그리고 엿새가 지났다.

"오! 안 돼! 어머니! 어머니!!"

통곡이 선약당을 뒤흔들었다.

어머니가 돌아가셨다!

아버지가 돌아가신 지 이 년 만에 또 하나의 하늘이 무너졌다!

"저 혼자 남겨놓고 돌아가시면 어떡합니까, 어머니! 제발 눈을 뜨고 일어나세요! 어서요, 어머니!!"

누구도 좌소천의 통곡을 막지 못했다.

아니, 막을 수가 없었다.

광기마저 보이는 좌소천의 눈빛은 세상 모두가 적인 것처럼 붉어져 있었다. 자신을 막는 자는 누구든 베어버릴 것 같은 표정이었다.

"으아아아아!! 어머니!!"

그렇게 하루 종일 통곡을 하다 기혈이 역류되기 직전, 대기하고 있던 황연송이 재빨리 좌소천의 혈을 점하고 기를 다스렸다. 그러고는 좌소천이 정신을 잃은 틈을 타 동방선유의 장례 치를 준비를 했다.

다음날 아침.

좌소천이 눈을 떴을 때는 모든 준비가 끝나 있었다.

좌소천은 멍하니 앉아서 어머니가 누워 있는 관을 바라보았다.

혁련무천을 비롯한 제천신궁의 모든 간부들이 선약당의 앞마당에 마련된 제단에 향을 피우고 좌소천에게 힘을 내라는 말을 하고 돌아갔다.

뒤이어 수천에 달하는 제천신궁의 무사들이 어머니의 위패에 절을 올렸다.

좌소천은 장례 기간 동안 물 한 모금 마시지 않고 어머니의 관만 바라보았다.

그가 무슨 생각을 하는지는 아무도 몰랐다.

그렇게 닷새.

좌소천은 어머니를 황강산 묘역에 아버지와 나란히 묻고 모두를 돌려보냈다.

마지막으로 황연송이 떠나가자, 좌소천은 무표정한 얼굴로 묵묵히 아버지와 어머니의 묘에 절을 올렸다.

그날, 그의 가슴에 화인이 찍혔다.

'아버지와 어머니의 죽음에 관계된 자는 그게 누구든 절대 용서하지 않을 것입니다! 하늘이 했다면 하늘을 무너뜨릴 것이고! 땅이 했다면 땅을 쪼갤 것입니다!'

절을 마치고 고개를 쳐든 좌소천의 두 눈이 하늘을 향했다.

'일단 나를 강하게 만들겠다. 하늘조차 무너뜨릴 수 있을 만큼!'

그날 이후, 좌소천은 사흘에 한 번 내궁에 들어가는 것을 빼고는 하루 종일 집에 틀어박혀 지냈다.

그는 꼭 필요한 말을 제외하고는 자신을 돌봐주는 두 명의 시비나 열 명의 호성당 무사는 물론이고, 네 스승에게조차 말을 아꼈다.

말이 없어진 그의 모습에 많은 사람들이 안타까워했지만, 시간이 흘러도 별반 달라지지 않았다.

하지만 아무도 몰랐다. 심지어 좌소천조차 알지 못했다.

자신이 그렇게 생활함으로써 천외천가도 기회를 잡지 못하고 지켜보기만 하고 있다는 것을.

그렇게 열 달이 살같이 흘렀다.

그리고 그날, 운명처럼 선우궁현이 제천신궁을 방문했다.

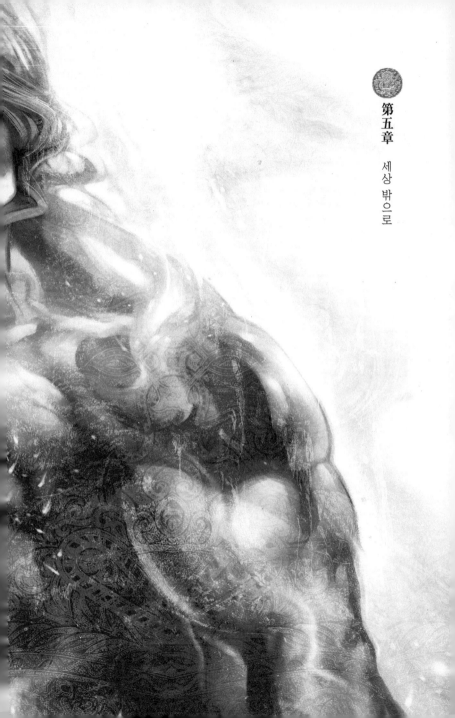

第五章

세상 밖으로

절대천왕 絶對天王

혁련무천은 눈살을 찌푸린 채 무릎을 꿇고 있는 좌소천을
바라보았다.

분노한 것 같기도 하고 어이없어하는 것 같기도 한 표정이
었다.

은선향으로 알고 있는 동방선유와 약속을 했다. 좌소천의
소원을 한 가지 들어주기로. 한데 좌유승이 죽은 지 삼 년이
되는 날, 좌소천이 오더니 소원을 말했다.

"제천신궁을 떠나겠습니다, 백부님."

처음에는 잘못 들은 줄 알았다. 그런데 단단히 각오한 눈빛

을 보니 잘못 들은 것이 아닌 듯했다.

혁련무천은 한참 만에야 좌소천에게 물었다.

"정말 떠날 생각이더냐?"

"예, 백부님."

"이유가 뭐냐? 내가 너를 제대로 가르치지 못할 것 같으냐? 아니면 제천신궁의 무공이 마음에 들지 않느냐?"

"천하제일의 세력을 지니신 백부님이십니다. 어찌 어린 제가 그런 생각을 하겠습니까?"

"그럼 왜 떠나겠다는 것이냐?"

좌소천이 고개를 들었다.

"제가 어려서 그런지 아버지와 어머니가 돌아가신 이곳에선 더 이상 마음을 잡을 수가 없습니다. 해서 보다 더 넓은 세상을 보고 마음을 가다듬은 다음에 돌아올 생각입니다."

"돌아온다? 그래, 얼마나 걸릴 것 같으냐?"

"삼 년이 걸릴지 오 년이 걸릴지는 소질도 아직 모르겠습니다. 다만 십 년 안에 돌아온다는 것만큼은 분명하게 약속드릴 수 있습니다."

돌아올 것이다. 반드시!

알아봐야 할 것이 있으니까!

어쩌면 제천신궁에 있으면서 알아보는 게 더 나을지도 몰랐다. 또한 혁련무천에게서 무공을 배우면 짧은 시일 안에 절정의 고수가 될지도 몰랐다.

그러나 그뿐, 깊은 것은 쉽게 알아낼 수 없을 터였다. 절대

하늘을 무너뜨릴 수 있는 무공을 익힐 수 없을 것이다. 금라천 경상의 무공 역시.

혁련무천이 항상 자신을 주시할 테니까.

하기에 나가려는 것이다.

혁련무천은 조금도 변함이 없는 좌소천의 태도에 파르르 눈을 떨었다. 그러나 순식간에 평정을 되찾고 한숨을 내쉬었다.

"하아, 정 네 뜻이 그렇다면 내가 어찌 막을까? 더구나 네 어머니와 약속한 바도 있으니……. 하나 이것만은 알아라. 이곳이 너의 고향이라는 것을. 이 백부가 항상 기다리고 있다는 것을 말이다."

좌소천의 고개가 깊숙이 숙여졌다.

"어찌 소질이 그걸 잊겠습니까?"

좌소천이 대전을 나서자 호운과 미려가 다가왔다.

"정말 떠나려는 거야?"

"예, 누님. 이미 제학전의 스승님들께도 말씀드렸습니다."

"왜?!"

미려가 빽 소리쳐 물었다.

좌소천은 무심한 눈으로 미려를 바라보았다.

"좀 더 넓은 하늘을 보고 싶어서 떠나려는 겁니다."

"바보같이. 내가 너를 얼마나 좋아하는데……."

눈물을 글썽이는 혁련미려를 보고 좌소천은 고개를 돌렸다. 더 보고 있으면 떠나려는 마음에 금이 갈 것 같았다. 그래도 떠나겠다고 작정했으니 떠나기는 할 테지만, 앙금을 남기고 떠나기는 싫었다.

"호운, 좀 더 커서 보자. 너는 멋진 대장부가 될 거야."

"형도 멋진 남자가 될 거야. 벌써 멋지게 떠나잖아. 천하제일패라는 아버지의 가르침을 마다하고 떠날 사람이 하늘 아래 몇이나 되겠어?"

"그렇게 생각해 주니 고맙다."

턱!

좌소천이 혁련호운의 어깨를 잡았다.

혁련호운도 좌소천의 어깨를 잡았다.

두 사람이 씨익 웃었다.

그 모습에 혁련미려가 다시 빽 소리를 질렀다.

"뭐가 좋아서 웃어! 멍청이들아!"

2

"놈이 제천신궁을 나왔습니다, 단주."

황의중년인은 수하의 보고에 이마를 찌푸렸다.

"젠장, 이렇게 급작스럽게 나오다니. 그래, 현재 위치는?"

"선우궁현과 둘이서 남하하고 있습니다."

찌푸려진 이마에 골이 깊게 파였다.

"만패철검 선우궁현이라……. 끄응, 꽤 골치 아픈 자가 끼어들었군."

"어찌하시겠습니까?"

"어찌하긴? 만패철검이 무서워 불씨가 될지 모르는 놈을 그냥 놓아줄 수는 없는 일. 교 장로님은 어디 계시느냐?"

"거처에 계실 것입니다."

"가서 교 장로님을 모셔와라. 그리고 태백산에 전서구를 띄워 이공자께 이곳의 상황을 전해라."

"예, 단주."

좌소천이 황강산 입구에서 마지막으로 제천신궁을 바라보며 이를 지그시 깨물 때, 신양 선안객잔의 별원에서 전서구 한 마리가 하늘 높이 날아올랐다.

3

사십대 후반의 중년인과 열대여섯 살의 소년. 두 사람이 황사바람이 불어대는 길을 걷는다.

중년인이 걸어가며 물었다.

"그래, 후회하지 않을 자신은 있느냐?"

소년이 대답했다.

"이미 떠나왔지 않습니까?"

"많이 힘들 것이다. 하나 네가 택한 길, 모든 걸 감수해야 할 거야."

"저는⋯ 어떤 고난도 겪을 준비가 되어 있습니다."

소년 좌소천의 대답에 중년인 선우궁현은 빙그레 웃음 지었다.

"후후후, 앞으로는 제천신궁에 가서 밥 얻어먹기는 다 틀렸구나. 혁련 형은 너를 내가 빼돌렸다고 생각할 테니 말이야."

"궁주님께서 아실까요?"

선우궁현이 고소를 머금고 말했다.

"그는 천하제일패, 제천신궁의 주인이다. 너는 그 점을 잊어서는 안 된다."

좌소천은 가슴이 무거워졌다.

"죄송합니다, 백부님."

"죄송할 것까진 없다. 내가 원하지 않았다면 네가 아무리 부탁했어도 들어주지 않았을 테니까."

좌소천은 뿌연 하늘을 올려다봤다.

그의 마음도 황사가 낀 하늘처럼 뿌옇기만 했다.

이틀 전.

제천신궁을 방문한 선우 백부가 집으로 찾아왔다. 궁주에게서 어머니가 돌아가셨다는 것을 들은 것이다.

찾아온 선우궁현에게 자신의 마음을 드러냈다.

"백부님, 저는 이곳을 나가 구만 리 창천을 바라보며 살고 싶습니다. 저를 데려가 주십시오."

선우궁현이 잔잔한 눈으로 바라보며 물었다.

"너는 궁주님 덕에 제학전에서 다섯 분의 스승으로부터 재주를 익힐 수 있었다. 그렇지?"

"예, 백부."

"하나를 얻었으면 하나를 주어야 하는데, 너는 제천신궁에 무엇을 주었느냐?"

가르침을 받은 대가로 무엇을 주었느냐는 소리다.

이를 지그시 깨물었다.

"저는… 준 것이 없습니다."

"그럼 얻을 만큼 얻었으니 이제 나 몰라라 하고 떠나겠다는 것이냐?"

약간 날이 선 목소리에 조용히 답했다.

"은혜는 언제든 갚을 것입니다! 하나… 지금은 무작정 이곳을 떠나고 싶을 뿐입니다."

물끄러미 바라보던 선우궁현이 안쓰러운 표정을 지었다.

'도적놈!' 이라며 신랄하게 꾸짖을 줄 알았는데, 그러지 않는 걸 보니 자신을 그런 아이로는 보지 않은 듯했다.

"너는 너 자신을, 너의 가치를 너무 모르는구나. 궁주가 너를 순순히 보내줄 거라 생각하느냐?"

"궁주님께서 저의 소원을 하나 들어주기로 어머니와 약조하신 적이 있습니다."

그 소원으로 자신의 몸을 자유롭게 해달라고 말하겠다는 뜻이다.

그렇다면 말이 달라진다. 정당하게 은혜를 갚은 것은 아니지만 제천신궁을 떠나도 크게 문제될 것이 없는 것이다.

선우궁현이 보다 차분해진 표정으로 다시 물었다.

"혁련 형이 너에게 직접 무공을 가르치려 한다는 말을 들었다. 그것으로 부족하단 말이냐?"

선우궁현의 눈을 똑바로 바라보았다.

"궁주님께서 저에게 제천신궁의 모든 것을 가르칠 거라 생각하시는지요?"

"글쎄다. 너는 어디까지 생각하고 있을지 모르겠다만, 솔직히 말해서 마지막 혁련가의 비기는 가르치지 않을 것 같구나."

"하면, 그렇게 배워서 천외천가를 칠 수 있다고 보시는지요?"

선우궁현이 눈을 크게 떴다. 자신의 말에서 뭔가를 깨달은 듯했다.

"어머니를 해한 원수가 천외천가더냐?"

"예, 백부님."

천외천가는 제천신궁과 비견되는 힘을 지닌 곳.

설령 혁련무천의 제자가 된다 해도 원수를 갚을 수 없다. 오히려 혁련무천의 제자라는 신분의 제약으로 인해 더 움직이기가 힘들 터였다.

물론 밖으로 나간다 해도 가능성이 희박하기는 마찬가지다. 그러나 없다는 것과 가능성이 희박하다는 것은 천양지차. 자신은 희박한 가능성을 잡기 위해 밖으로 나가려는 것이다.

"허어!"

그제야 자신의 마음을 이해한 듯 선우궁현이 탄성을 흘리며 자신을 바라보았다.

그러고는 가부를 대답하기 전, 마지막으로 한 가지에 대해 더 물었다.

"너는 네 아버지의 죽음에 대한 것을 어떻게 생각하느냐? 그 책임이 정말 혁련 형에게 있다 생각하느냐?"

고개를 발딱 들고 그를 쳐다보았다.

"어, 어떻게……?"

"너는 잊었나 보구나. 그 자리에 나도 있었다는 걸."

이 년 전, 혁련호승이 한 말을 들은 듯했다.

하긴 선우궁현이 누군가. 이십여 장의 거리에서 나눈 대화를 그가 듣지 못했을 거라 생각하는 자체가 우스웠다.

한데 과연 선우궁현은 그 말에 대해 어떤 생각을 하고 있을까?

그때 선우궁현이 말했다.

"내막을 자세히는 모르지만 확실한 것 하나는 안다. 혁련 형으로 인해 네 아버지가 십여 년간 목숨을 유지했다는 것. 누가 뭐래도 그것만큼은 변하지 않는 사실이다."

"저도 그걸 부인하지는 않습니다."

"그럼 한 가지만 약속해라. 그 일에 대해서만큼은 열 번 이상 생각해서 신중하게 판단하겠다고 말이다."

"그렇게 하겠습니다. 저도 은혜를 원수로 갚는 죄를 범하고 싶지는 않습니다, 백부님."

선우궁현은 자신의 눈을 뚫어지게 쳐다보고는 하는 수 없다고 생각했는지 천천히 고개를 끄덕였다.

"음, 좋다. 그럼 혁련 형의 허락이 떨어지면 양락진의 입구로 와라. 미시 말까지 기다려서 오지 않으면 나 혼자 갈 것이니 나와의 연이 없다 생각하고 네 갈 길을 가거라."

"예, 백부님."

그렇게 떠나왔다.

다행히 선우궁현이 막 떠나려던 차에 만날 수 있었다.

이제는 목적을 이루기 전에는, 강해지기 전에는 돌아가지 않을 것이다.

선우궁현이 자신을 강자로 키워줄 수 있을지는 알 수 없다.

어차피 그것까지 바라지는 않는다.

결국 모든 것은 자신에게 달려 있으니까.

4

동정호까지 가는 길은 멀고도 험했다.

제천신궁이 있는 신양에서 이천 리 길. 걸어서 가면 열흘은 가야 하는 거리였다.

선우궁현은 길을 가는 동안 좌소천에게 강호에 대한 이야기를 끊임없이 해주었다.

무공의 고하만으로 버텨낼 수 없는 곳이 강호다. 실력이 삼푼, 경험이 칠 푼이라는 말이 있을 정도로 강호는 수많은 귀계가 난무하는 곳이다.

선우궁현이 중원칠기 중의 한 사람으로 불리는 가장 큰 이유 중에 하나가 바로 그의 경험 때문이 아니던가.

이미 가르침은 시작되고 있었다.

좌소천도 처음 들어보는 강호의 이야기를 하나도 빠짐없이 머릿속에 새겨 넣기 위해 귀를 활짝 열었다.

그렇게 사흘째.

두 사람이 호북 땅에 들어서 풍림에 이르렀을 즈음이다.

선우궁현이 하늘에 흘러가는 구름을 보더니 나직이 말했다.

"내 옆에서 일 장 이상 벗어나지 마라."

좌소천은 바람을 가슴에 안은 채 걷다가 흠칫했다.

우측에는 강이 흐르고 있었다.

좌측으로는 갈대와 모래자갈이 쌓인 둔덕이 부드러운 곡선을 그리며 나지막하니 이어진다.

뭔가 이질적인 기운이 느껴진 것은 선우궁현이 철검을 잡아갈 때였다.

살기였다!

좌소천이 그것을 느낌과 동시!

츠츠츠츠!

갈대숲이 갈라지는가 싶더니 대여섯 명의 흑의인이 빗살처럼 날아들었다.

"물을 등지고 서라!"

순간, 선우궁현의 철검에서 맑은 쇳소리와 함께 한줄기 벼락이 솟구쳤다.

차아앙! 쩌적!

대기를 사선으로 가른 벼락은 곧바로 부드럽게 휘어지며 날아드는 흑의인들을 향해 떨어져 내렸다.

따다당!

찰나간에 네 자루의 도검이 부러지며 허공으로 솟구친다.

날아들었던 자들 중 네 명이 사방으로 튕겨진다.

선우궁현은 그것으로 만족하지 못했는지 다시 한 번 철검을 휘둘렀다.

콰아아아!

바람이 일 검에 쪼개지며 비명을 내지른다.

두 명의 흑의인은 참담하게 일그러진 표정으로 선우궁현의 검을 막았다.

쩌정!

대기가 얼어붙었다 깨져 나가는 소리와 함께 두 흑의인의 몸이 그대로 무너지고, 중동이 부러진 검을 든 그들은 입에서 뒤늦게 피를 토하며 앞으로 꼬꾸라졌다.

"커억!"

그때 튕겨졌던 네 명의 흑의인이 비칠거리며 일어서더니 다시 선우궁현을 둘러쌌다. 그들은 덤벼들 생각도 못한 채 손에 들린 무기만 힘주어 쥐었다.

칠기 중 하나, 만패철검 선우궁현.

그의 강함에 지나가던 바람도 숨을 죽였다.

"정말 굉장해! 만패철검이 오제에 못지않다는 말을 듣긴 했지만 눈으로 보니 더하구먼."

한 사람이 숨죽인 바람을 몰아내며 둔덕 위에 모습을 보였다.

단정하니 땋은 머리가 등을 타고 허리까지 내려온 중년인이었다. 나이는 오십대 중반 정도로 보였는데, 눈가의 주름만 아니라면 사십대처럼 보일 정도로 홍안이었다.

한데 나타난 자는 그만이 아니었다.

그의 말이 끝나자 그의 좌우로 다섯 명의 황의인과 십칠팔 명의 흑의인이 나타났다.

"천외천가요?"

묵묵히 그들을 바라보던 선우궁현이 묵직한 목소리로 물었다.

홍안의 중년인이 코끝을 손가락으로 쓸어 올리며 대답했다.

"알고 있다니 말하기가 편하겠군."

"내 조카 때문에 왔다면 그냥 돌아갔으면 싶소만."

"나도 그러고 싶은데, 위에서 저 꼬마를 원하니 어쩔 수가 없네."

"천외천가 같은 곳이 이런 조그마한 아이가 두려워 미리 손을 쓰겠다는 말이오?"

"작은 불씨가 온 산을 태우는 법이네."

"천외천가라면 천비삼역 중 하나, 하거늘 아이의 도전을 받아들일 아량도 없을 줄은 몰랐구려."

"어렵게 살아갈 일이 뭐 있겠나? 미리 제거하면 되는데."

"그럼 더 말할 필요도 없겠군."

선우궁현은 짧게 말을 맺고 철검을 늘어뜨렸다.

그의 철검이 천천히 전면으로 향하자 그의 주위로 바람이 휘돌기 시작했다.

한편, 좌소천은 뒤에서 그 모습을 지켜보며 경탄과 동시에 이를 악물었다.

놈들이었다. 천외천가! 어머니의 원수들!

그런데, 그런데 자신은 지금 뭐 하고 있는가.

백부 뒤에 숨어서 도를 움켜쥔 채 이를 갈며 한을 씹고 있다.

그게 전부다.

전력을 다한다면 흑의인 하나 정도는 상대할 수 있다. 그러나 자신이 뛰쳐나가면 놈들이 집중적으로 노릴 터. 백부가 싸우는 데 방해만 될 뿐이다.

남의 싸움에 방해만 되는 존재. 그게 지금의 자신이었다.

"함부로 나서지 마라, 소천. 저들은 네가 상대할 수 있는 자들이 아니다."

'저도 압니다! 하지만 참을 수가 없습니다!'

"마음을 가라앉히고 이 백부가 싸우는 것을 봐라. 얼마나 멋지게 싸우는지!"

그 와중에도 자신의 마음을 알고 농담을 할 정도로 태연한 선우궁현이다.

등이 한없이 크게 보인다.

자신이 앞에 거산처럼 서 있는 선우궁현을 도울 수 있는 방법은 오직 하나다.

최선을 다해 방해가 되지 않는 것.

비참했지만 현실이 그랬다.

숨을 크게 들이쉰 좌소천은 마음을 가라앉혔다.

'그래, 능력이 안 된다면 도울 수 있는 방법을 생각해 보자.'

일단 도를 뽑아 들었다.

무진도가 소리없이 뽑혀 나왔다. 도를 들자 마음이 더욱 차분하니 가라앉았다.

무진도(無嗔刀). 그 이름처럼.

"뒤로 다가오는 자는 제가 막을 테니 백부님께선 걱정 마시고 적을 상대하십시오."

어느새 차분해진 목소리가 좌소천의 입에서 흘러나온다.

선우궁현은 희미한 미소를 배어 물고 홍안의 중년인을 바라보았다.

"들었소? 나더러 걱정 말라고 하는구려. 당신들은 참 재수가 없소. 왜 하필 내 조카 같은 아이를 적으로 삼았단 말이오?"

홍안의 중년인, 천외천가의 십이장로 중 한 사람인 교초온은 눈살을 찌푸렸다.

"그래서 꼭 죽이려는 거라네."

동시였다. 황의인 중 얼굴이 통통한 중년인이 손을 흔들었다.

그러자 네 명의 황의인과 십여 명의 흑의인이 선우궁현을 향해 몸을 날렸다.

찰나, 선우궁현도 한 걸음 앞으로 나아가며 철검을 휘둘렀다.

"글쎄, 쉽지 않을걸!"

또다시 바람이 비명을 토하며 갈라지고, 시퍼런 검기가 갈라진 바람에 실려 사방으로 밀려갔다.

고오오오!

하지만 이번에는 상대도 만만치 않았다.

선우궁현이 자신들의 생각보다 훨씬 강하다는 것을 안 그들은 정면 대결을 피하며 선우궁현의 좌우를 노렸다.

게다가 황의인들은 흑의인들보다 배는 더 강했다. 네 명의 황의인이 흑의인들과 한꺼번에 달려들자 선우궁현도 수비에 급급했다.

혼자라면 적진을 누비며 공격했을 것이다. 단숨에 놈들의 목을 잘라 버렸을 것이다.

그러나 좌소천이 뒤에 있는 이상 그리할 수가 없었다.

쩌저정!

콰과광!

선우궁현의 검풍에 휘말린 자들은 충격이 전해지기 전에 재빨리 물러섰다. 그러면 다른 자들이 선우궁현을 공격했다.

그렇다고 해서 선우궁현이 마냥 불리한 것만은 아니었다.

적들도 쉽게 선우궁현을 공략하지 못했다. 비록 충격을 완화시키며 물러선다고는 하지만, 그들이 받은 충격은 가볍지 않았다. 한 번, 두 번 충격이 반복되자 그들의 얼굴도 일그러졌다.

와중에 세 명의 흑의인이 다시 선우궁현의 철검에 목숨을 잃었다.

그때였다. 서너 명이 틈을 타 선우궁현의 뒤쪽으로 돌아갔다.

"소천아, 조심해라!"

선우궁현이 대경해 소리쳤다.

좌소천은 선우궁현이 미처 막지 못한 사이 뒤로 돌아온 흑의인들의 공격을 무진도로 막아냈다.

쩌저정!

'나는 할 수 있어! 이까짓 거, 충분히 할 수 있어!'

다행히 그들의 공력은 좌소천과 많은 차이가 나지 않았다. 게다가 무진도의 무거움이 적을 상대하는 데 생각보다 훨씬 효과적이었다.

오래 막지는 못해도 두어 번 정도 막아내는 것은 그리 어렵지 않았다.

자신으로선 처음으로 하는 실전인데도 그리 떨리지 않았다. 하긴 내공을 쓰지 않은 비무였지만, 절정고수인 운추양의 사심이 깃든 도를 삼 년이나 상대하지 않았던가.

가끔은 원망도 했는데, 지금은 운추양이 고맙게 생각될 정도였다.

그렇게 칠팔 초가 흐르자 적의 투로가 보이기 시작했다.

자신이 붙었다.

"백부님! 뒤는 너무 걱정 말고 앞을 먼저 처리하세요!"

좌소천은 대뜸 소리치고는 날아드는 검을 옆으로 비껴 쳤다.

그것이 짧은 시간이라 해도 선우궁현에게는 더없이 큰 도움이 되고 있었다.

"좋아! 잘한다, 소천아!"

교초온이 움직인 것은 바로 그때였다.

"하앗!"

검신이 두 자 정도의 짧고 넓은 검을 든 교초온은 십 장을 그대로 날아 선우궁현을 향해 떨어져 내렸다.

좌우에서 흑의인들이 달려들고 전면에서 황의인이 호시탐탐 기회만 노리고 있다. 그런 와중에 행해진 교초온의 공격은 선우궁현의 얼굴을 굳히게 하고도 남았다.

선우궁현은 철검을 휘둘러 전면의 황의인들을 밀어내고는 떨어져 내리는 교초온을 향해 철검을 치켜들었다.

순간이었다. 치켜든 선우궁현의 철검에서 시퍼런 빛이 번쩍이며 교초온의 검과 부딪쳤다.

쾅!

선우궁현이 주춤거리며 한 걸음을 물러섰다.

반면에 뒤로 훌쩍 몸을 날리더니 세 걸음을 물러서서 몸을 세우는 교초온이다.

얼굴이 창백해진 그가 두 눈을 부릅떴다. 목소리가 경악으로 떨려 나왔다.

"검… 강?"

그때 통통한 얼굴의 중년인이 두 개의 륜(輪)을 꺼내 들고는 몸을 날리며 소리쳤다.

"모두 함께 쳐라!"

그의 명령이 떨어지자, 충돌의 여파에 뒤로 물러섰던 자들이 일제히 선우궁현을 향해 달려들었다.

교초온도 다시 검을 움켜쥐고 신중하게 선우궁현을 향해 뻗었다.

쾅!

쩌저저정!

채 삼 초의 공방이 끝나기도 전이었다. 적들 중 흑의인 둘과 황의인 하나가 선우궁현의 공격권을 벗어나 좌소천을 향해 달려들었다.

처음보다 훨씬 신랄한 검초다. 얕보는 표정도 아니다. 좌소천을 자신들의 상대로 인정하고 최선을 다해 도검을 펼친다.

조금 전과는 확연히 다른 상황.

좌소천은 이를 악물고 무진도를 휘둘렀다.

따다당!

선우궁현과의 거리는 이 장. 적들의 연환공격에 자신을 도와줄 수가 없는 상태다. 그나마 더 이상의 적이 자신 쪽으로 오지 않는 것만도 다행이다.

'좋아! 결코 방해물이 되지는 않겠어!'

좌소천의 눈빛이 반짝였다.

도를 휘두르는 손이 더욱 빨라졌다.

초식의 순서 따위는 생각도 하지 않고 손이 가는 대로 휘둘렀다.

올려치고, 흘리고, 비껴 치고, 내려치고…….

조금의 거침도 없는 도식이 좌소천의 손에서 쏟아졌다.

땅! 쩌저정!

황의인의 검이 옆으로 밀려난다.

그 사이를 흑의인의 도가 파고든다.

눈코 뜰 새도 없이 적들의 공격이 이어진다.

"타앗!"

좌소천의 무진도가 크게 원을 그리며 흑의인의 도를 감아 옆으로 튕겼다.

천만다행으로 내력에서는 그다지 밀리지 않는다.

황의인의 공력이 자신보다 강한 것 같지만, 그것 역시 무진도의 뛰어남으로 어느 정도 상쇄되고 있다.

뜻밖의 강한 반발에 황의인이 검을 고쳐 쥐며 소리쳤다.

"어린놈이 제법이구나!"

순간, 좌소천이 자신도 모르게 앞으로 나아가며 적을 먼저 쳤다.

"조심해라! 앞으로 나아가지 마!"

그때 뒤에서 선우궁현의 다급한 목소리가 울렸다.

흠칫한 좌소천이 다시 물러서려 하자, 기회를 놓치지 않겠다는 듯 황의인과 혹의인이 동시에 공격했다.

좌소천은 이를 악문 채 무진도를 다섯 번 휘둘러 세 사람의 검과 도를 쳐냈다.

찰나, 검이 팔을 스치고, 도가 옆구리를 훑고 지나갔다.

"흡!"

순간적으로 팔과 옆구리에서 전해지는 싸늘한 느낌.

좌소천은 혼신을 다해 무진도를 휘두르며 뒤로 물러섰다.

다행히 깊게 베이지는 않은 듯하다. 도를 휘두르며 물러서는데 크게 부담이 되지 않는다. 다만 순간적인 충격으로 호흡이 흐트러져서인지 숨이 거칠어졌을 뿐이다.

하지만 생사를 가르는 격전에서는 그 작은 차이가 곧 삶과 죽음인 것.

힐끔 고개를 돌려 그 모습을 본 선우궁현의 표정이 딱딱하게 굳어졌다.

"하아앗!"

그는 대뜸 검강으로 인해 두 자가 길어진 철검을 연속으로 휘둘러 적과의 거리를 벌리고는, 두 걸음을 물러서서 좌소천과의 거리를 좁혔다.

적을 물리칠 수 있는 길은 계속 검강을 써서 상대하는 것뿐. 그러나 공력의 소모가 막대해서 언제까지 계속 검강의 상태를 유지할 수 있을지 자신조차 확신할 수가 없다.

거기다 두 명의 절정고수가 합세한 상황.

혼자라면 거칠 것이 없다. 이십 초 정도면 전면에 있는 자들을 쓰러뜨릴 수 있다.

그런데 그동안 좌소천이 견딜 수 있을까?

좌소천의 능력은 두 명의 흑의인을 상대할 수 있는 정도다. 황의인이 합류한 이상 지금 좌소천의 능력으로는 이십 초를 막아낼 수가 없다. 게다가 다른 자들이 가세한다면 그 시간은 더욱 단축될 것이 분명한 터.

자존심을 생각해 위기를 자초할 수는 없었다.

번개처럼 판단을 마친 선우궁현은 좌소천과의 거리가 좁혀지자 슬쩍 고개를 돌리고 전음을 보냈다.

'내가 검을 펼치고 적들이 뒤로 물러서거든 내 손을 잡아라!'

그리고는 좌소천의 대답을 들을 생각도 않고 전면을 향해 나아갔다.

갑자기 이 장을 나아간 선우궁현이 철검을 휘둘러 허공을 가로로 가르며 소리쳤다.

"이놈들!"

허공이 갈라지며 쩍! 소리가 귀에 들리는 듯하다.

대경한 천외천가의 무사들이 메뚜기처럼 뛰어 뒤로 물러났다. 와중에 두어 명은 미처 물러설 틈도 없이 검강에 몸이 갈라졌다.

"크억!"

"흐악!"

그걸 본 교초온과 손자기가 이를 악물고 선우궁현에 대항

했다.

쩌어엉!

항아리 깨지는 소리가 울렸다.

비틀거리며 물러서는 교초온과 손자기다.

선우궁현은 때를 놓치지 않고 상대의 힘을 역이용해 뒤로 주욱 물러났다. 그러자 대경한 두 명의 황의인이 좌소천을 공격하려다 말고 대경해 몸을 뺐다.

"지금이다!"

자신감을 얻은 좌소천이지만, 자만에 빠져 상황을 오판할 정도는 아니었다.

좌소천은 재빨리 선우궁현의 좌수를 힘껏 움켜쥐었다.

순간 선우궁현이 남쪽을 향해 몸을 날렸다.

좌소천도 최대한 몸을 가볍게 한 채 선우궁현의 몸놀림을 도왔다.

"막아!"

남쪽에 있던 자들은 모두 다섯. 하지만 그들로서는 선우궁현의 철검을 막기에 역부족이었다.

선우궁현의 철검이 휘둘러지며 검풍이 일자 물러서기에 급급한 그들이다.

그사이 선우궁현은 그들의 머리를 타넘어 남쪽을 향해 달렸다.

"쫓아라!"

손자기가 악다구니를 쓰며 소리쳤다.

"비겁하게 도망가는 거냐, 선우궁현!"

교초온이 몸을 날리며 외쳤다.

"하하하하! 내가 가는 것을 고맙게 생각해라!"

선우궁현의 웃음소리가 답처럼 들려왔다.

결국 교초온과 손자기는 이백여 장을 가다 말고 멈춰야만 했다. 거리가 멀어져서가 아니었다. 거리는 그대로였다.

한데 쫓을 수 있는 사람이 자신들 둘뿐이었다. 천귀단의 단원들과 도유당의 무사 중 남은 자는 열셋. 그나마도 내상을 입어 이백여 장이 가기도 전에 오십 장의 거리가 벌어져 있었다.

둘이 가서는, 솔직히 선우궁현의 검강을 막아낼 자신이 없는 두 사람이었다.

교초온은 까마득히 멀어지는 선우궁현을 보고 허탈한 탄식을 내뱉었다.

"허어, 중원칠기의 무공이 이토록 강했단 말인가?"

손자기도 소름이 돋는지 몸을 부르르 떨고는 고개를 흔들었다.

만일 선우궁현이 끝까지 싸웠다면 과연 어떻게 되었을까?

'꼬맹이를 죽일 수 있었을지는 몰라도 우리 또한 모두 죽었겠지. 나도 교 장로도……'

그런데 도망을 쳤다. 중원칠기 중 한 사람이 자존심조차 내팽개치고.

그래서 손자기는 선우궁현이 더 두려웠다. 다시는 만나고 싶지 않을 정도로.

하지만 이게 끝이 아니란 것을 그는 알고 있었다.

이공자, 순우무궁. 그는 포기란 것을 모르는 사람이니까.

한편, 선우궁현은 오 리를 달리고 걸음을 멈췄다.

적이 쫓아오지 않는 이유를 알기 때문이다.

선우궁현이 손을 놓자 좌소천이 고개를 푹 숙였다.

"죄송합니다, 백부님. 제가 백부님의 명예에 누를 끼쳤습니다."

선우궁현은 미안해 어쩔 줄 모르는 좌소천의 옆구리 상처를 살피며 웃었다.

"하하하! 나는 말이다, 지금까지 수백 번도 더 도망쳤다. 거기에 한 번 더 더해졌을 뿐인데 뭐가 미안하단 말이냐?"

"예?"

"어디, 상처 좀 보자."

좌소천은 뜻밖의 말에 고개를 들어 선우궁현을 바라보았다.

중원칠기는 삼성, 오제, 팔마와 더불어 천하를 아우르는 고수들이다. 그런 고수가 수백 번도 더 도망쳤다니, 그 말을 누가 믿는단 말인가?

한데 여전히 맑은 모습, 환한 표정의 선우궁현이다.

"왜, 믿지 못하겠느냐?"

"아니, 그게 아니오라……."

뭐라 대답한단 말인가? 믿지 못하겠다고 하면 백부의 말을 의심하는 것이고, 믿는다고 하면 수백 번 도망친 사람으로 인정해야 하는데…….

"홈, 다행히 깊게 베이지는 않았군. 그래도 이런 상처를 얕보면 큰일 난다. 일단 덧나지 않게 약을 바르고 싸매놓자."

"저에게 옷이 하나 더 있습니다, 백부님."

좌소천이 웃옷을 벗고는 보따리에서 새 옷을 꺼냈다.

그러자 선우궁현이 좌소천이 벗은 옷자락을 찢어 배를 둘러주고는 다시 옷자락을 하나 찢었다.

"내가 왜 만패철검이란 별호를 얻은 줄 아느냐?"

그러고 보니 이상했다.

왜 하필 만패철검일까?

선우궁현은 찢은 천으로 좌소천의 팔을 감싸고 매듭을 지어 조였다.

"그만큼 많이 패했기 때문이다. 정확히는 십오 년 동안 팔천팔백 번 패했는데, 팔천팔백패철검이라고 부르기는 어려웠는지 사람들이 만패철검이라고 부르더구나."

좌소천은 새 옷을 입으며 어리둥절한 눈으로 선우궁현을 올려다봤다.

선우궁현은 빙그레 웃으며 말을 이었다.

"하지만 팔천팔백 번, 그 이후로는 한 번도 패하지 않았다."

좌소천은 왠지 모르게 가슴이 뛰었다.

팔천팔백 번 패했다는 것이 만승을 했다는 것보다 더 대단하게 느껴졌다.

자신이라면 어땠을까?

자존심이 상해서 죽자사자 싸웠을 것이다. 그리고 길가에서 죽어갔을 것이다.

아마 자신뿐이 아니라 강호의 무사 대부분은 그런 생각을 할 터이다.

팔천팔백 번의 패배를 딛고 중원칠기의 한 사람이 된 선우궁현. 좌소천은 그런 선우궁현을 백부로 삼았다는 것이 한없이 자랑스러웠다.

그때 선우궁현이 말했다.

"그렇게 어렵게 만들어졌지만 내 검은 완성된 검이 아니다. 단지 완성을 향해 달려가는 검일 뿐이지. 그래서 말인데…….어떠냐, 조카인 네가 한번 완성해 볼 생각은 없느냐? 꼭 검이 아니어도 상관없는 무공인데 말이야."

좌소천의 두 눈이 파르르 떨렸다.

"백부님……."

"왜? 싫냐?"

"그게 아니라……."

탁!

선우궁현이 좌소천의 등을 쳤다.

"너는 다 좋은데 가끔 말을 더듬어 탈이다!"

'그게 어디 제 탓인가요? 백부님이 갑자기 그렇게 말하니까 그렇지요.'

이후로 두 사람은 다시 길을 걸었다.

황사바람은 어느새 걷히고 하늘은 파란 물을 들인 듯 시원해 보였다.

좌소천의 답답하던 마음도 하늘처럼 맑게 갠 느낌이었다.

"실전은 처음이지?"

"예, 백부님."

"그래, 느낌이 어떠냐?"

"무서워서 죽는 줄 알았습니다."

"그래도 내 생각보다 훨씬 잘 싸우던데?"

"솔직히 지금도 제가 어떻게 싸웠는지 잘 모르겠습니다. 과연 빤히 보면서 상대의 목숨을 취할 수 있을지 지금 생각하면 그것도 자신할 수 없을 것 같습니다."

"하하하하! 처음에는 다 그런 거다. 누가 사람을 죽이고 싶어서 죽인다더냐. 자신이 살기 위해서, 원한을 갚기 위해서, 또는 그만한 이유가 있으니까 그러는 것이지. 물론 마도에 물든 놈들은 또 다르지만 말이야."

"그런데 놈들이 또 쫓아올까요?"

"쉽게 포기하지는 않겠지. 하지만 당분간은 놈들도 어쩔 수 없을 것이다. 천외천가는 태백산에 있다고 알려져 있는데, 그곳에서 사람들이 나올 때쯤이면 너는 놈들이 찾지 못하는 곳에 있을 테니까."

동정호에 떠 있는 섬이라 했다. 찾고자 하면 찾지 못할 것도 없을 것이다. 십오 년 동안 어머니를 추적할 정도로 끈질긴 놈들이 아니던가.

그런데 왜 찾지 못할 곳이라 하는 걸까?

'그럴 만한 이유가 있겠지.'

좌소천은 선우궁현의 옆모습을 바라보았다.

선우궁현의 입가에 웃음이 걸려 있다.

청명한 하늘만큼이나 밝은 웃음이다.

전염이 되었는지 좌소천의 입가에도 미소가 맺혔다.

'역시 나오기를 잘했어!'

第六章

무은도(霧隱島)

절대천왕 絶對天王

제천신궁을 떠난 지 구 일째.

　석양이 질 무렵, 좌소천은 선우궁현과 함께 악양에 도착했
다.

　순간 좌소천은 끝이 보이지 않는 호수를 바라보고는 눈을
휘둥그렇게 떴다.

　동정호였다.

　말로만 들은 바다가 이렇게 넓을까?

　오면서 크고 작은 호수를 숱하게 봤다. 그러다 장강을 보고
는 벌떡거리는 가슴을 진정시켜야 했다. 하지만 그 모든 것을
다 합쳐도 동정호만 한 감동은 주지 못했다.

　가슴이 넓어져 바다라도 담을 것 같은 기분이었다.

머릿속에 환해져서 무엇이든 깨우칠 수 있을 것 같았다.

온 세상을 두 눈 안에 담을 수 있을 듯했다.

푸드드득!

저 멀리서 수천 마리의 물오리 떼가 비상한다.

"정말 굉장하군요!"

좌소천의 입에서 떨리는 탄성이 절로 나왔다.

선우궁현이 빙그레 웃으며 말했다.

"내가 사는 곳은 여기서 배를 타고 한나절은 가야 한다. 그리 크지 않은 섬이지만 매우 아름다운 곳이지. 아마 너도 마음에 들 거다."

곧 어둠이 몰려올 것 같다.

뱃길로 반나절 거리를 밤에 가는 것은 쉽지 않은 일. 선우궁현은 일단 악양에서 하루를 지내고 아침에 출발하자고 했다.

그러고는 자신의 단골집이라며 골목길 안쪽에 있는 객잔으로 데려갔다.

객잔의 이름은 포봉객잔으로 십여 개의 탁자가 있는 작은 객잔이었다. 그나마도 반은 비어 있고 반만 손님들이 앉아 있었다.

한데 단골집이라더니 선우궁현을 아는 듯 고개를 돌린 주인의 입에서 웃음이 번졌다.

"아이고, 이게 누구십니까?"

나이는 사십 초반 정도로 보였는데, 두 손을 쳐들고 웃는 것이 마치 십 년 만에 만난 지기를 보는 듯한 표정이었다.

"잘 있었나, 포봉."

"저야 항상 그렇죠. 일 년 만이신가요? 어째 이번에는 좀 격조하셨습니다그려."

"좀 멀리 갔다 왔지."

"앉으시지요. 제가 바로 음식을 내오겠습니다."

"항상 먹던 것 있지? 그거 이 인분만 내오게."

돌아서려던 포봉이라 불린 주인이 힐끗 좌소천을 바라보았다.

"웬일이십니까? 일행을 다 데려오시고."

"내 조카라네. 당분간 함께 지내기로 했지."

구포봉은 좌소천의 전신을 스윽 살피더니 고개를 끄덕였다.

"흐음, 키가 좀 작아서 그렇지 괜찮아 보이는데요?"

"쓸데없는 생각 말고 음식이나 내오게나."

구포봉은 빙그레 웃으며 돌아서려다 고개를 갸웃거렸다. 그러더니 다시 한 번 좌소천을 바라보고 눈을 가늘게 떴다.

"이거… 생각보다 훨씬 좋은데요?"

선우궁현이 눈을 부라렸다.

"쓸데없는 생각 말랬지. 계속 그러면 다시는 안 올 거네."

"크흠, 어르신이 그런 말씀하시는 거 보니까 더 욕심나는데요?"

"소천아, 일어나자!"

일어나지도 않을 거면서 선우궁현이 짐짓 인상을 쓰고 말했다.

그제야 구포봉이 씨익 웃고는 몸을 돌리며 안쪽에 대고 소리쳤다.

"장가야! 화양탕 이 인분이다!"

여러 가지 야채와 함께 잘게 찢어진 고기가 들어간 음식은 좌소천도 처음 먹어보는 것이었다.

한데 맛있었다. 입에서 화끈하게 불이 붙는 것 같으면서도 담백한 맛은 지금까지 먹었던 어떤 음식보다도 특이하면서 입맛에 맞았다.

"어떠냐?"

선우궁현이 넌지시 물었다.

좌소천은 솔직히 대답했다.

"정말 맛있습니다, 백부님. 그런데 무엇으로 만든 겁니까?"

"흠, 나도 그것은 잘 모른다. 저 녀석이 비법이라면서 알려주지 않았거든."

좌소천은 국물까지 후루룩 마시고 그릇을 내려놓았다.

그 모습이 무척이나 맛있게 보인 듯했다. 옆에서 누군가가 탁자를 치며 소리를 질렀다.

"주인장, 우리도 저 사람들과 같은 것으로 삼 인분 주시오!"

좌소천이 고개를 돌려 그들을 바라보자 선우궁현이 전음으로 말했다.

"저들은 형산파의 제자들이다."

형산파(衡山派).

동정호 남단의 상강을 따라 내려가면 오악 중 하나인 형산이 나온다.

상수를 따라가면 처처에 형산이다라는 말이 나올 정도로 형산은 범위가 넓어서 전체 넓이가 팔백 리에 이른다는 말이 있을 정도였다.

형산의 봉우리는 모두 칠십이 개. 사시사철 안개가 끼는 그곳에는 오래전부터 수십 개의 무파가 존재했는데, 언제부턴지 그들이 축융봉의 검문을 중심으로 뭉쳐 움직이기 시작했다.

형산파의 태동이었다.

그렇게 형산파의 이름이 내걸린 지 삼백 년. 현재 형산파는 비록 구대문파에 이름을 올리지는 못했지만, 황산검문과 함께 구대문파 못지않은 위세를 떨치고 있었다.

좌소천은 악양까지 오면서 당금 강호의 유명한 문파에 대해 선우궁현에게 들은 바가 있었다.

하기에 형산파에 대한 기억을 더듬으며 상대가 어떤 사람들인지 파악해 봤다.

두 사람은 삼십대 초반 정도로 보였고, 한 사람만이 사십에 가까운 중년인이었다.

삼십대 장한의 검에는 세 개의 수실이 매달려 있는 반면 중년인의 검에는 네 개의 수실이 달려 있었다.

장문인이 여섯 개의 수실을 매달고, 장로가 다섯 개의 수실을 매단다고 했으니, 중년인은 장로 바로 아랫사람이라는 말과도 같았다.

좌소천이 그들을 바라보며 나름대로 세 사람에 대해 생각하고 있을 때다.

"꼬마야, 뭘 그렇게 보는 것이냐?"

삼십대 장한 중 하나가 좌소천을 향해 날카로운 목소리로 물었다.

'아차!'

자신의 실수를 뒤늦게 깨달은 좌소천이 곧바로 사과했다.

"죄송합니다. 제가 실례를 범했습니다."

그런데 장한의 눈이 좌소천의 허리를 향하더니 그의 눈에 비릿한 조소가 떠올랐다.

"흠, 칼을 차고 있는 걸 보니 무림에 발을 들여놓은 초짜인가 본데, 그렇게 바라보다가는 쥐도 새도 모르게 죽는 수가 있다는 걸 알아두어라."

잘못을 했으니 뭐라 반박할 수도 없었다.

좌소천이 땡감을 문 표정을 지으며 얼굴로 고개를 돌리자, 선우궁현이 빙그레 웃었다.

한데 그때 장한이 선우궁현을 보고 가르치듯이 말했다.

"보아하니 그 아이의 사부이신가 보구려. 제자가 죽는 꼴을 보고 싶지 않거든 기본적인 것부터 가르치시오."

좌소천은 자신으로 인해 선우궁현까지 한소리 듣자 쥐구멍이라도 들어가고 싶었다.

선우궁현은 여전히 웃음을 지우지 않고 좌소천에게 말했다.

"사람 사는 세상이란 그런 것이다. 한 사람이 잘못하면 옆에 있는 사람에게까지 피해가 갈 수가 있지. 그러니 너는 앞으로 행동함에 있어서 항상 조심해야 할 것이다."

"예, 백부님. 죄송합니다, 저 때문에……."

"훗, 그래도 말귀가 어두운 사람은 아니군."

장한이 가볍게 코웃음을 치며 고개를 돌렸다.

바로 그때였다. 좌소천은 문득 이상한 느낌에 객잔의 구석을 바라보았다.

누군가가 자신을 바라보고 있는 느낌이었는데, 아니나 다를까, 구석에 앉아 있던 네 명의 손님 중 작은 소년이 자신을 바라보다 고개를 돌린다.

자기만큼이나 작은 소년이었다. 얼굴이 목덜미까지 하얀 데다 남자인 자신이 봐도 탄성이 나올 정도로 잘생긴 소년.

한데 억지로 웃음을 참고 있는 모습이다. 조금 전 자신이 실수한 것 때문에 웃는 것처럼 보인다.

그러잖아도 무안해서 쥐구멍이라도 찾고 싶던 좌소천이 아닌가. 좌소천은 선우궁현이 술을 한잔 마시는 틈을 이용해서 소년을 향해 눈을 부라리며 인상을 썼다.

그러자 얼굴을 붉힌 소년은 고개를 숙이고는 금방이라도 웃음이 터져 나올 것 같은 표정으로 입을 막았다. 보조개가 파이는 것이 귀여워 보였지만 그보다는 무안함이 더했다.

'저게!'

좌소천의 눈에 잔뜩 힘이 들어갔다.

그와 동시였다.

촤르르륵!

주렴이 걷히더니 두 사람이 들어왔다.

두 사람 다 오십대 정도로 보였는데, 얼굴 우측이 갈색 점으로 반쯤 덮인 사람은 하얀 장삼을, 들창코가 하늘로 향한 데다가 메기처럼 입이 두터운 사람은 붉은 장삼을 입고 있었다.

한 번 보면 잊어지지 않을 정도로 특이한 얼굴이었다.

그들을 본 형산파의 제자 셋의 얼굴이 딱딱하게 굳어졌다.

하지만 두 사람은 그들의 표정 변화에 별다른 신경을 쓰지 않고 입구 쪽의 탁자에 앉았다.

"저 두 사람은 홍백쌍사라는 자들이다. 동정호 건너편에 있는 상덕(常德) 귀마문의 장로들이지. 무엇 때문에 여기까지 왔는지는 모르겠다만 아무래도 그냥 지나가는 길은 아닌 것 같다."

선우궁현의 전음에 좌소천은 조심스럽게 그들을 바라보았다.

'귀마문이라면 호남의 십대세력 중 한 곳이라고 했지?'

순간 소년의 얼굴에서 웃음이 사라졌지만, 좌소천은 들어온 자들에 대해 생각하느라 미처 그 변화를 알아채지 못했다.

한데 그게 끝이 아니었다.

다시 주렴이 걷히더니 철립을 쓴 네 명의 무사가 들어섰다.

그들을 본 선우궁현이 좌소천에게 또 전음을 보냈다.

"상양(湘陽) 광한방의 광한십팔객 중 넷이다."

그러고는 미간을 좁혔다.

광한방은 귀마문에 비할 수 없는 대문파다. 과거 팔대마세 중 하나. 호남십대세력에서 형산파와 함께 수위를 다투는 곳이다.

'이상하군. 대체 왜 이곳 외진 곳에 저런 고수들이 한꺼번에 나타나는 것이지?'

형산의 제자인 중년인도 그렇고, 홍백쌍사와 광한십팔객은 일류고수라 할 수 있는 자들이다. 그런 자들이 구석진 객잔에 한꺼번에 모일 이유가 뭐란 말인가.

물론 그냥 지나가다 들를 수도 있는 일이었다.

하지만 대로의 커다란 객잔도 아니고, 골목 안의 구석진 객잔에 저런 자들이 같은 시간에 들어와서 식사를 한다는 것은 수년에 한 번 있을까 말까 했다.

그가 중원제일의 해결사라는 말을 듣는 데는 그만한 이유가 있었다. 뭔가 음침한 냄새가 났다.

한편, 좌소천은 문득 이상한 생각이 들어 소년을 바라보았다.

소년은 이미 몸을 완전히 돌린 채 뒷모습만 보이고 있었다. 조금 전과 달리 왠지 모르게 어깨가 위축된 듯 느껴졌다.

'왜 저러지?'

좌소천이 의아한 표정을 짓자 선우궁현은 좌소천의 눈길을 따라 고개를 뒤로 돌려 구석을 바라보았다.

아주 잠시 잠깐이었다. 그런데 선우궁현의 미간이 좁혀지고 가늘어진 눈이 깊게 가라앉았다. 네 사람 중 나이가 많은 중년인이 누군지 알아본 것이다.

'저자는 얼마 전에 멸문당했다는 통성 세운산장의 세운삼걸 중 소광섭이군. 둘은 세운산장의 무사들인 것 같고, 소년은⋯ 세운산장이 보물 하나 때문에 멸문당했다는 소문이 돌던데, 그럼⋯⋯?'

바로 그때였다.

제일 나중에 들어온 광한십팔객 중 하나가 자리에서 일어났다.

그는 옆구리의 검을 굳게 잡고는 천천히 구석진 곳으로 걸어갔다. 소년이 있는 바로 그 자리를 향해서.

그가 걸음을 옮김과 동시 나머지 세 사람도 자리에서 일어났다.

순간 싸늘한 기운이 객잔을 가득 메웠다.

은연중 광한십팔객 중 나중에 일어난 세 사람이 걸어가는 사람의 뒤를 막은 형국.

참지 못하고 붉은 장삼을 입은 홍사 오교홍이 의자를 박찼다.

"보자 보자 하니까 저 건방진 놈들이 감히!"

그가 나서자 광한십팔객 중 세 사람이 검병을 쥐었다.

"선배, 나설 자리를 보고 나서지요."

"홍! 네깟 놈들이 감히 우리를 막을 수 있다고 보느냐?!"

점박이인 백사 오교상이 카랑카랑한 목소리를 흘리며 자리에서 몸을 일으켰다.

촤르륵!

그때 주렴이 걷히더니 세 명의 철립인이 더 안으로 들어왔
다.

"막지 못할 건 또 뭐 있소?"

객잔 안이 순식간에 살기로 뒤덮였다.

식사를 하던 양민 대여섯 명이 벌벌 떨며 한쪽 구석으로 도
망쳤다.

구포봉은 그 사람들을 주방을 통해 내보내고 선우궁현을 바
라보았다.

그러다 선우궁현이 아무런 내색도 않고 앉아 있는 걸 보고
주방으로 들어가 고개만 내밀었다.

'미친놈들. 이곳에 누가 있는 줄도 모르고……'

그사이 광한십팔객 중 먼저 일어섰던 철립인이 소년이 있는
탁자 앞에서 멈춰 섰다. 그는 소광섭의 등에 메인 보따리를 보
고는 나직이 입을 열었다.

"물건을 내놓으면 목숨은 살려준다."

소년과 함께 있던 중년인들은 이를 악물고 무기를 쥔 손에
힘을 주었다.

철립인은 홍백쌍사도 들으라는 듯 제법 큰 소리로 말했다.

"도망갈 생각은 말아라! 밖에도 우리 동료들이 지키고 있으
니까!"

그 말에 홍백쌍사가 움찔했다.

기회를 엿보던 형산의 세 제자도 주위를 둘러보며 의자에서 일어나지 않았다.

하지만 세운산장의 사람들은 그럴 수가 없었다.

그들은 동시에 일어나서 소년을 감싸며 검을 뽑았다. 소광섭이 이를 빠드득 갈고는 소리쳤다.

"이미 죽을 각오를 한 우리다! 물건을 주면 살려준다고? 흥! 그런 개도 안 믿을 소리는 하지 마라!"

이미 보물을 빼앗겠다고 가솔 일백여 명을 도살한 자들이다. 믿을 게 따로 있지, 어찌 그런 말을 믿는단 말인가.

"믿지 못한다면 귀찮아도 죽이고 거두어들이는 수밖에."

철립이 비릿한 조소를 흘리며 검을 천천히 빼 들었다.

그게 신호라도 되는지 뒤로 처져 있던 세 명의 철립인이 갑자기 몸을 날렸다.

그러자 형산의 제자들이 자리를 박차고 그들의 뒤를 쳤다.

매미를 노리는 버마재비를 참새가 노리는 격이다.

홍백쌍사는 세 명의 철립인과 대치한 상황. 장내의 상황이 묘하게 맞물려 돌아갔다.

순식간에 난전이 벌어졌다.

세운산장의 사람들은 소년을 보호하며 철립인과 격전을 벌이고, 형산의 제자들은 다른 세 명의 철립인과 맞붙어서 신랄한 검초를 쏟아낸다.

그들이 세운산장의 사람들을 보호하려는 것인지, 아니면 그들 역시 욕심이 있어서인지는 모르지만 그로 인해 상황은 더욱 혼잡해졌다.

홍백쌍사와 대치해 있던 철립인 하나가 급히 소리쳤다.

"선배! 우리 일은 나중에 처리합시다!"

홍백쌍사도 마냥 대치 상태로 시간을 보낼 수는 없었다. 들창코 홍사가 몸을 돌리며 대꾸했다.

"좋아! 일단 물건을 얻고 나서 보자!"

좌소천의 귀에 다시 선우궁현의 목소리가 울린 것은 바로 그때였다.

"즉시 주방 쪽으로 가라. 어서!"

좌소천은 주춤 일어서려다 선우궁현을 바라보았다.

선우궁현의 눈은 어느 때보다 차갑게 가라앉아 있었다.

지금껏 봐온 소탈하던 눈빛은 온데간데없고, 한 자루 검이 눈에 담긴 듯했다.

그 눈빛이 어서 움직이라고 종용한다.

좌소천은 입술을 씹으며 주방 쪽으로 몸을 피했다.

'지금은 힘이 없어 피한다! 하지만 나중에는 절대 피하지 않을 것이다!'

소년을 구하고 싶었다. 하지만 마음만 있을 뿐 힘이 없다.

그것이 한스러웠다. 어머니를 구하지 못했을 때처럼.

한데 철립인들과 홍백쌍사가 형산 제자들과 세운산장의 사람들을 공격하고 좌소천이 막 주방으로 들어감과 동시였다.

펑! 퍼펑!

갑자기 뭔가가 터지는 소리가 나더니 시커먼 연기가 객잔 안에 퍼져 나갔다.

그러자 기둥에 달려 있던 유등잔도 소용없이 한 치 앞도 보이지 않는 어둠이 객잔 안을 뒤덮었다.

그리고 곧이어 비명이 터져 나왔다.

"으악!"

"웬 놈이……! 커억!"

"허억!"

"캐애액!"

좌소천은 깜짝 놀라 안으로 뛰어들려고 했다.

하지만 뒤에서 당기는 손 때문에 앞으로 나아가지도 못하고 뒤를 돌아다보았다.

구포봉이 다급히 좌소천을 끌어당겼다.

"빨리 따라와라, 꼬마야. 곧 어르신께서도 따라오실 테니까."

객잔의 주인이 일류고수들이나 시전할 수 있다는 전음을 아무렇지도 않게 시전한다.

좌소천은 대항할 새도 없이 구포봉의 손에 이끌려 주방의 구석으로 갔다.

덜컹!

구포봉은 바닥의 두꺼운 판자를 들어 올리더니 그 안으로 좌소천을 밀어 넣었다.

"먼저 들어가 있어라."

그러고는 좌소천이 엉겁결에 사다리를 내려가자 대답할 틈도 없이 판자를 덮었다.

잠시 망설인 좌소천이 이대로 기다리고만 있을 수 없다는 생각에 사다리를 올라가는데 판자가 다시 열렸다.

누군가가 다급히 내려온다.

급히 옆으로 몸을 피한 좌소천은 내려온 사람이 누군지 알고 눈을 크게 떴다.

소년. 자신을 보고 웃던 소년이 눈물을 글썽이며 몸을 떨고 있었다.

"너는……?"

하지만 질문할 시간도 없었다.

뒤이어 내려온 선우궁현이 무표정한 얼굴로 입을 열었다.

"따라와라."

"아저씨, 숙부님은요?"

소년이 금방 울음을 터뜨릴 것 같은 표정으로 선우궁현에게 물었다. 선우궁현이 무심한 표정으로 대답했다.

"다 구할 수는 없었다. 그들은 운에 맡기는 수밖에. 일단 따라와라."

연기가 빠져나간 객잔 안은 난장판이 되다 못해 참혹한 광경이 펼쳐져 있었다.

탁자는 부서진 채 사방으로 넘어져 있고, 바닥은 시뻘건 피로 도배가 되었다. 그 사이에 쓰러져 있는 시신만도 무려 열구였다.

"아이고! 나는 망했다! 이를 어째! 무서워서 손님들도 안 올 텐데! 아이고!"

와장창!

뒤늦게야 칠팔 명의 철립인이 창문을 부수고 객잔 안으로 뛰어들어 왔다. 하지만 그들은 객잔 주인인 구포봉이 벗어 든 신발로 바닥을 치며 통곡하는 소리만 들을 수 있을 뿐이었다.

철립인 중 수장으로 보이는 자가 주위를 둘러보고는 이를 갈았다.

"이, 이런 개 같은 경우가!"

일곱 명의 철립인은 모두가 숨이 끊어진 상태였다.

백사도 죽어 널브러져 있고, 홍사는 보이지 않았다. 팔 하나가 바닥에 떨어져 있었는데, 붉은 옷자락과 주름진 손을 보니 홍사의 것인 듯했다.

형산의 제자들은 모두가 도망갔는지 한 사람도 없었다. 세운산장의 사람들도 두 구의 시신을 남긴 채 두 사람은 보이지 않았다.

일곱 명이 죽고 물건도 사라진 상황. 철립인은 눈에서 불길을 토해내며 동료들을 향해 소리쳤다.

"물건을 가진 연놈들이 도망쳤다! 일대를 뒤져라!"

2

지하 통로는 제법 길었다.

오십여 장은 족히 가서야 위로 올라가는 계단이 나왔다. 중간에 두 군데 다른 곳으로 빠지는 길이 있는 걸로 봐서 나가는 곳이 한 곳만은 아닌 듯했다.

계단을 올라간 선우궁현이 문에 귀를 가까이 대더니 고리를 풀고 문을 밀었다.

덜컹.

문을 열리자 선우궁현이 손짓을 했다.

밖으로 나간 좌소천은 눈이 휘둥그레졌다. 문밖은 방이었는데 제법 넓은데다 침상까지 있었다.

"오늘은 이곳에서 쉬고 내일 아침에 일찍 떠나자."

좌소천은 궁금한 것이 많았지만 묻지 않았다. 알려줄 것이라면 선우궁현이 알려줄 거라 생각한 것이다.

하지만 소년은 좌소천처럼 참을성이 많지도, 선우궁현에 대해 알지도 못했다.

"아저씨, 대체 어떻게 된 거예요? 설명 좀 해주시면 안 될까요?"

소년이 선우궁현을 빤히 바라보며 물었다. 얼마나 많이 울었는지 목소리가 갈라져 나왔다.

다행히 객잔에서 사다리를 타고 내려왔을 때보다는 많이 진정된 상태였다. 눈물은 이미 말라서 눈 가장자리에 얼룩이 져 있었다.

"상황이 급해서 너를 구하긴 했다만, 다른 사람은 어찌 되었는지 모르겠다. 포봉이 사람을 보내올 테니 조금만 기다려 봐라."

소년의 커다란 눈에 그렁그렁 눈물이 맺혔다.

"그보다 어떻게 된 것이냐? 세운산장이 멸문당했다는 말은 들었다만 어쩌다 이곳까지 온 것이냐?"

끝내 소년의 눈에서 굵은 눈물이 뚝뚝 떨어졌다.

"흑흑! 다 죽었어요. 할아버지도, 아버지도, 어머니도… 숙부들도……. 흑흑흑……."

"광한방이 한 짓이냐?"

소년이 울면서 고개를 저었다.

"잘 몰라요. 밤중에 쳐들어왔는데, 복면을 해서……. 흑흑흑……."

어깨를 들썩거리며 우는 소년의 말에 선우궁현이 눈살을 찌푸렸다.

세운삼걸 중 한 사람인 소광섭이 있었다. 그러면 적이 복면을 했어도 누군지 알 가능성이 컸다. 그런데도 아이에게는 알리지 않았다.

왜 그랬을까? 정말 몰랐을까?

'아이가 한을 가지기에는 너무 강한 적이어서 그런 것인가? 아니면 그조차 모를 적이었나?'

두 가지 다 가능성이 있었다.

"갈 곳은 있느냐?"

소년이 말없이 고개를 저었다.

"그럼 어디를 가던 길이었지? 네 숙부와 함께 이곳까지 왔다면 어딘가를 가려고 했던 것 같은데."

소년이 억지로 눈물을 닦으며 쉬어서 갈라진 목소리로 입을 열었다.

"숙부님과 함께 동정호에 사신다는 철검판관 선우 대협을 만나러 가는 길이었어요."

순간 좌소천은 고개를 돌려 선우궁현을 쳐다보았다.

선우궁현의 얼굴이 묘하게 이지러져 있었다.

"크음, 그를… 잘 아느냐?"

"몰라요. 무작정 만나서 부탁을 하려고 했어요."

"무슨… 부탁 말이냐?"

"원수를 갚아달라고요. 쩨쩨한 분이 아니라고 들었거든요. 아저씨, 혹시 그분에 대해 아세요?"

소년이 고개를 번쩍 쳐들고 가련한 눈빛을 한 채 선우궁현을 올려다봤다.

그 바람에 뒤로 묶었던 머리가 풀어지더니 기다란 머리가 허리까지 출렁이며 늘어졌다.

그걸 본 좌소천의 눈이 튀어나올 듯이 커졌다.

"어?!"

포봉이 온 것은 반 시진가량이 지나서였다.

그의 말을 들은 소년, 아니, 소녀 소영령은 반색을 했다.

"정말 숙부님께서 무사하신가요?"

"그건 잘 모르겠고, 다만 객잔에서 몸을 뺀 것만은 분명하단다."

그때 선우궁현이 나섰다.

"밖은 지금 어떤가?"

"광한방이 쫙 깔렸습니다. 어찌나 살벌한지 악양의 주인처럼 행세하던 적가장이 찍소리도 못하고 있습죠."

"음, 날이 밝기 전에 떠나려 하네만, 놈들이 그때까지 철수할지 모르겠군."

"걱정 마십쇼. 어르신하고 우리 도련님 빼내는 것쯤이야, 뭐."

"음, 저 아이도 내가 데려갈까 하네."

"저 아이를요?"

"놈들이 어떻게든 찾으려 할 텐데, 일단 피해야 하지 않겠나?"

한데 바로 그때였다. 소영령이 발딱 일어서더니 거부 의사를 밝혔다.

"안 돼요! 저는 못 가요!"

포봉이 별로 크지도 않은 눈을 동그랗게 떴다.

"왜?"

"저는 철검판관 선우 대협을 찾아가야 하거든요."

입이 쩍 벌어진 포봉이 튀어나올 것 같은 눈으로 선우궁현을 바라보았다.

선우궁현은 헛기침을 하며 탁자의 찻잔을 잡아 입으로 가져

갔다.

나중에 말해줄 테니 잠시 쉬라고 했다. 어차피 갈 곳도 없는 아이, 섬으로 데려가려고 했으니까.

한데 소영령이 거부를 하니 꼴이 이상하게 되어버렸다. 그렇다고 이제 와서 자신의 입으로 '내가 선우궁현이다' 하기도 어정쩡한 상황.

마침 가까스로 웃음을 참은 포봉과 시선이 마주치자 선우궁현은 고개를 끄덕였다.

포봉은 행여나 소영령이 놀랄까 봐 최대한 편안해 보이는 표정으로 말했다.

"아이야, 저분이 누군지 아냐? 바로… 네가 찾는 철검판관, 만패철검 선우 대협이시단다."

소녀가 포봉보다 두 배는 큰 눈을 더욱 크게 뜨고 선우궁현을 바라보았다. 그러더니 금방 눈을 가늘게 하고 입술을 잘근 깨물었다.

"누가 속을 줄 알고요? 그분은 중원칠기 중 한 분이신데, 저렇게 삼류무사처럼 생겼을 리가 없다구요!"

3

포봉은 어디서 구했는지 악양부 관청의 표식이 달린 마차를 끌고 왔다.

아무리 광한방이라 해도 관청의 마차는 뒤지지 않을 터. 그

무은도(霧隱島) 233

다음부터는 일사천리였다.

마차가 동정호변에 도착하자 작은 배 한 척이 마차 바로 옆으로 다가오더니 세 사람을 태우고 동정호로 날듯이 나아갔다.

아침 호수에서 불어오는 바람은 서늘함마저 느껴질 정도로 차가웠다.

악양이 까마득히 멀어지자 노를 젓던 선우궁현이 입을 열었다.

"포봉은 원래 장강수로연맹에 속했던 구포채의 채주였다. 팔 년 전에 신월맹의 공격을 받고 다 죽어가던 것을 내가 구해주었지."

무안함에 고개를 푹 숙이고 있던 소영령이 고개를 들었다. 그녀의 커다란 눈이 더욱 크게 뜨여졌다.

"그럼 수적이었단 말이에요?"

선우궁현이 빙그레 웃었다.

"그 후 손을 털고 악양에 객잔을 차렸으니, 이제는 수적이 아니라 장사꾼이라고 할 수 있지."

소영령이 입을 삐죽이더니 조용해졌다.

자신으로서는 은혜를 입었으니 수적이 아니라 산적이라 해도 그를 욕할 자격이 없었다.

'칫, 하필이면 수적이었던 사람에게 은혜를 입다니.'

더구나 어제 일을 생각하면 이러쿵저러쿵 하는 것도 창피하기만 했다.

어젯밤.

선우궁현과 포봉이 서너 번이나 설명하고, 좌소천까지 나서
고 나서야 그녀는 선우궁현이 진짜 만패철검 철검판관이라는
것을 깨달았다.

그녀는 털썩 무릎을 꿇고 사정했다. 그러자 선우궁현이 말
했다.

"내가 직접 원수를 갚아줄 수는 없다. 그러나 네가 원수를
갚을 수 있게끔 도와줄 수는 있다. 어떻게 하겠느냐?"

소영령으로서는 선택의 여지가 없었다. 더구나 도와주겠다
는 사람이 중원칠기의 한 사람이다.

그래서 단번에 결정했다.

"영령이 스승님을 뵈어요!"

문제는 그녀가 스승이라는 말을 꺼내면서부터였다.

선우궁현이 어색한 표정으로 말했다.

"제자로 삼기는 그렇구나. 내 무공은 여자가 익히기에는 너
무 거칠어서……."

어차피 빼 든 칼, 무라도 잘라야 했다.

그녀는 자신의 생각을 굽히지 않았다. 아니, 굽힐 수도 없었
다. 그녀가 생각하기로 선우궁현은 하늘에서 내려온 단 하나
의 동아줄이었다.

"아무리 힘들어도 배울 수 있어요. 아니, 배울게요. 저를 제

자로 삼아주세요, 스승님."

"그게 말이다……."

"밥도 하고 빨래도 하고, 다할 게요!"

"그건 나도 할 줄 안단……."

그녀는 무릎걸음으로 다가가 선우궁현의 바짓가랑이를 붙잡았다.

"제가 길거리에서 죽는 모습을 보고 싶으세요? 정말 그런 마음이세요?"

한데 그때였다. 어찌 세게 잡아당겼는지 그만 선우궁현의 허리띠가 느슨해지며 바지가 아래로 내려갔다.

번개처럼 바지를 붙잡은 선우궁현이 다급히 말했다.

"알았다! 알았으니 일단 일어나거라."

'바지가 그렇게 힘없이 내려갈 줄 누가 알았나, 뭐?'

그래도 덕분에 중원칠기 중 한 사람을 스승으로 삼았으니 창피한 것은 아무것도 아니었다.

그녀가 힐끔 쳐다볼 때다.

선우궁현이 말을 이었다.

"그는 살아남은 수하들을 모아서 새로운 장사를 시작했는데, 그 후로 나를 주인처럼 받들었다. 나야 귀찮아서 그러지 말라고 했지만 말이야."

그가 좌소천을 바라보았다.

"그가 무슨 장사를 하고 있을 거라 생각하느냐?"

좌소천은 곰곰이 생각을 해보고는 조금 자신없는 표정으로
입을 열었다.

"비밀스런 장사일 것 같습니다."

"왜 그런 생각을 했지?"

"그토록 긴 지하 통로로 여기저기 연결해 놓은 것도 그렇고,
은밀히 사람을 부리는 것도 그렇고. 그러면서도 자신을 거의
드러내지 않는 걸 보면 남의 눈에 띄지 않는 일을 한다고밖에
생각할 수가 없습니다."

"그럼 그가 할 만한 비밀스런 장사는 어떤 것이 있다고 보느
냐?"

"여러 가지가 있겠지만… 백부님이 그분의 일을 나쁘게 생
각하지 않는 걸 봐서는 정보업 쪽이 아닌가 하는 생각이 듭니
다."

살수업, 청부업, 매춘업, 암시장…….

비밀리에 할 수 있는 일은 적지 않게 있다. 그중 하나를 콕
집어 말하고, 그렇게 생각하는 이유까지 설명한다는 것은 쉬
운 일이 아니었다.

'과연 좌 군사의 아들답구나. 경험이 없어서 아직 제대로 여
물지 않아 그렇지.'

선우궁현은 미소를 지은 채 좌소천을 응시했다.

"맞다. 네 말대로 그는 정보를 취급하고 있단다. 그것도 상
당히 크게. 덕분에 나도 그의 도움을 많이 받았지."

구포봉에 대한 것을 밝혔을 때는 그만한 이유가 있을 터.

좌소천은 묵묵히 선우궁현의 다음 말을 기다렸다.

휘이잉!

제법 강한 바람에 머릿결이 날렸다.

선우궁현은 눈앞을 가린 머리를 쓸어 올리고는 하늘을 바라보며 담담히 입을 열었다.

"훗날 그를 네 사람으로 만들어라. 네가 창공을 나는 데 적지 않은 도움이 될 거다. 그리고 기회가 되면 대홍산에 가서……."

선우궁현의 이야기가 동정호의 바람에 실려 좌소천의 귓속으로 파고든다.

좌소천은 한마디도 놓치지 않기 위해서 바람을 모두 가슴에 담았다.

갑자기 뿌연 안개가 앞을 가로막았다.

선우궁현은 그럴 줄 알고 있었다는 듯 조금도 망설이지 않고 안개 속으로 배를 몰았다.

그렇게 얼마나 지났을까, 뿌연 안개를 통과하자 앞이 환하게 밝아지더니 두 눈에 아름다운 섬의 모습이 가득 찼다.

안개밖에 보이지 않던 곳에서 느닷없이 섬이 나타나자 좌소천과 소영령의 눈이 휘둥그레졌다.

무은도(霧隱島).

정말 이름에 어울리는 섬이었다.

한데 조금 이상했다. 아무리 봐도 자연적인 안개가 아닌 듯하다. 아니나 다를까, 뒤를 돌아다보니 그렇게 지독하던 안개는 보이지 않고 바다처럼 넓은 동정호만이 두 눈에 가득하다.

'역시 기문진이구나!'

아버지에게서 기문진에 대한 것을 배운 적이 있다. 비록 깊이 있게 배우지는 못했지만, 그것만으로도 어지간한 기문진은 파훼할 수 있을 정도였다.

그런 좌소천조차 안개가 기문진에 의해 생성된 것이라는 것을 눈치도 채지 못했다는 것은 그만큼 이곳에 펼쳐진 기문진이 뛰어난 것이라는 말이었다.

"굉장한 기문진이군요."

천외천가가 찾지도 못할 곳으로 갈 거라 했다. 이제야 선우궁현의 말이 이해되었다.

"천승운무진이다. 밖에서는 보이지 않고 안에서는 모든 것이 다 보이지. 이곳에 진을 펼친 분이 말하길, 천하에서 이 진을 파훼할 수 있는 사람은 기껏해야 두세 사람뿐이라 하시더구나."

"어느 분이 펼친 것입니까, 백부님?"

선우궁현의 얼굴에 아련한 표정이 떠올랐다.

"삼뇌자(三腦子)라는 분이시다. 이 백부의 선사가 되시는 분이시지. 섬에는 그분이 남긴 서책도 적지 않게 있으니 많은 공부가 될 것이다."

섬은 그리 크지 않았다. 그러나 너무나 아름다웠다.

소영령은 배에서 내리자마자 입을 반쯤 벌린 채 여기저기를 둘러보았다.

푸른 초원이 완만한 경사를 이루고, 그 뒤로 다섯 개의 작은 봉우리가 서로의 자태를 뽐내며 병풍처럼 둘러서 있었다.

선우궁현은 배에서 두 개의 커다란 자루를 내리고는 좌소천과 함께 하나씩 짊어지고 초원을 가로질렀다.

완만한 경사가 다시 아래로 꺾어지자 제일 높은 봉우리 밑의 대나무 숲 사이로 작은 목옥이 보였다.

그 앞에는 바위가 파인 작은 연못이 있고, 연못으로 절벽 틈에서 물줄기가 떨어지고 있었다.

"와! 진짜 멋져요, 스승님!"

그 모습을 보더니 탄성을 터뜨리는 소영령이다. 두 눈에 고여 있던 슬픔조차 희석되어 거의 보이지 않는다.

좌소천도 예외가 아니었다.

"정말 굉장하군요!"

이 작은 섬에 어떻게 이토록 멋진 풍경이 들어설 수 있는지 불가사의한 일처럼 보일 지경이었다.

선우궁현이 빙그레 웃으며 손을 들어 목옥을 가리켰다.

"저기가 내 거처다. 그리고 앞으로 너희들이 살 곳이지. 자, 내려가자. 아무래도 너희들과 함께 지내려면 정리해야 할 일이 많을 것 같구나."

두 시진 후.

대충 목옥이 정리되자 선우궁현이 좌소천을 불러 앉혔다.

"선사께서는 무공을 익히지 못하셨다. 그렇다고 해서 무공을 모르는 것은 아니었다. 그분은 단전이 부서진 몸이어서 직접 익히지 못하셨을 뿐, 수많은 무공을 알고 계셨지. 그분은 오십여 년 강호를 떠돌며 본 수많은 초식들을 당신이 아는 지식에 접목시켜 모두 일곱 초식을 만들어내셨다. 비록 일곱 초식이지만, 변화가 가히 만변이라 할 수 있는 무공이지. 나는 검으로 그 무공을 익히고 만상검이라 이름 붙였다."

선우궁현은 색 바랜 책자를 꺼내 좌소천에게 내밀었다.

겉표지에 무연(武然)이라 적혀 있는 게 보였다.

"이제 이것은 네 것이다. 나처럼 검으로 익혀도 되고, 도로 익혀도 되고, 권장으로 익혀도 된다. 여기에 적힌 것은 도(道)와 법(法)이지, 술(術)이 아니니까. 네가 여기에서 무엇을 얻을지, 얼마나 익힐지는 오직 너의 노력에 달려 있다."

좌소천은 두 손을 내밀어 공순히 책을 받아 들었다.

"나는 나의 검을 완성하기 위해 수많은 싸움을 하고 몸으로 직접 깨달아야 했다. 하지만 너는 그럴 필요가 없다. 내가 있으니까."

어렴풋이 선우궁현이 왜 팔천팔백 번이나 싸워야 했고, 졌는지 이해할 수 있을 것 같았다.

어쩌면 그 덕에 보다 쉽게 무연칠식을 익힐 수 있을지 몰랐다.

한편으로는 미안하면서도 죄스러운 마음이 들기도 했다. 그러나 그것 또한 각자가 짊어질 짐이었다.

그때 선우궁현이 말을 이었다.

"대신 너는 내가 못다 한 것을 완성해야 한다. 어떠냐, 자신 있느냐?"

좌소천은 고개를 들어 선우궁현을 직시했다.

자신의 머릿속에는 수많은 무공이 잠자고 있는 상태다.

검왕의 검결, 봉왕의 천붕칠절, 신권의 건곤신권, 금라천의 삼대절기. 어디 그뿐인가? 평생을 익혀도 완성할 수 있을지 장담할 수 없는 금라천경의 무공까지 들어 있다.

한데도 욕심이 났다.

다른 이유 때문이 아니다. 선우궁현의 말 중에 들었던 한마디, 무엇으로 익혀도 된다는 것, 바로 그것 때문이었다.

그 말이 꼭 어떤 무공과도 융합할 수 있다는 말처럼 들린 것이다.

"하겠습니다, 백부님. 꼭 완성해 보이겠습니다."

"많이 힘들 것이다. 참을 수 있겠느냐?"

당연히 힘들 것이다. 백부님의 이십수 년 적공을 단기간에 흡수해야 할 테니.

"아무리 어렵고 힘들어도 참겠습니다."

"때로는 외롭고 괴로워서 심마가 들지도 모른다. 이겨낼 수 있겠느냐?"

당장 이해하기 힘든 뜻이 담긴 말이었다. 하지만 부모님이 돌아가신 이후 항상 외로움과 괴로움을 달고 산 좌소천이 아닌가.

"스스로 혀를 깨물더라도 견디어내겠습니다, 백부님."

4

소영령은 열넷. 좌소천보다 두 살 어렸다.

그녀는 생각보다 뛰어난 머리를 지니고 있었다. 아니, 엄청난 기억력의 소유자였다. 외우는 것만으로 따지면 좌소천조차 따라가기 힘들 정도였다.

그걸 안 것은 무은도에 들어온 지 열흘째 되던 날이었다.

그날 선우궁현은 일단 소영령에게 내공 구결을 먼저 가르치기로 하고 구결을 불러주었다.

한데 한 번 알려줬는데 다 외워 버리는 것이 아닌가.

혹시나 해서 만상검의 구결을 불러주었다.

그러자 그녀는 그 긴 만상검의 구결을 딱 세 번 만에 외워 버렸다. 처음에는 장난처럼 시작했던 선우궁현조차 그 상황에선 놀라지 않을 수 없었다.

즉시 선우궁현은 검을 펼쳐 여자가 익히기에 알맞은 비화십팔검의 초식을 보여주었다. 그러자 소영령은 단 두 번 만에 어설프게나마 흉내를 냈다.

그렇게 소영령의 재질을 발견한 것은 그에게 또 다른 기쁨을 선사했다.

어떻게 저 아무것도 모르는 꼬마 계집아이를 가르치나 그저 까마득하게만 생각했던 선우궁현으로선 소영령이 가르치는 족족 흡수해 버리니 기쁘지 않을 수가 없었다.

"좋아! 어디 본격적으로 배워보자꾸나!"

5

무은도 오른쪽에서 두 번째 봉우리 뒤쪽 절벽의 오 장 높이에 직경 일 장가령의 뻥 뚫린 구멍이 나 있었다. 전면으로 바다처럼 넓은 동정호가 내려다 보이는 곳이었는데, 내부가 직경 십여 장 정도로 넓었다.

선우궁현은 그곳을 참연동(嶄然洞)이라 불렀다.

자신이 그곳에서 수련하며 언젠가는 강호에 우뚝 서겠다는 각오를 다졌기 때문이다.

한데 근 이십여 년 파도 소리만이 메아리쳐 울리던 그곳에서 언제부턴가 거친 숨소리와 기합성이 흘러나오기 시작했다.

좌소천이 이십여 년 전의 선우궁현처럼 그곳에서 수련을 시작한 것이다.

상대는 드넓은 동정호와 서쪽으로 떨어지는 태양.

좌소천은 매일 수백 번씩 동정호를 베고 떨어지는 태양을 부쉈다.

그는 사흘에 한 번씩 수련동을 나설 때를 제외하면 하루 종일 무공을 익히며 자신과 싸웠다.

그나마 사흘에 한 번 내려가는 것도 선우궁현과의 비무 때문이었다.

세 번째 비무 날, 좌소천은 어떻게든 쓰러지지 않고 견뎌내겠다는 각오를 다지며 선우궁현과 마주 섰다.

비무는 격렬했다.

공력을 낮추고 검을 목검, 목도로 바꿔 들었을 뿐 선우궁현은 비무에 있어서 추호의 사정도 봐주지 않았다.

비무 시간은 한 시진.

"오빠, 힘내!"

소영령의 응원도 소용없었다.

선우궁현은 팔천팔백 번의 싸움을 통해 스스로 검을 이룬 사람. 좌소천은 십 초도 견디지 못하고 바닥을 뒹굴었다.

물론 그게 끝이 아니었다.

일어설 때까지 기다렸다가 다시 비무를 해야만 했다. 시간을 채워야 하니까.

좌소천도 굴하지 않고 완전히 무너질 때까지 대들었다.

독종!

좌소천은 제천신궁에서 아이들이 부르던 대로 독종처럼 덤벼들었다.

옆에서 보던 소영령이 입술을 깨물고 두 주먹을 움켜쥔 채 두 사람의 비무를 관전했다.

결국 세 번째 비무 역시 전과 마찬가지로 한 시진을 채우지 못한 채 좌소천이 정신을 잃으면서 끝이 났다.

"너무해요, 스승님! 소천 오빠는 아직 어린데 사정 좀 봐주면서 하면 안 되었나요?"

첫 번째와 두 번째 비무 때만 해도 발만 동동 구르던 소영령이 이번에는 울먹이면서 너무한다고 선우궁현에게 떼를 썼다.

그러자 선우궁현이 좌소천을 방에 누이고는 무심한 표정으로 나직이 말했다.

"도망갈 수도 없는 곳에서 싸움이 벌어질 경우 이기지 못하면 죽는다. 소천이는 나중에 죽지 않기 위해서 오늘 쓰러질 때까지 버틴 것이란다."

선우궁현의 말에 소영령은 삐죽삐죽하던 입을 꾹 닫고 좌소천의 상처를 돌봤다.

그녀가 할 수 있는 것은 기껏해야 물로 찜질해 주는 것 정도가 다였다. 그나마도 통통 부은 손이 고작이었다.

하지만 누가 알까? 그녀가 남의 아픔을 돌봐주는 게 처음이라는 것을.

'칫, 도망가 버리지 맞고만 있어. 바보같이!'

좌소천은 반 시진 만에 깨어났다. 그는 소영령이 빤히 바라보고 있자 무안한 얼굴로 벌떡 일어섰다.

"으음, 내가 얼마나 누워 있었지?"

"하루!"

소영령이 툭 쏘아붙였다.

정신을 잃었는데 시간이 얼마나 지났는지 설마 알겠어? 그녀는 그런 생각에 좌소천을 놀렸다.

"뭐야? 하루?!"

좌소천은 억지로 몸을 일으켰다.

아직도 온몸이 쑤셨다. 근육이 찢어질 듯이 아프고 손발이 움직일 때마다 비명을 질러댔다.

그래도 일어나야 했다.

"끄응……."

좌소천이 비틀거리며 일어서자 소영령이 빽 소리쳤다.

"바보 오빠야! 그 몸으로 어딜 가려고 해?!"

"가서 수련해야지."

"잘도 하겠다. 참연동에 올라가지도 못하고 밧줄에서 떨어질걸?"

"그래도 가야 해."

걸음을 옮기는 좌소천의 이가 악물렸다. 얼굴이 피를 머금은 듯 붉어졌다.

자신의 삶은 누가 대신 가줄 수 없는 길이다.

자신이, 오직 자신만이 걸어가야 했다.

하루를 헛되이 보내면 그만큼 하루가 늦어진다.

무공의 완성도, 복수도 늦어지는 것이다.

덜컹!

그때 문이 열리고 선우궁현이 들어왔다. 그의 손에는 대접이 하나 들려 있었는데, 거리가 제법 되는 데도 쓴 냄새가 물씬 풍겼다.

"어딜 가려는 것이냐?"

"참연동에 가려 합니다."

"좀 더 쉬었다 가라."

"너무 오래 쉬었습니다, 백부님."

소영령이 다급히 나섰다.

"봐, 오빠. 스승님도 쉬라고 하시잖아. 벌써 가려고 하면 어떡해?"

"하지만 벌써 하루……."

"한 시진도 안 되었다니까. 그러니까 더 쉬어."

좌소천이 소영령을 돌아다봤다.

선우궁현이 기특하다는 듯 소영령을 보며 말했다.

"하하하, 영령이가 너를 보살피느라 고생했다. 어지간하면 영령이 말을 들어주려무나."

'그게 아닌데. 분명 하루라고 했는데…….'

좌소천은 소영령을 똑바로 바라본 채 입을 벌렸다.

"령매, 좀 전에 분명히……."

하지만 그가 말을 할 틈도 없이 소영령이 벌떡 일어서더니 선우궁현의 손에서 약대접을 받아 들었다.

"이거 마셔, 오빠. 스승님이 오빠 생각해서 가져오셨나 봐."

그러고는 벌린 입에 약대접을 가져다 대며 한쪽 눈을 찡긋 감았다.

　좌소천은 뭐라 말도 못하고 쓰디쓴 약을 단숨에 삼켜야 했
다.

　좌소천은 두 시진이 넘어서야 방을 나섰다. 어이가 없는 한
편으로 웃음이 나왔다.

　자신을 걱정하며 발을 동동 구르던 소영령이다.

　손발을 물찜질하며 울먹거리는 모습을 생각하니 더욱 정이
갔다.

　여동생이 없었던 좌소천은 문득 소영령이 정말 동생이었으
면 하는 생각이 들었다.

　어쩌면 그런 생각 때문이었는지도 몰랐다. 좌소천은 더욱더
수련에 온몸을 던졌다.

　선우궁현과의 실력 차가 너무 많이 나다 보니 근시일 내에
대등하게 싸운다는 것은 힘들 것이다.

　그래도 시간을 줄일 수는 있을 터이다.

　최대한 그 시간을 줄이면 소영령의 슬퍼하는 모습도 그만큼
덜 볼 것이 아닌가 말이다.

　그렇게 열 번째 비무를 할 때쯤 되어서야 좌소천은 한 시진
을 다 채우고 쓰러졌다.

　그리고 마침내 좌소천은 스무 번째 비무를 정신을 잃지 않
은 채 끝냈다. 비무를 시작한 지 두 달 만이었다.

"흠, 내 생각보다 훨씬 빨리 익숙해졌구나."

그의 발전 속도에 선우궁현이 혀를 내둘렀다.

하지만 좌소천은 만족할 수 없었다.

백 걸음 중에 한 걸음을 내디뎠을 뿐, 이제부터 시작이었다.

"더욱 노력해서 백부님의 기대에 어긋나지 않도록 하겠습니다."

선우궁현은 빙그레 웃으며 고개를 끄덕였다.

"가서 쉬어라."

순간, 안절부절못한 채 지켜보던 소영령이 '와!' 소리를 내며 좌소천에게 달려갔다.

"오빠, 잘했어!"

"어어어……!"

그날 좌소천이 쓰러진 것은 순전히 달려든 소영령 때문이었다.

밑에 깔린 채 얼굴이 붉어진 것 역시도.

한데 이상했다.

지금까지 동생처럼 생각했던 소영령이다. 밑에 깔렸다고 해도 그냥 장난으로 그런 것이려니 해야 맞았다.

하지만 두근거리는 심장 박동이, 갑자기 꼼짝할 수 없는 몸이 꼭 그런 마음만이 아니라 말하는 것 같다.

'서, 설마… 내가 령매를 여자로……?'

갑자기 위에서 빤히 내려다보는 소영령이 다르게 보인다.

소영령의 숨소리에서 향기가 나는 것처럼 느껴진다.

"헤헤, 오빠 얼굴 빨개졌다."

얼굴은 분명 조금 전의 그 얼굴인데, 너무, 너무나 예쁘다.

6

황강산 아래에 이십대 중반의 백의청년이 나타난 것은 서늘한 늦가을 바람이 불어오는 시월 열하루였다.

누가 봐도 탄성을 발할 정도로 잘생긴 청년이었다.

그는 조용히 웃으며 부채를 꺼내 들더니, 황강산 자락의 완만한 구릉을 바라보며 부채를 부쳤다.

시월인지라 차갑게 느껴지는 바람이 불고 있었다. 그런 날씨에 부채를 부치는 모습이 곱게 보일 리 없었다.

지나가던 사람들이 한마디씩 했다.

"얼굴은 진짜 잘생겼는데 머리가 이상한 청년이군."

"얼굴만 잘생기면 뭐 하나? 쯔쯔쯔……."

"어머, 어머, 저 청년 좀 봐."

남자들은 청년을 제정신이 아닌 사람 취급하고, 여자들은 한 번이라도 더 보기 위해 힐끔거리며 걸음을 늦췄다.

그런데도 백의청년은 아무런 표정 변화도 없이 구릉의 전체를 차지한 채 지어져 있는 제천신궁만 바라보았다.

그렇게 일각여, 그가 부채를 탁 접더니 걸음을 옮겼다.

"흠, 어디 계집을 만나러 가볼까? 내 기대만큼 생겼어야 할 텐데. 나 순우무궁의 여자가 되려면 얼굴이 미워서는 안 되거든."

천외천가의 이공자, 그가 마침내 제천신궁에 나타난 것이다.

제천신궁의 문은 모두 세 곳이었는데, 그중 정문은 삼 장에 이르는 거대한 문 네 개로 이루어져 있었다.

궁내의 인원은 무려 일만. 들락거리는 사람이 하루에만도 수천에 이르렀다.

그들을 일일이 조사할 수는 없는 일.

열 명의 위사가 정문을 지키며 들락거리는 사람들을 살펴보고는, 조금만 수상한 구석이 보이면 손을 들어 멈춰 세웠다.

순우무궁도 예외가 아니었다. 그가 다른 사람들과 뒤섞여 안으로 들어가려 하는데, 정문위사 중 한 사람이 손을 들어 막았다.

"정지! 처음 보는 분 같은데, 잠시 이곳으로 오시겠소?"

위사는 순우무궁을 정문 옆의 위병소로 데려갔다.

"어디에서 온 뉘시오?"

"섬서(陝西)의 선곡(善谷)에서 온 무궁이라 하네."

"무슨 일로 방문하신 것이오?"

"집안일로 신양에 왔는데, 천하제일패라는 제천신궁에 집안의 어른이 있다 하더군. 해서 그분을 만나 뵐까 하고 왔네."

반말인데도 결코 어색하지가 않다. 평소에 자주 쓰는 말처럼. 게다가 몸에서 품위가 저절로 우러나온다. 선곡이 어딘지 알 수는 없었지만 한마디로 신분이 낮지 않다는 말이었다.

위사가 조심스럽게 물었다.

"어느 분이시오?"

"추자량이라는 분이네."

위사의 눈이 커졌다.

"검혼당의 추 당주님 말씀이시오?"

순우무궁은 대답 대신 담담한 표정으로 고개를 끄덕였다.

위사가 황급히 고개를 돌려 위병소 안쪽을 바라보았다.

그곳에는 탁자가 하나 놓여 있었는데, 서생 차림의 청년이 뭔가를 적고 있었다. 방문객의 신분을 기재하는 듯했다. 기록을 마쳤는지 탁자 앞에 앉아 있던 청년이 고개를 끄덕였다.

그제야 위사가 옆으로 비켜섰다.

"혹시 검혼당이 어디 있는지 아시오?"

"잘 모르지만 몇 번 물어보면 찾을 수 있지 않겠나?"

위사는 재빨리 손을 들더니 직선으로 뻗은 드넓은 대로 왼쪽의 건물을 가리켰다.

"그럼 저쪽으로 가보시오. 저기 보이는 건물 뒤쪽이 검혼당이외다."

"고맙네."

순우무궁은 위사가 가르쳐 준 쪽으로 걸음을 옮겼다.

하지만 그는 곧바로 검혼당에 갈 생각이 없었다.

'흠… 혁련미려가 이 시간에 자주 내궁에서 나온다 했는데, 오늘도 나올지 모르겠군.'

  그는 건물을 잡아 돌자마자 방향을 틀어 내궁 쪽으로 향했다.

  혁련미려의 눈에 그가 뜨인 것은 우연이 아닌 우연이었다.

  세 명의 호위를 거느린 그녀가 내궁을 나서는데, 십여 장 앞의 바위 위에 앉은 채 고개를 숙이고 있는 백의청년이 보였다.

  처음에는 고개를 푹 숙이고 있는 그의 옷이 눈에 뜨여 바라보았을 뿐이다. 쉽게 찾아볼 수 없는 고급 옷이었으니까.

  그러나 그가 고개를 들자 혁련미려는 눈을 뗄 수가 없었다.

  '아! 본 궁에 저런 사람이 있었던가?

  그때 백의청년과 눈이 마주쳤다.

  동시에 맑은 음성이 들렸다.

  "조금만 도와주실 수 있겠습니까?"

  혁련미려가 자신도 모르게 대답했다.

  "뭘 말인가요?"

  "어디를 찾고 있는데 처음 오다 보니 길을 잃었습니다."

  백의청년이 바위에서 일어서자 호위들이 자연스럽게 그녀를 감쌌다.

  "공녀님, 그냥 가시는 게……."

  하지만 그녀는 그냥 갈 수가 없었다. 하다못해 그가 누군가라도 알고 싶었다.

"잠깐이면 돼요. 본 궁 내에서 길을 잃었다는데 그냥 가면 사람들이 뭐라 하겠어요?"

"그럼 속하가……."

호위 중 하나가 나서기도 전에 혁련미려가 물었다.

"어디를 찾으시는가요?"

"추자량 숙부님이 검혼당에 계신다고 해서 찾아가려는데 그만……."

"어머? 검혼당주님이 숙부님이시라고요?"

"그렇습니다, 낭자."

"호호호호. 마침 잘됐네요. 저도 그 근처에 가는 길인데 같이 가시겠어요?"

"감사하오이다, 낭자."

순우무궁이 두 손을 맞잡고 고개를 숙였다. 명문가의 자제만이 가지는 품위가 물씬 풍기는 자세로.

순간 얼굴이 살짝 붉어진 혁련미려의 눈이 반짝였다.

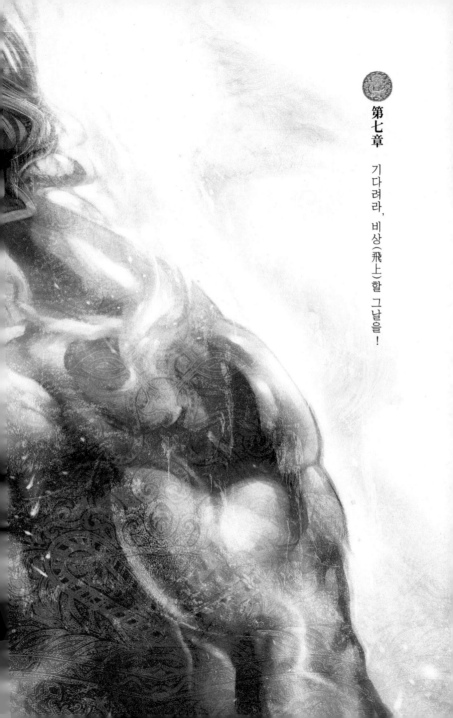

第七章

기다려라, 비상(飛上)할 그날을!

"후우우우욱!"

깊게 들이쉰 숨을 오랫동안 내쉬었다.

그리고 다시 깊은 숨을 들이쉬었다.

천천히 움직이는 좌소천의 손짓은 누가 보면 답답해서 직접 움직여 주고 싶을 정도였다.

그러나 당사자인 좌소천은 그 손짓도 빠르다 생각하는지 더욱더 천천히 움직였다.

동굴 안으로 스며들던 황금빛 햇살이 그의 손을 따라 움직이는 듯했다.

석양이 붉게 타오르며 동정호 속으로 떨어져 빠져들 때까지 그의 동작은 멈추지 않았다.

그러다 석양이 하늘을 벌겋게 물들이며 사라지자 좌소천은 두 손을 가슴에 모으고 눈을 감았다.

'이제 그럭저럭 몸이 의지에 따라 움직이는군.'

자신이 계획했던 것보다 빠른 성취였다.

오 년을 계획했던 목표를 이 년 만에 이루었다.

두어 달 전부터 몸속에서 잠자고 있던 단약의 기운이 조금씩 녹기 시작한 덕분이었다.

한 달 전, 갑자기 늘어나는 좌소천의 내력에 선우궁현이 놀라 물었다.

"어찌 된 것이냐?"

좌소천은 자신이 복용한 약이 설마 이 정도의 효과를 발휘할 줄은 몰랐는지라 선우궁현의 질문에 사실대로 대답했다.

한참을 생각하던 선우궁현이 눈을 크게 떴다.

"어머니가 궁주에게서 받은 단약이란 말이냐?"

"예, 소질은 그렇게 알고 있습니다."

그제야 선우궁현이 무릎을 치며 말했다.

"내 생각이 틀리지 않다면 네가 복용한 단약은 제천신궁의 영단인 제왕신단일 것이다."

좌소천은 제왕신단에 대해 잘 알지 못했다. 그저 전설 같은 소문만 들었을 뿐이다.

가슴이 울컥해서 눈물이 맺혔다.

'어머니!'

어머니는 행여나 자신이 고집을 부리고 복용하지 않을까 봐 말씀을 안 하셨을 것이다.

아무리 어머니 몸에 맞지 않는 약이라 해도 그것이 전설의 제왕신단이라는 것을 알았다면 분명 자신이 그러했을 테니까.

"안 되겠다. 이제부터 비무가 끝나면 내가 너의 운공을 도와주마. 뭉친 기운이 녹기 시작한 이상 언제 폭주할지 모른다. 자칫하면 큰일 날 수도 있음이니……."

그렇게 선우궁현의 도움을 받은 지 한 달, 벌써 반은 녹은 듯했다.

내공이 높아진 덕에 금라천황공도 삼성의 성취를 이루었다.

금라천의 삼대절기인 금라구중검과 금라천수, 금환비영이 빠르게 늘기 시작한 것은 그때부터였다.

제학전의 스승들에게 배운 무공 또한 나름대로 깨달음이 있었는데, 그토록 다양한 무공을 익힐 수 있었던 데에는 무한한 포용력을 지닌 무연칠식의 무리(武理)가 커다란 작용을 했다.

모든 무공이 성취를 보이자 좌소천은 쉴 틈이 없었다. 아니, 쉬고 싶지가 않았다.

하루라도 빨리 성취를 더욱 높이 끌어올리고 싶었다.

잠도 세 시진의 운기행공으로 때우고, 나머지 시간에는 초식을 펼치며 무아지경에 들었다.

그 덕인 듯했다.

의지가 움직이면 몸이 움직이고, 몸이 움직이면 의지가 몸을 이끌었다.

해가 뜰 때부터 움직이기 시작해서 석양이 질 때까지 수련을 했는데도 조금도 피곤하지 않았다. 오히려 하루가 좀 더 길었으면 하는 마음이었다.

좌소천은 동굴 끝에 서서 숯불처럼 검붉어진 서쪽 하늘을 바라보며 두 팔을 벌렸다.

'이 년 안에 모든 무공을 오성 이상으로 끌어올리겠어!'

이제 무리한 계획이 아니었다.

단약의 기운이 완전히 녹으면 시간이 앞당겨질지도 몰랐다. 그러면 꿈이, 바라던 날이 가까워질 것이다.

불구대천지수들의 선혈로 어머니의 한을 씻어줄 날이!

"우아아아아!!"

좌소천은 들끓어오르는 마음을 동정호에 쏟아냈다.

푸드드득!

꽈악! 꽈꽈꽈악!

수백 마리의 청둥오리가 깜짝 놀랐는지 소리를 질러대며 비상했다.

'기다려라, 천외천가여! 나 좌소천이 저 새들처럼 비상할 그 날을!'

2

국화향이 만발한 정원.

두 남녀는 향기에 취한 듯 묵묵히 걷기만 했다.

여인이 노란 국화 하나를 꺾더니 코에 가져다 대며 물었다.

"언제 가시나요?"

"내일 오후쯤."

"다시 돌아오실 거죠?"

"려매가 있는데 내 어찌 오지 않겠소?"

순우무궁, 혁련미려가 무궁으로 알고 있는 그는 조용히 미소 지으며 돌아섰다.

살짝 고개를 쳐든 혁련미려의 두 눈이 아련히 물든다.

무궁은 혁련미려의 어깨를 붙잡고 가슴으로 끌어당겼다. 정원에 핀 국화 때문인지 그녀의 몸에서 진한 국화향이 났다.

그는 고개를 숙이며 조용히 혁련미려의 얼굴을 덮었다.

"려매……."

한데 당연히 응할 줄 알았던 혁련미려가 슬며시 자신을 밀어냈다.

'이 빌어먹을 계집이!'

속에서 참고 참았던 분기가 울컥 치밀었다.

혁련미려를 취하는 데 사흘이면 충분할 줄 알았다. 한데 손을 잡는 것도 열흘이 지나서야 겨우 가능했다.

자존심이 상한 무궁은 은근히 오기가 솟았다.

그는 시간이 좀 더 걸리더라도 혁련미려를 완벽히 자신의 여인으로 만든 다음 처참하게 버릴 작정을 했다.

마음 같아서는 강제로 범해 버리고 싶었지만, 이곳은 제천 신궁. 그는 욕망을 누르며 이를 악물고 참았다. 계집 하나 때문에 자신의 꿈을 무너뜨릴 수는 없는 일이라 자위하며.

그렇게 한 달이 넘어서야 무궁은 혁련미려를 가슴에 안을 수가 있었다. 하지만 그것이 다였다. 입을 맞추려 하자 혁련미려가 고개를 돌렸다.

"내가 성급했나 보구려."

그는 자책하는 표정으로 말하며 혁련미려를 놓아주었다. 가슴에 안긴 이상 혁련미려가 얼마 버티지 못할 거라 장담하면서.

그런데 석 달, 넉 달이 지나고, 결국 해를 넘기더니 어느 덧 이 년이 되었다.

그는 최후의 방법으로 그녀의 곁을 떠나겠다는 말을 했다.

아니나 다를까, 그녀의 마음을 둘러싼 두꺼운 벽이 무너지는 것처럼 보였다.

그런데 빌어먹을! 왜 자신의 입맞춤을 마다한단 말인가!

울화가 터진 무궁은 조용히 돌아섰다.

쳐다보고 있으면 손이 날아가 따귀를 때릴 것 같았다.

마음 같아서는 목을 움켜쥐고서 강제로 범한 후 정원에 묻어버리고도 싶었다. 헛되이 지나간 자신의 이 년 세월을 보장받고 싶어서라도.

하지만 그래서는 안 된다. 어디서 누가 쳐다보고 있는지 몰랐다. 계집 하나 때문에 평생을 쫓기며 살 수 없는 일이 아닌가.

'젠장! 나 순우무궁이 이게 무슨 꼴이란 말이냐!'

한데 바로 그때였다. 혁련미려가 고개를 숙이고 중얼거리듯이 말했다.

"미안해요. 공자를 보고 있으니 생각나는 사람이 있어서……."

돌아선 무궁의 손이 와락 움켜쥐어졌다.

'대체 어떤 놈이기에!'

"이 년 전에 떠난 소천이가 숙부와 함께 지낸다는 말을 어제야 들었어요. 아버지도 그 소식을 듣고 화가 났나 봐요. 사람을 보내서 확인하라는 명이 떨어졌어요. 그 아이도 지금쯤 공자만큼이나 컸을 텐데……."

혁련미려의 말이 이어지자 무궁의 눈이 번뜩였다.

'소천이라면… 그놈?'

무궁은 천천히 돌아서며 온화한 표정으로 혁련미려를 바라보았다.

"미안하오. 그것도 모르고 오해할 뻔했구려."

"아니에요. 공자와 함께 있으면서 그 아이 생각을 한 제가 그렇죠."

"한데 대체 그가 어디에 있기에 천하의 제천신궁이 이 년간이나 찾지 못한 것이오?"

"숙부께선 동정호의 섬에 살고 계시대요."

순간 무궁의 눈에서 서늘한 살광이 쏟아졌다.

기이한 느낌에 혁련미려가 고개를 들었을 때는 이미 무궁의 눈에서 살광이 사라진 뒤였다.

혁련미려가 중얼거리듯 말을 이었다.

"사시사철 안개가 끼어 있다고 하는데……."

그 시각, 제천전의 깊숙한 곳.

"어찌 생각하나?"

"나쁠 것은 없다고 보옵니다."

"놈의 목적이 수상한데도?"

"주군께선 미려 아가씨가 평범한 사람을 사랑해서 그에게 시집가겠다면 그냥 보내시겠습니까?"

혁련무천이 찻잔을 잡아갔다.

"글쎄……."

"잘하면 두 마리 토끼를 잡을 수도 있사옵니다. 물론 결정은 주군께서 하실 일이지요."

"단, 한 가지만 명심하게. 내 딸의 눈에서 눈물이 나면 놈이 누구든, 어느 집의 자식이든, 나의 분노를 각오를 해야 할 거라는 걸 말이야."

사공은환이 미소 지으며 고개를 숙였다.

"속하가 어찌 그걸 모르겠사옵니까."

3

몸도 마음도 허공에 붕 뜬 듯했다.

벌써 며칠째다.

쉬지 않고 수련을 하는데도 무공이 정체된 것만 같다.

'후우, 대체 왜 이러지?'

원인이라도 알면 시원할 텐데 도무지 알 수가 없다. 심지어는 자신의 능력이 이것밖에 안 되나 하는 자조의 마음조차 든다.

시간이 갈수록 답답함에 가슴이 한없이 무거워질 뿐이다.

백부께 물어볼까 하는 생각도 해봤지만, 어차피 자신이 헤치고 나아가야 할 길. 좌소천은 조금 더 견뎌보기로 했다.

대신 그는 답답함이 밀려들 때마다 삼뇌자가 남긴 책을 훑어보며 조급한 마음을 달랬다.

한데 그렇게 보름째가 되었을 때다.

하루 이틀만 더 버텨보고 백부께 상의를 하려고 했는데, 그날 밤 갑자기 단전이 들끓기 시작했다.

시작은 미미했다. 그저 작은 구멍에서 떨어진 가느다란 물줄기가 새로운 길을 만들며 흐르는 정도에 불과했다.

좌소천은 이제야 뭔가 변화가 있나 보다 하는 생각에 평소와 다름없이 운기에만 몰두했다.

그렇게 일각. 기운이 독맥을 타고 흐르자 격류로 변하기 시작했다. 느닷없는 변화에 좌소천의 이가 절로 악다물어졌다.

'흐읍! 이익!'

좌소천은 억지로 기운을 눌러보았다.

하지만 격류로 변한 기운은 쉽게 가라앉지 않고 오히려 더욱 기세를 올렸다.

혈맥이 부풀어 오르더니 독맥을 치고 올라간 기운이 순식간에 풍부혈까지 치달았다.

입이 딱 벌어질 정도의 충격에 머릿속이 하얗게 비어갔다.

문득 한 가지 생각이 머릿속을 후려쳤다.

'설마 주화입마?!'

그럴지도 몰랐다. 심마에 빠지면 기운이 스스로 움직이고, 결국 마의 기운이 커져 모든 것을 파괴한다 하지 않던가.

좌소천은 아득해지는 정신 한 가닥을 붙잡고 전력을 다해 운기했다.

정신을 잃어서는 안 된다.

운기를 멈춰서도 안 된다.

아무리 힘들어도 포기해서는 안 된다.

포기하면 그 순간 모든 것이 끝장인 것이다.

어느 순간, 풍부혈을 벗어난 기운이 백회혈까지 올라갔다.

쾅!

머릿속에서 벽력이 쳤다.

그 충격에 좌소천의 몸이 허공으로 세 치가량 떠올랐다.

바로 그때였다.

한 가닥 기운이 임맥을 따라 솟구쳤다.

금라천황공의 기운이 위기를 느끼고 저절로 반응한 것이다.

좌소천은 비몽사몽간에 금라천황공의 기운을 승장혈까지

이끌었다.

백회혈에서 내려온 기운이 입천장의 은교혈까지 내려옴과 동시였다.

찰나!

콰앙!

온몸이 터져 나가는 충격에 좌소천의 몸이 허공으로 석 자가량 떠오르고, 살짝 벌어진 그의 입에서 피 화살이 뿜어졌다.

"크흑!"

한데 그게 끝이 아니었다.

우르르릉!

천둥이 그의 몸을 떨어 울렸다.

또다시 정신이 아득해졌다.

자신의 몸이 자신의 것이 아닌 듯 느껴졌다.

남은 것은 오직 온몸이 터져 나가는 고통뿐.

선우궁현이 참연동에서의 이변을 느낀 것은 소영령의 연무를 봐주고 나서 낙조를 구경하고 있을 즈음이었다.

처음에는 좌소천의 기운이 뻗치는 것으로만 단순하게 생각했다. 생각보다 강한 데도 그저 대견하게만 생각했다.

한데 얼마 지나지 않아 엄청난 기운이 급작스럽게 뻗어 나오는 것이 아닌가!

뒤늦게 이상을 느낀 선우궁현은 전력을 다해 참연동으로 달려갔다.

그가 신형을 뽑아 올려 참연동으로 들어선 순간, 피 화살을 뿜으며 튕겨 오르는 좌소천이 보였다.

시뻘건 얼굴, 부들부들 떨리는 몸, 얼굴과 손에 지렁이 같은 핏줄이 돋아 금방이라도 터져 버릴 것 같았다.

정신을 잃어가고 있는 듯했다. 그냥 말로 해서는 듣지 못할 것이 분명해 보였다.

선우궁현은 내력을 실어 소리쳤다.

"소천아!"

그러고는 급히 좌소천의 등 뒤로 돌아갔다.

눈꺼풀이 떨리는 것을 보니 미약하나마 정신이 돌아온 듯했다.

"정신을 차리고 운기를 해라!"

"끄으으……."

"내가 내력을 인도할 것이니 절대 정신을 잃으면 안 되느니라!"

선우궁현은 좌소천의 명문에 우장을 붙이고 급히 내력을 밀어 넣었다.

순간, 엄청난 반탄력이 그의 내력을 밀어냈다.

선우궁현의 눈이 홉떠졌다.

'이게 대체 무슨 일이란 말이냐?! 이 아이의 몸에 어떤 일이 일어났기에 이런 기운이 움직이고 있단 말인가?!'

제왕신단의 기운이 남아 있다는 것은 알고 있다. 그러나 제아무리 제왕신단의 약기운이 강하다 해도 이 정도는 아니다.

어쨌든 의문을 푸는 것은 나중에 해도 늦지 않을 것이다. 당장은 좌소천의 몸을 터뜨릴 것 같은 기운을 먼저 잠재워야 했다.

선우궁현은 좌소천의 몸에 자신의 팔성 내력을 쏟아 넣었다.

그제야 좌소천의 몸에서 화산의 용암처럼 들끓던 내력이 조금씩 수그러들기 시작했다.

문제는 좌소천을 위기로 몰아넣은 기운이 한 가닥이 아니라는데 있었다. 엄청난 기운이 임맥과 독맥 양쪽에서 휘돌고 있었던 것이다.

바로 그때,

선우궁현은 어렴풋이나마 좌소천의 몸에서 무슨 일이 일어났는지를 깨달았다.

'맙소사! 설마……?!'

믿을 수 없는 일이 벌어졌다. 무엇 때문인지 두 기운이 충돌했다. 독맥과 임맥이 만나는 곳에서.

그것이 의미하는 바는 단 하나.

임독양맥의 타통이 눈앞에 있다는 것!

성공했다면 지금 같은 상황이 벌어지지 않았을 터. 천금의 기회가 생사를 가르는 위기로 변해 버린 상황이었다.

그걸 깨닫자 선우궁현의 마음이 다급해졌다.

지금의 상황에서 선택은 딱 두 가지.

이대로 기운을 눌러 안정시키는 것과 모험을 해서 임독양맥을 뚫어버리는 것뿐이었다.

첫 번째 길을 선택하면 그도 부담이 없다. 비록 좌소천은 일 년 정도 망가진 혈맥을 다스려야 하겠지만.

반면에 두 번째 방법을 선택하면 좌소천도 그렇지만 자신도 모험을 각오해야 한다.

세 번 안에 성공하지 못하면 둘 다 위험할 테니까. 게다가 성공한다 해도 자신은 한동안 내상을 다스려야 할 것이 분명하다.

그러나 선우궁현은 깊게 생각지 않았다.

이런 기회는 자주 오는 것이 아니다. 일 년 후에 올지 십 년 후에 올지 아무도 모른다.

기회란 왔을 때 잡아야 하는 것!

선우궁현은 좌수마저 우수 위에 올려놓고서 이를 악문 채 내력을 더욱더 강하게 끌어올렸다.

제아무리 좌소천의 몸에서 요동치는 기운이 강하다 해도 선우궁현의 십성 내력을 당해낼 수는 없는 일. 서서히 선우궁현의 기운이 좌소천의 독맥 속으로 스며들었다.

그와 동시에 두 가닥 기운이 독맥과 임맥을 타고 서로를 향해 치달렸다.

기회라 생각한 선우궁현은 전력을 다해서 독맥에 기운을 쏟아 넣었다.

찰나, 마주 보며 치달리던 두 기운이 정면으로 충돌했다.

쾅!

좌소천의 몸속에서 꿍음이 일더니 두 사람의 몸이 풀쩍 튀
어 올랐다.

좌소천의 입에서는 조금 전보다 더 많은 양의 피가 뿜어지
고, 선우궁현의 얼굴도 창백하게 변했다.

첫 번째 기회가 실패로 돌아간 것이다.

하지만 선우궁현은 포기하지 않고 다시 내력을 밀어 넣었
다.

곧이어 선우궁현의 기운에 밀린 두 기운이 다시 충돌했
다.

콰르르릉!

좌소천의 몸속에서 거대한 울림이 일었다.

이번에는 두 사람의 입에서 동시에 핏물이 쏟아졌다.

두 눈마저 벌겋게 충혈된 선우궁현은 자신의 선천지기마저
끌어냈다.

'오냐! 누가 이기나 어디 한번 해보자!'

이제 남은 기회는 단 한 번. 실패하면 좌소천은 물론이고 자
신조차 엄청난 타격을 입을 터였다. 아낄 것도 없었다.

"소천아! 전력을 다해서 기운을 승장혈로 인도해!"

핏물을 튀기며 선우궁현이 소리쳤다.

좌소천의 몸이 파르르 떨렸다.

좌소천은 나락으로 떨어지는 정신을 붙잡기 위해 혀를 깨물
었다.

찰나, 정신이 드는 듯했다.

'실패하면 백부님도 다친다! 어머니! 아버지! 도와주세요!'

좌소천은 승장혈로 향하는 금라천황공에다가 단전이 텅 비도록 혼신의 내력을 쏟아 부었다.

선우궁현도 독맥의 기운을 밀어붙여 은교혈로 향했다.

동시였다!

두 가닥 기운이 세 번째 충돌을 위해 미친 듯이 달렸다.

일수유의 순간!

은교혈과 승장혈까지 미친 듯이 달려간 두 기운이 굉음과 함께 부딪쳤다.

콰아앙!

순간, 눈앞이 하얗게 밝아진 좌소천은 모든 의식이 끊어진 채 허공으로 튕겨졌다.

선우궁현 역시 가부좌를 튼 채 뒤로 다섯 자 가까이 밀려났다.

"우웩!"

허리를 구부린 선우궁현의 입에서 한 움큼의 핏물이 쏟아졌다. 적지 않은 충격을 받은 듯했다.

하지만 천천히 고개를 쳐든 그의 얼굴에선 잔잔한 미소가 번지고 있었다.

'크크크, 성공했군. 내 손으로 괴물 하나를 만들어냈어.'

저만치 좌소천이 일 장 허공에서 깃털처럼 천천히 내려앉는다.

아직 정신은 돌아오지 않은 것 같은데, 그 어느 때보다 평온한 모습이다.

선우궁현은 좌소천이 바닥에 내려올 때까지 기다렸다.

그러고는 좌소천에게 별다른 이상이 없는 걸 확인하고 나서야 눈을 감고 운기행공을 시작했다.

'끄응, 일 년은 꼼짝없이 내상을 다스려야 할 것 같군.'

좌소천이 눈을 뜬 것은 만 하루가 지나서였다.

온몸이 가벼웠다. 운기를 해보니 공력도 전보다 두 배는 늘어난 것 같았다.

마의 벽이라는 임독양맥이 뚫렸기 때문이다.

임독양맥을 뚫는 것은 무공에 평생을 바친 고수들조차 인연이 닿아야만 가능하다 했다. 하거늘 자신은 스물이 되기 전에 해냈다. 죽음과 싸우면서.

밀려드는 희열에 박동 치는 심장이 귀청을 울린다.

전율감에 온몸이 떨린다.

이 모든 것이 선우궁현 덕분이다.

좌소천은 선우궁현이 떠오르자 갑자기 가슴이 먹먹해졌다.

피 한 방울 섞이지 않은 자신을 친조카처럼 생각하는 선우궁현이다. 게다가 벌써 두 번이나 목숨을 구해주지 않았는가 말이다.

'백부님……!'

한데 그때, 뒤로 고개를 돌린 좌소천의 눈에 굳어 있는 핏물이 보였다. 선우궁현이 있었을 것으로 추정되는 곳이다.

고인 피가 제법 많은데도 반쯤 굳었다는 것은 시간이 상당히 흘렀다는 뜻.

"이, 이런!"

좌소천은 급히 참연동을 나와 선우궁현을 찾아갔다.

"뭐 하러 나왔느냐?"

선우궁현의 얼굴은 하루가 지났는데도 여전히 창백한 상태였다.

"죄송합니다, 백부님. 저의 실수로 인해 내상을 입으시다니, 얼굴이 열 개라도 차마 들 수가 없습니다."

"그런 소리 말고 가서 전력으로 내력을 다스려라. 아직 끝난 것이 아니니라. 너에게 중요한 것은 지금부터다. 네가 얼마나 노력하느냐에 따라 평생이 결정될 것이야."

"하오나……."

"앞으로 일 년간 네가 얼마나 노력하고 깊이 깨닫느냐에 따라 세맥까지 뚫을 수 있느냐 마느냐가 결정될 것이다. 초식을 깊이 있게 완성하는 것은 나중에 해도 충분하니까 일단은 심법을 연마하는 데 중점을 두어라. 네가 많은 것을 얻을수록 나에게 보답하는 길이라는 것을 잊지 말고."

"예, 백부님."

"일 년간은 비무를 하지 않을 것이니 참연동에서 나오지 마라. 식사도 영령이를 통해 보내주마."

깊숙이 숙여진 좌소천의 몸이 잘게 떨렸다.

부모님이 없는 지금 선우궁현이 부모와도 같았다.

선우궁현의 은혜가 하늘 같아 항시 곁에서 모시고 싶지만, 우선은 선우궁현의 말을 따르는 게 자신이 할 수 있는 모든 것이었다.

"백부님의 기대에 어긋나지 않도록 최선을 다하겠습니다."

선우궁현은 그런 좌소천의 등을 바라보며 조용히 웃었다. 부상이 깊긴 하지만 조금도 아쉽지 않았다.

'흐음, 소천이 덕에 자식을 키우는 친구들의 마음을 조금은 알겠군.'

좌소천이 방에서 나오자 소영령이 쪼르르 달려왔다.

"오빠, 괜찮아?"

"응. 백부님 덕분에 지금은 전보다 더 좋아졌어."

"스승님도 많이 안 좋으신 것 같던데, 금방 괜찮아지겠지, 오빠?"

"그럼! 백부님이 누구시냐? 중원칠기 중 한 분이신 만패철검, 철검판관이 아니시냐?!"

"헤헤. 맞아, 오빠."

"그런데 백부님께 듣자니까 요즘 무공이 부쩍 늘었다며?"

소영령이 눈을 가늘게 뜨고 손을 검처럼 하고 휘둘렀다.

"검법과 신법을 무려 네 가지나 완벽히 익힌 몸이야, 조금만 있어봐. 강호에 엄청난 여고수가 등장할 테니까."

그 모습에 좌소천의 입가에 웃음이 맺혔다.

"정말 그럴 것 같은데?"

쓱 고개를 돌린 소영령이 환하게 웃었다.

"그렇지, 오빠?"

"물론이지. 그런데 말이다, 천하의 여고수가 되기 전에 먼저 밥에 돌 섞이지 않게 쌀 좀 잘 씻어라. 응? 부탁하마."

"오빠!! 오빠 밥에만 확! 자갈을 넣어버린다?!"

4

좌소천이 참연동에 틀어박힌 지 보름째 되던 날.

목옥을 나선 선우궁현은 동정호 저편을 바라보고 눈살을 찌푸렸다.

'응? 저건 또 뭐야?'

안개를 향해 배 두 척이 다가오고 있었다.

우연히 오는 것은 아닌 듯했다.

두 척의 배가 우연히 무은도를 향한 적은 지금까지 한 번도 없었다. 더구나 무사들이 탄 배는 더더욱 이곳까지 올 일이 없었다.

그때 선두에 선 배의 선수로 백의를 입은 청년과 통통한 얼굴의 중년인이 올라서는 게 보였다. 그중 얼굴이 통통한 자는 풍림에서 봤던 자다.

그를 본 선우궁현의 눈이 예리하게 빛났다.

'천외천가가 아닌가? 놈들이 여기까지 쫓아오다니!'

문득 이상한 생각이 들었다. 대체 자신이 여기에 사는 줄 어떻게 알았을까?

물론 아는 사람이 없는 것은 아니었다.

하지만 무은도에 대해 아는 사람은 극소수였다.

강호에서 사귄 친구들이야 수백 명에 달하지만, 그들 중 이 곳을 정확히 아는 사람은 혁련무천과 세 명의 생사지기뿐이었다. 심지어 포봉에게조차 알려주면 찾아와서 귀찮게 할까 봐 안개 속에 무은도가 있다는 것을 알리지 않았다.

그렇다면 누군가의 입이 열렸다는 말이다.

선우궁현은 천천히 자리에서 일어나 크게 원을 그리며 뱅뱅 돌고 있는 두 척의 배를 바라보았다.

십여 바퀴를 돌다 보면 안개를 벗어나게 되어 있었다. 돌고 있는 배들도 곧 안개를 벗어나게 될 것이고, 온 곳으로 되돌아가지 않을 수 없을 것이다.

한데도 그는 묘한 불안감에 눈살을 찌푸리지 않을 수 없었다.

천승운무진을 파훼할 수 있는 사람은 천하에 두어 사람뿐이라 했다. 늘었다 해도 하나둘에 불과할 터였다.

그 생각을 하면 안심해야 마땅했는데, 불안감을 가라앉히려 해도 쉽게 가라앉지 않는 선우궁현이었다.

천하를 생각하면 둘이나 넷은 극히 미미해서 없는 거나 다름없는 숫자. 하지만 없는 것보다는 많았다.

'미리 조심해서 나쁠 것은 없겠지.'

봉우리를 내려간 선우궁현은 소영령을 보내 좌소천을 데려오게 했다.

혼자서 조용히 수련을 할 만한 곳이 무은도에 참연동만 있는 것은 아니었다.

선사께서 천연적인 동굴을 개조한 곳이 하나 있는데, 우측에서 세 번째 봉우리 중간에 나 있는 입구를 통하면 그곳으로 들어갈 수 있었다.

그곳은 육중한 바위로 입구가 막혀 있는데다, 오십여 장을 들어가야 수련을 할 만한 광장이 있었기에 오래전부터 사용하지 않던 곳이었다.

임독양맥이 뚫린 좌소천에겐 앞으로 일 년가량이 가장 중요한 때. 선우궁현은 당분간 좌소천을 그곳에서 수련하게 할 생각이었다.

바위로 막아놓기만 하면 누구도 찾을 수 없는 곳이었으니까.

그리고 음식은 지금처럼 하루에 한 번 소영령이 입구에 놓으면 될 터였다.

참연동에 간 소영령은 이각 만에 좌소천과 함께 돌아왔다.

"부르셨습니까, 백부님."

"음, 어서 와라."

다른 말은 일체 배제한 채 선우궁현은 좌소천에게 수련동을 옮기라 했다.

좌소천은 의아했지만 토를 달지 않았다. 백부가 그리 말했을 때는 그만한 이유가 있을 거라 생각했다.

　　좌소천에게 백부는 절대적인 믿음의 대상 그 이상이었으니까.

　　"알겠습니다, 백부님."

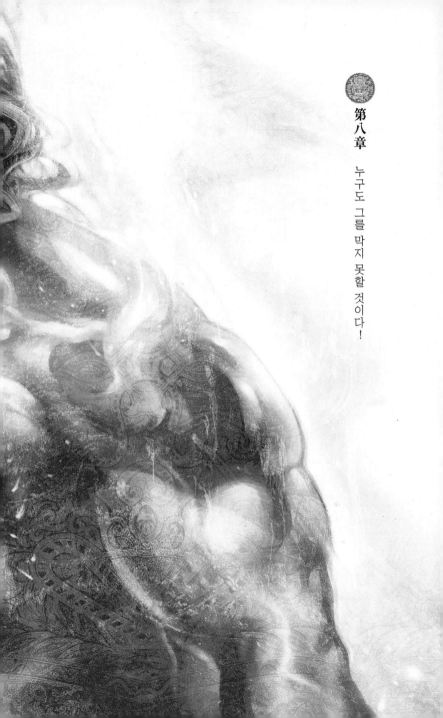

第八章

누구도 그를 막지 못할 것이다!

십일월 열하루 새벽.

두 척의 배가 어스름을 헤치며 동정호의 물살을 갈랐다.

한 척당 이십여 명. 배를 모는 선부를 제외하고는 모두가 무사들이었다.

그렇게 얼마나 달렸을까. 안개가 보이기 시작하자 배의 속도가 점차 느려졌다.

그때 선두를 나아가던 배의 선수에 학창의를 입은 오십대 후반의 초로인이 올라섰다.

"저긴가?"

"그렇습니다, 제갈 노사."

그 옆으로 백의청년이 나란히 섰다.

초로인이 눈을 가늘게 뜨고서 안개를 노려보더니 진정한 마음이 담긴 감탄성을 터뜨렸다.

"정말 굉장한 진세군. 천하에 이런 진을 펼칠 줄 아는 자가 있었다니!"

"닷새를 뒤져 이곳을 찾았는데 저 안개로 인해 이곳에서 되돌아가야만 했습니다."

"으음, 당연히 그랬을 거네. 저 진은 천승운무진이라는 오래전에 절전된 진세네. 아마 저 진을 풀 수 있는 사람은 천하를 통틀어도 셋을 넘지 않을 거야."

초로인이 자부심 가득한 말투로 말했다.

그럴 수밖에 없었다. 그 셋 중 하나가 제갈세가의 원로인 제갈진우 바로 자신이었으니까.

"내가 말해주는 곳에서 배를 멈추게. 그리고 사람들에게 일러서 그 밑의 물속으로 들어가 보라고 하게. 아마 기둥이 박혀 있을 거야. 그걸 부수라 하게."

"얼마나 걸리겠습니까?"

"기둥은 모두 백스물여덟 개네. 하지만 내가 일러주는 곳 다섯 개만 순서대로 부수면 길이 열릴 것이야."

잠시 후, 한 사람이 동정호 속으로 들어갔다.

참연동에서 정면으로 보이는 곳, 섬의 뒤쪽이었다.

2

"어머? 배가 들어오네?"

두 번째 운기를 마치고 숨을 깊게 내쉬는데 소영령의 목소리가 들려온다.

벌떡 몸을 일으킨 선우궁현은 철검을 손에 쥐고서 방문을 박차고 밖으로 뛰어나갔다.

둔덕 위에서 소영령이 돌아선 채 동정호를 바라보는 모습이 눈에 들어왔다.

선우궁현이 달려가며 급히 소리쳤다.

"영령아! 이리 내려오너라!"

고개를 돌린 소영령이 의아해하면서도 천천히 둔덕을 내려왔다.

"스승님, 배가 들어와요. 어떻게 진을 통과한 거죠?"

선우궁현은 일일이 대답해 줄 정신이 없었다.

둔덕 위에 오르기도 전에 배가 보였다. 보름 전에 봤던 세 사람 역시.

배가 백사장 근처에 이르자 무사들이 뱃전으로 쏟아져 나온다. 언뜻 봐도 삼사십 명에 이르는 숫자다.

그중 보이는 절정의 고수만도 다섯. 혼자 상대하기는 적이 너무나 많았다. 더구나 자신은 내상이 완치되지 않은 상태.

그는 즉시 소영령에게 빠르게 말했다.

"너는……."

처음에는 좌소천이 있는 암운동에 가 있으라고 말하려 했다. 한데 봉우리를 올라가다 보면 자칫 적에게 들킬지도 몰랐다. 소영령이 들키면 좌소천까지 위험해질 터.

"작년에 네가 발견한 작은 동굴로 가서 깊숙이 들어가 숨어 있어라."

그 동굴은 섬에서 수십 년을 산 자신조차 발견하지 못한 것을 소영령이 작년 이맘때 발견한 것이었다. 안으로 들어가 보기 전에는 그저 길게 갈라진 틈으로만 보이는 곳이었는데, 입구가 워낙 좁아서 체구가 조금만 커도 들어가기가 힘들었다.

"스승님……?"

"어서 가라! 놈들이 몰려오기 전에 어서!"

"저도 싸울게요. 내공이 좀 딸려서 그렇지 저도 검법을 세 가지나 익혔다구요!"

선우궁현은 답답한 마음에 눈을 부라렸다.

"어서 가래도! 네가 가야 내가 마음 놓고 싸울 수 있단 말이다! 무슨 말인지 알겠느냐?"

소영령은 멈칫거리면서도 선우궁현의 말이 틀리지 않았다는 것을 알기에 뒤로 물러났다.

선우궁현이 급히 손을 흔들었다. 빨리 가라며.

그때 배에서 무사들이 몸을 날렸다.

선우궁현은 그들이 다가오기 전에 먼저 앞으로 나갔다. 그가 백사장 쪽으로 걸어가며 물었다.

"손님을 받지 않는 곳에 웬 손님들이시오?!"

백의청년 순우무궁이 앞으로 나섰다.

"사람을 좀 찾으려고 왔습니다, 선우 대협."

"사람? 누구 말인가?"

"좌소천이라는 사람이지요. 대협과 함께 있다는 말을 들었습니다만."

"아! 소천이 말인가? 이거, 자네가 한발 늦었군. 저번 달에 사천에 사는 친구에게 보냈는데 말이야."

선우궁현은 동굴로 향하는 소영령도 충분히 들을 수 있을 만큼 큰 소리로 너스레를 떨었다.

선우궁현의 말에 순우무궁의 표정이 굳어졌다.

"정말 그런지 섬을 뒤져 봐도 되겠습니까?"

선우궁현의 송충이처럼 굵은 눈썹이 꿈틀거렸다.

"자네가 감히 지금 나 선우궁현을 의심하는 것인가?!"

폭풍 같은 기세가 선우궁현의 몸에서 쏟아지자 순우무궁이 자신도 모르게 움찔 뒤로 물러섰다.

'과연 만패철검!'

한편으로는 자신이 상대의 기세에 밀려 물러났다는 것에 은근히 화가 났다.

"거짓이 아니라면 허락해 줘도 되지 않겠습니까?"

"내 집을 마음대로 뒤지게 하면 강호의 친구들이 뭐라 하겠는가?! 미안하지만 그럴 수 없네!"

"그럼 할 수 없지요. 강제로 뒤져 보는 수밖에."

선우궁현이 목소리를 조금 누그러뜨렸다.

"허어, 이곳에 없다는데 왜 자꾸 찾겠다고 하는 건가?"

"그거야 저희가 찾아보면 알겠지요. 이 많은 사람이 와서 그

누구도 그를 막지 못할 것이다! 289

냥 갈 수는 없지 않겠습니까?"

"그것참, 한데 어느 분이 진을 파훼한 것인가?"

선우궁현은 소영령이 참연동까지 갈 시간을 벌기 위해 말을 돌렸다.

한데 그때였다.

"나는 제갈진우라 하네. 참으로 멋진 진이 펼쳐져 있더군."

선우궁현의 눈에서 한광이 쏟아졌다.

천하에서 천승운무진을 풀 수 있는 극소수의 사람 중 하나가 온 것은 짐작했다. 하지만 설마하니 제갈세가 제일의 기문진학 대가인 제갈진우일 줄이야.

"제갈세가가 언제부터 천외천가의 뒷일을 처리해 줬는지 모르겠군요."

"허허허, 전에 빚을 진 것이 있어서 어쩔 수 없이 도와주기로 했네. 이해해 주게나."

"하하하, 소위 정파의 터줏대감이라는 사람들이 빚 때문에 불의에 앞장서다니, 강호가 웃을 일이구려!"

그의 말이 끝남과 동시였다.

순우무궁이 뒤쪽을 향해 손짓을 했다.

"안으로 들어가 놈을 찾아라!"

도유당의 무사들과 천귀단의 무사 칠팔 명이 옆으로 돌아서 섬 안쪽으로 들어갔다.

선우궁현은 그들을 본 척도 않고 철검을 뽑아 옆으로 늘어뜨렸다.

더 이상 말로 시간을 끌기 어려운 상황. 이제는 힘으로 막는 수밖에 없었다.

어차피 자신을 막기 위해서라도 더는 안으로 들어가지 않을 터. 이제 결과가 어떻게 될 것인지 운명이 결정할 것이다.

선우궁현은 늘어뜨린 검을 천천히 들어 올리며 비웃듯이 입술을 말아 올렸다.

"나를 뚫고 들어가야 할 텐데, 쉽지 않을 것이다, 애송이."

순우무궁의 눈에서 새파란 살기가 번들거렸다.

천하에서 누가 감히 천외천가의 이공자인 자신에게 애송이라는 말을 할 수 있단 말인가!

순우무궁이 분노한 목소리로 명을 내렸다.

"선우궁현! 오늘 이곳에서 그대의 목이 떨어질 것이다!"

선우궁현이 하늘을 바라보며 철검을 치켜들었다.

"그럴지도 모르지. 하지만 오늘 온 자들 중 반은 돌아갈 수 없을 것이다!"

그가 치켜든 검을 내려쳤다.

'소천아! 영령아! 내세에서 보자꾸나!'

찰나!

휘이이이잉!

검세가 폭풍이 되어 전면을 향해 밀려갔다.

모래가 튀어 오르고, 풀뿌리가 솟구쳐 하늘을 뒤덮었다.

천외천가의 사람들에게는 악몽 같은, 다시는 겪지 않고 싶은 처절한 격전의 시작이었다.

"와라! 내가 바로 만패철검 선우궁현이니라!!"

싸움은 처절하고도 처절했다.

선우궁현은 내상을 숨기기 위해 선천진기까지 끌어올린 채 천외천가의 고수들을 몰아쳤다.

어차피 나중이란 것은 없었다.

이 자리에서는 얼마나 많은 적을 베느냐 하는 것만이 있을 뿐이었다.

콰과과광!

검강이 사방을 휩쓸었다.

무은도에 벼락이 줄기줄기 떨어졌다.

십 초, 이십 초, 삼십 초…….

초 수가 거듭되며 무은도가 피로 물들었다.

지옥의 살귀가 따로 없었다. 여기 선우궁현이 살귀였다.

쿠르릉!

쩌저저저적!

끊임없이 터져 나오는 격전음!

"크악!"

"캐액!"

연이어 여기저기서 흘러나오는 비명과 신음!

그들의 몸에서 솟구치는 시뻘건 피 분수!

하지만 혼자서 그들을 모두 상대할 수는 없는 일이었다.

백여 초가 지나기도 전에 선우궁현의 왼팔이 잘려 허공으로 튕겨졌다.

분수처럼 뿜어지는 붉은 피!

천이 갈가리 찢어진 부채를 든 순우무궁이 악다구니를 쓰며 미친 듯이 외쳤다.

"놈의 힘이 떨어졌어! 놈을 죽여! 죽여 버려!"

항상 차분하던 그의 모습은 온데간데없다. 무은도에는 그저 공포에 질린 애송이만이 있을 뿐이다.

"얼마든지 와라! 천외천가의 잡졸들아!"

그런 몸으로도 선우궁현은 오십여 초를 더 견뎠다.

손자기가 그의 허벅지에 륜을 박고 한 팔이 잘렸다.

장로인 영충이 어깨에 검을 꽂고는 목이 반쯤 잘린 채 쓰러졌다.

"이제 보니 천외천가도 별것 아니구나! 으하하하하!!"

무은도의 창공으로 선우궁현의 웃음이 울려 퍼졌다.

교초온과 또 다른 장로인 도지강과 순우무궁이 동시에 공격을 감행했다.

콰과과광!

도지강과 순우무궁이 참담한 표정으로 비틀거리며 밀려났다.

하지만 교초온만은 악착같이 선우궁현의 마지막 일검을 막아내고, 단 한 번의 기회를 놓치지 않았다.

콰직!

일순간, 교초온의 검이 검병 근처까지 선우궁현의 심장에

쑤셔 박혔다.

그제야 선우궁현의 움직임이 멈췄다.

"지독한 놈!"

선우궁현의 가슴에 검을 박은 교초온이 진저리를 쳤다.

네 명의 장로 중 두 명이 죽고 한 명은 치명적인 내상을 입었다.

손자기는 팔 하나가 잘린 채 겨우 삶을 건졌다.

도유당 이십이 명의 무사 중 열넷이 죽고, 천귀단 열 명의 단원 중 넷이 죽었다.

그의 말대로 반 이상이 죽거나 중상을 입은 것이다.

"놈의 목을 치시오, 교 장로! 어서! 목을 날려 버려!"

머리가 풀어헤쳐진 순우무궁이 미친 듯이 소리쳤다.

그때 심장에 검이 박힌 선우궁현이 씨익 웃으며 교초온을 바라보았다.

"크크크크, 내상만 입지 않았어도 네놈들을 모조리 죽이는 건데……. 지옥에 먼저 가서 기다리마. 천외천가여, 통곡과 비명이 태백산을 덮을지니……."

쑤욱!

교초온은 심장에 박힌 검을 뽑고 뒤로 물러났다.

창백한 그의 얼굴이 파르르 떨렸다.

선우궁현의 가슴에서 힘차게 뿜어진 피분수가 그의 얼굴을 적시는데도 그는 떨림을 멈추지 못했다.

'어쩐지 그때보다 약한 것처럼 느껴진다 했더니…….'

그때 선우궁현의 목소리가 악마의 속삭임처럼 교초온의 귀를 파고들었다.

"누구도 그를 막지 못할 것이다, 이놈들……."

마지막 한마디와 함께 선우궁현의 몸이 천천히 쓰러졌다.

쿵!

만패철검, 철검판관 선우궁현이 죽은 것이다. 닥쳐올 겁난을 예언이라도 하듯이 몇 마디 말을 남긴 채.

사람들은 쓰러진 선우궁현을 바라보며 움직이지 못했다.

특히 교초온은 넋이 나간 표정이었다.

'뭔가가 잘못되었어, 뭔가…….'

그렇게 한참이 지났을 때다. 좌소천을 찾으러 갔던 천귀단의 수하가 옆구리에 사람 하나를 끼고 둔덕을 넘어왔다.

"이공자님! 집 뒤쪽에서 계집 하나를 발견했습니다!"

소영령이었다.

소영령은 고개를 꺾어 피와 시신으로 뒤덮인 백사장을 바라보았다.

굵은 눈물이 그녀의 얼굴을 타고 흘러 뚝뚝 떨어졌다.

"어, 어……. 꺼어어……."

목에서는 울음소리 대신 꺽꺽대는 소리가 새어 나왔다.

스승님께선 도망가라고 했다. 한데 도망가지 않고 지붕 위에 숨어서 전장을 바라보았다.

스승님을 놔두고 혼자 도망가기가 싫어서였다.

한데 눈앞에서 펼쳐진 모습은 충격이었다.

스승님의 팔이 잘리고, 얼마 안 돼 가슴에 검이 꽂혔다.

시뻘건 피가 분수처럼 뿜어지는 모습이 망막에 가득 찬 순간, 그녀는 입을 틀어막은 채 비명을 지르며 스승을 불러 외쳤다.

'아아악! 스승님! 스승님!!'

한데 가슴이 턱 막히는가 싶더니 목소리가 나오지 않았다. 스승님을 부르짖는데 나오는 소리는 껄껄대는 소리가 고작이었다.

결국 그 소리로 인해 적에게 바로 들키고 말았다.

그리고 지금 스승님의 시신을 눈앞에 두자 아무런 생각도 나지 않았다.

"언덕 위에 있던 그 계집인가 보군. 흐흐흐, 선우궁현의 제자인가?"

순우무궁이 눈을 번들거리며 소영령을 바라보았다.

"잘 모르겠습니다. 벙어리인 것 같은데, 지붕 뒤에 있는 것을 잡아왔습니다."

소영령을 바라보던 순우무궁의 눈에 광기가 떠올랐다.

'벙어리라고? 호오! 얼굴하고 몸이 기가 막히게 생겼구나!'

순우무궁이 소영령의 얼굴을 빤히 쳐다보며 물었다.

"계집, 혹시 좌소천이 어디에 있는지 아느냐?"

하지만 소영령은 듣지 못한 것처럼 울기만 했다.

"이년! 내 말이 들리지 않느냐?!"

아무리 소리쳐도 마찬가지 반응이다.

그제야 순우무궁이 눈살을 찌푸렸다.

"흠, 벙어리들 중 대부분이 귀머거리라더니……."

순우무궁은 하는 수 없이 바닥에 좌소천이라는 이름을 쓰고 소영령의 반응을 살폈다.

한데 이상했다. 분명 이곳에서 살았다면 어떤 반응이라도 보여야 할 텐데 계집은 눈 한 번 깜짝이지 않고 꺽꺽대며 눈물만 흘린다.

몇 번을 다그쳐도 여전히 똑같다.

결국 그는 소영령에게서 뭔가를 알아내려던 생각을 포기하고 무사들이 모두 돌아올 때까지 주위를 서성거리며 한 시진을 더 기다렸다.

'그토록 침착하던 이공자였거늘.'

교초온이 기이한 눈으로 그를 바라보고 있는데도 그는 여전히 주위만 서성거렸다.

그리고 그들이 다 빈손으로 돌아온 것을 보고 나서야 결론을 내렸다.

섬은 그리 크지 않았다. 한 시진을 뒤졌다면 사람이 숨어 있을 만한 곳은 모두 뒤졌다고 봐야 했다.

"놈이 정말 사천으로 간 건가? 젠장, 하는 수 없지. 교 장로님, 일단 사상자들을 수습해서 돌아갑시다."

그러고는 소영령을 잡아온 천귀단의 무사에게도 명령을 내렸다.

"그 계집도 배에 실어라. 혹시 모르니 본가로 데려갈 것이다."

일순간, 소영령을 바라보는 그의 눈빛이 광기로 번들거렸다.

'흐으으음, 볼수록 쓸 만해.'

3

식사가 오지 않았다.

운기행공을 하느라 시간을 잘못 계산한 것인지 몰라 반나절 정도를 더 기다려 봤다. 그래도 소영령의 앙칼진 목소리가 들리지 않았다.

'어떻게 된 거지? 령매가 어디 아픈가?'

단순히 그런 일이라면 백부가 가져왔을 것이다. 한데 백부마저 오지 않았다는 것은 섬에 무슨 일이 생겼다는 말.

좌소천은 급히 위로 올라가 바위를 밀어내고 동굴을 나섰다.

목옥에는 아무도 없었다. 온갖 집기들이 흐트러져 있고, 원목으로 만든 침상도 뒤집어진 채 나뒹굴고 있었다.

백부님의 방은 물론이고 소영령의 방도 마찬가지였다.

"백부님! 어디 계십니까?! 령매! 어디 있는 거야?!"

아무리 불러도 답이 없다.

좌소천은 목옥을 박차고 나와 둔덕으로 올라갔다.

순간, 저만치 붉게 물든 초원과 백사장이 보였다.

누렇던 백사장도 벌겋고 마른풀이 융단처럼 깔려 있던 곳도 벌겋다.

그곳에 한 사람이 누워 있다. 역시 시뻘겋게 물든 채.

좌소천은 벌벌 떨리는 몸으로 정신없이 내달렸다.

'아니야! 절대 아니야! 하늘이여! 제발 아니어야 합니다!'

아니어야 했다.

저기에 누워 있는 사람은 백부님이나 령매가 아니어야 했다.

하지만 하늘은 그의 소원을 외면한 채 고개를 돌리고 말았다.

철검이 보인다.

흐트러진 머리카락 사이로 백부의 얼굴이 보인다.

이 장가량 떨어진 곳에 시뻘건 피로 물든 팔도 보인다.

"백부님!! 으아아아아아아아!!"

통곡이 무은도를 뒤흔들었다.

한 맺힌 절규에 동정호가 숨을 죽였다.

오오오! 어찌 이런 일이 벌어질 수 있단 말인가!

자신이 아니었다면 백부님이 어찌 이렇게 처참한 모습으로 죽었을 것인가 말이다!

한쪽에 자신의 이름이 쓰여 있다. 왜 자신의 이름이 거기에 쓰여 있는가는 알지 못했다. 분명한 것은 자신 때문에 이런 일이 벌어졌다는 것이다.

결국 모든 게 자신의 죄였다.

하다못해 내상만 입지 않았어도 지금 누워 있는 사람은 결코 백부님이 아니었을지 몰랐다.

"백부님! 백부님!! 죽어야 할 사람은 저인데 왜 백부님이 돌아가신단 말입니까?!"

좌소천은 선우궁현 앞에 무릎을 꿇고 참담한 절규를 터뜨렸다.

피눈물이 흘러 가슴을 적셨다.

온몸이 울어댔다.

갈가리 찢긴 마음에 피눈물이 스며들었다.

"으아아아아아아!!"

그렇게 한 시진.

무은도에 석양이 붉게 비칠 즈음에서야 통곡이 그쳤다.

반듯이 눕혀진 선우궁현이 웃는 듯 보인다.

무엇이 그리도 좋아 웃으신단 말인가.

좌소천은 무릎에 올린 선우궁현의 머리를 쓰다듬고는 충혈된 눈으로 하늘을 올려다봤다.

"하늘이여! 어찌 나에게 이런 시련을 주신단 말입니까!"

악다문 이가 입술을 파고든다.

핏물이 반은 입 안으로, 반은 턱을 타고 흘러내린다.

"내게 무엇을 바라시는 겁니까! 진정 악귀가 되어 세상을 피로 물들이기를 바라시는 겁니까!!"

좌소천은 하늘을 향해 붉게 물든 입으로 한자한자 씹어뱉듯이 소리쳤다.

"좋습니다! 그걸 원한다면 그리하지요! 당신이 원하는 대로 해드리지요! 세상을 피로 물들이겠습니다! 당신이 만족할 때까지!"

천천히 고개를 내린 그의 눈이 선우궁현의 허벅지로 향했다.

부서진 륜이 살 깊숙이 박혀 있었다.

그는 륜의 주인을 알고 있다.

적은 그들이었다. 천외천가!

'모조리 죽여 버린다!'

덜덜 떨리는 손으로 선우궁현의 잘린 팔을 주워 들었다.

피가 다 빠졌는지 하얗게 탈색된 살결이 차갑기만 했다.

좌소천은 선우궁현의 가슴에 잘린 팔을 올리고 선우궁현의 몸을 안아 들었다.

차가운 몸이 손끝을 통해 느껴졌다.

한 걸음, 두 걸음, 세 걸음…….

걸음이 더해질수록 좌소천의 몸도 싸늘히 식어갔다. 그러더니 결국 심장마저 만년빙처럼 차갑게 굳어졌다.

'령매가 보이지 않는다는 것은 놈들에게 잡혀갔다는 것.'

숨어 있다면 벌써 나왔어야 했다. 자신보다 먼저.

하긴 수십 명이 섬 구석구석을 뒤졌을 터, 찾지 못할 리가 없다.

잡아갔다면 당분간 죽이지는 않을 것이다. 그러나 죽음보다 더한 고통을 당할지도 모른다.

그녀는 여인. 상대는 자신을 죽이기 위해 만 리 길을 달려온 자들. 무슨 짓을 할지 아무도 모르는 것이다.

좌소천의 눈빛이 격렬하게 흔들렸다.

―당장 구하러 가야 해!

마음은 그렇게 소리치는데 차갑게 가라앉은 이성은 그의 발길을 붙잡는다.

―백부가 너를 어떻게 살렸는데 아무 준비도 없이 만 리 길을 쫓아 여자를 구하러 가겠다고? 힘도 없는 놈이 가봐야 죽기밖에 더해? 네가 죽으면 누가 어머니의, 백부의 복수를 해주지?

하지만… 하지만 그래도 어쩔 수 없었다. 소영령이 놈들에게 잡혀 있는데 무공을 완성한답시고 혼자만 편하게 있을 수 없었다.

최선을 다해 보는 수밖에.

어차피 흐트러진 정신으로 무공을 익힌다고 당장 크게 늘 것도 아니지 않은가 말이다.

'령매, 조금만 참고 기다려 다오!'

좌소천은 백부의 시신을 안은 채 둔덕을 올라갔다.

하늘에 짙은 구름이 몰려온다.

비가 내릴 것 같다.

동정호에도, 자신의 가슴속에도.

온 세상을 씻어버린 폭우가 내리면 얼마나 좋을까.

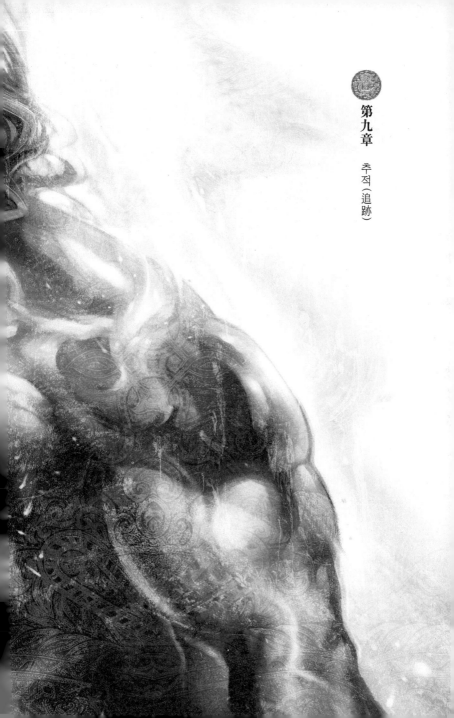

第九章 추적（追跡）

석양이 군산 머리 위로 떨어져 내릴 즈음이었다.

　한 척의 조각배가 악양 남쪽 이십 리 지점의 동정호변에 머리를 들이밀고 정박하더니 소년 하나가 내려섰다.

　좌소천이었다.

　좌소천은 선우궁현을 양지바른 곳에 묻은 다음날, 무은도의 모든 것을 정리해 암운동에 집어넣고 입구를 틀어막았다.

　그리고 소영령을 구하기 위해 무은도를 떠나왔다. 묵령기환보와 무진도만 지닌 채.

　백부님께 죄스러웠지만, 힘이 안 된다는 것을 알았지만 떠나지 않을 수 없었다.

　대신 좌소천은 밤새도록 선우궁현의 무덤에 백 번의 절을 올렸다.

절대 죽지 않겠다는 각오를 다지며!

무슨 수를 써서라도 소영령을 구하겠다는 약속을 하며!

아수라에게 혼을 팔아서라도 복수를 하고 말겠다는 한 맺힌 다짐을 하면서!

그리고 아침 해가 밝아오자 배를 찾아보았다.

다행히 적들은 구석에 놓인 배를 부수지 않고 그냥 갔다. 사람이 없을 거라는 생각에 별반 신경을 쓰지 않은 듯했다.

배가 부서졌다면 대나무를 엮어 동정호를 가로질러야 했을 터. 한시가 급한 상황에서 배가 무사하다는 것은 좌소천에게 천만다행이었다.

그렇게 석양이 지기 전에 뭍으로 오르자, 좌소천은 곧장 북쪽으로 방향을 잡았다.

일단은 악양으로 들어가야 했다. 그곳에 가서 만나봐야 할 사람이 있었다.

악양현은 동서가 십 리, 남북이 이십 리나 뻗어 있었다.

그렇게 거대한 악양에서 포봉객잔을 찾는 것은 쉽지 않았다. 처음에 갔던 길을 찾으려 해도 거기가 거기 같아 몇 번을 헤매야 했다.

사람들에게 물어봐도 포봉객잔을 아는 사람이 거의 없었다. 하긴 수백 개의 객잔 중 골목의 조그마한 객잔을 알고 있는 사람이 몇이나 될까.

결국 아무 객잔이나 들어간 좌소천은 점소이들에게 포봉객
잔에 대해 물어봤다.

한창 바쁜데 다른 객잔의 위치를 묻는 사람이 고울 리 없었
다.

점소이들은 좌소천에게 대충 위치를 가르쳐 주었다. 그나마
도 좌소천의 허리에 칼이 걸려 있기에 심한 말을 하며 내쫓지
는 않았다.

좌소천은 점소이들의 말대로 서너 군데를 더 돌아다녔다.
하지만 어디에서도 포봉객잔은 보이지 않았다.

그렇게 시간이 지나고, 밤은 점점 깊어졌다.

좌소천은 하나둘 불이 꺼져 가자 스스로가 한심해서 견딜
수가 없었다.

시간은 자꾸 흘러가는데 자신은 한 것이 아무것도 없지 않
은가 말이다.

말 그대로 미칠 것 같았다.

쥐구멍이 있으면 머리라도 들이밀고 싶었다.

'뭐? 령매를 구해? 객잔 하나도 제대로 찾지 못하는 놈이 천
하를 뒤져서?!'

경험에 대한 것을 숱하게 이야기하던 백부였다. 백부가 왜
그런 말을 했는지 이제야 절실함으로 다가온다.

사람도 거의 보이지 않는 거리.

초겨울 바람이 차갑게 불어온다.

갈비뼈를 훑고 지나간 바람이 자신을 비웃는 듯하다.

외롭고 쓸쓸함에 걸음마다 얼어붙은 대기가 부서져 흩날린다.

묵묵히 걷던 좌소천은 동정호가 보이자 물가로 다가갔다. 길게 늘어선 선창에 수백 척의 크고 작은 배가 정박해 있는 게 보였다.

선창가에 앉은 좌소천은 물끄러미 동정호를 바라보았다.

"크크큭……."

갑자기 웃음이 나왔다.

천하의 똥멍청이라는 말이 자신을 가리켜 하는 말 같았다.

무릎에 팔을 얹고 팔 위에 턱을 걸친 그는 어둠으로 검게 물든 동정호를 바라보며 중얼거렸다.

"맞다, 좌소천. 너는 똥멍청이다. 백부님이 아니었으면 몇 번은 죽었을 놈. 그러면서 백부님의 시신이 식자마자 백부님 곁을 떠난 무정한 놈! 너는 나쁜 놈이다!"

감정이 욱해서인지 마지막 말은 조금 크게 흘러나왔다.

"이봐."

뒤에서 누군가가 불렀다.

좌소천은 고개를 돌리지도, 대답도 하지 않았다.

천하의 똥멍청이에게 뭐 물어볼 게 있다고 부른단 말인가.

그런 마음이었다.

"내 말 안 들리나?"

좌소천은 천천히 고개를 들었다.

뒤를 바라보자 이 장 정도 떨어진 곳에 어깨를 움츠린 장한이 하나 보였다.

"무슨 일이오?"

장한은 힐끔 주위를 둘러보고는 종종걸음으로 다가오더니 앉아 있는 좌소천 옆에 섰다.

"자네가 포봉객잔을 찾았나?"

그가 속삭이듯이 말했다.

좌소천의 표정이 굳어졌다.

장한이 어깨를 떨고는 투덜거렸다.

"아씨, 추워 죽겠고만. 자네가 찾지 않았어?"

"찾긴 찾았습니다만, 혹시 그곳이 어디에 있는 줄 아십니까?"

"그전에… 왜 찾는지 말해줄 수 있나?"

왠지 심각한 표정이다. 뭔가 이유가 있을 터. 좌소천이 간단하게 용건을 밝혔다.

"그 객잔의 주인인 구포봉 아저씨를 찾으려고 합니다."

그제야 장한이 좌소천을 내려다보고 중얼거리듯 말했다.

"포봉객잔은 없어졌네."

좌소천이 몸을 일으켰다.

"포봉객잔이 없어졌단 말입니까?"

목소리가 커지자 장한이 급히 주위를 둘러보았다.

"이 사람이! 조용히 좀 말하게나."

"죄송합니다. 한데 왜 저를 찾아오신 겁니까?"

"그야 자네가 포봉객잔을 찾으니까 왔지."

"없어졌다면서요?"

"물론 객잔은 없어졌지. 하지만 사람이 다 사라진 건 아니라네."

하긴 자신이 찾으려는 것도 구포봉이라는 사람이지, 객잔이 아니었다. 좌소천이 조급해진 마음에 다급히 물었다.

"그분이 계신 곳을 아십니까?"

장한이 별 멍청한 놈 다 봤다는 눈빛으로 좌소천의 위아래를 훑어보았다.

"아니까 말하는 거 아닌가? 쿵, 나를 따라오게."

공소라는 장한이 좌소천을 데려간 곳은 제법 큰 장원이었다.

커다란 기루와 담장 하나를 사이에 두고 있는 장원이었는데, 공소는 정문이 아닌 뒷문을 통해 안으로 들어갔다.

"여기서 잠시만 기다리게."

공소는 좌소천이 대답을 하기도 전에 빠르게 안쪽으로 걸어갔다. 그러고는 장원의 전각 안에 대고 뭐라고 중얼거리더니 좌소천을 향해 손짓을 했다.

좌소천이 전각 앞으로 다가가자 공소가 문을 열었다.

"들어가 보게."

그의 고갯짓에 안쪽으로 들어간 좌소천의 눈에 한 사람이 보였다. 그는 황촉불이 켜진 탁자 옆에 서 있었는데, 좌소천은 그를 본 순간 하마터면 눈물이 나올 뻔했다.

"포봉 아저씨?"

"하하하, 이게 누구신가? 서문로에서 포봉객잔을 애타게 찾는 멋진 청년이 있다기에 누군가 했더니 좌 공자가 아니신가?"

"예, 소천입니다."

구포봉은 두 팔을 벌리며 진정 반갑다는 듯 좌소천에게 다가왔다.

"그래, 어르신께서는 안녕하신가?"

순간 이를 악다문 좌소천의 두 눈에서 냉기가 흘러나왔다.

다가오던 구포봉이 흠칫하며 걸음을 멈추고는 심상치 않은 좌소천의 표정을 뚫어지게 바라보며 조심스럽게 물었다.

"왜 그러는가? 무슨 일이라도 있었나?"

좌소천이 차마 벌어지지 않는 입을 열었다.

"백부님께선… 이미… 돌아가셨습니다."

구포봉의 눈이 튀어나올 듯이 커졌다.

씰룩이는 입에선 금방이라도 대갈이 터져 나올 듯했다.

"그, 그게 무슨 말인가, 대체? 이보게!"

"저 때문에… 결국……."

구포봉이 다급히 소리쳤다.

"자네 때문이라니? 자세히 좀 말해보게나!"

좌소천은 참담한 표정으로 일의 전말을 간단히 이야기했다.

"…그 바람에 저를 잡으러 온 천외천가 놈들에게… 당하셨습니다."

"······."

"제가 죄인입니다. 저만 아니었어도 백부님께서 돌아가실 일이 없으셨는데······."

"대체 어떻게 이런 일이······."

구포봉이 망연한 표정으로 털썩 의자에 주저앉았다.

"얼마 전부터 처음 보는 고수들이 나타났는데, 그럼 그놈들이 천외천가였단 말인가?"

"그자들이 악양에 나타났단 말입니까?"

"그들이 악양에 나타난 것은 이십여 일 정도 전이었네. 숫자도 사십 명에 가까운 데다가, 그들 중 절정의 고수들이 몇 있어서 함부로 가까이 접근하지 않았지. 그동안 별일이 없어서 그러려니 했거늘 어떻게 그런 일이······. 가만, 그럼 제갈세가의 장로가 온 게 그 일 때문이란 말인가?"

좌소천의 눈에서 한광이 반짝였다.

"제갈세가라 하셨습니까?"

"엊그제 제갈세가의 장로인 제갈진우가 악양에 들어왔네. 그는 기문진에 있어서 천하제일을 다투는 자지."

싸늘한 살기가 좌소천의 눈에서 쏟아졌다.

"그럼 그가 무은도의 기문진을 뚫었을 가능성이 높겠군요."

"내 생각도 자네와 같네."

좌소천이 구포봉을 직시했다.

"제가 만약 복수를 하려 한다면 도와주실 수 있겠습니까?"

구포봉이 흔들림없는 눈으로 마주 보았다.

"복수할 힘은 있는가?"

냉정한 질문.

좌소천은 이를 악물고 답했다.

"당장은 없습니다만, 지금은 힘이 없어도 움직이지 않을 수가 없습니다. 령매가 놈들에게 끌려갔으니까요."

구포봉의 눈이 다시 커졌다.

"어르신의 제자 아이가 놈들에게 끌려갔다고?"

"그렇습니다. 그래서 섬을 나온 것입니다. 령매를 구하기 위해서."

"이런!"

구포봉이 벌떡 일어섰다.

그는 벽 쪽으로 다가가더니 줄을 하나 잡아당겼다.

얼마 지나지 않아 방문이 열리고 공소가 힐끔거리며 들어왔다.

"부르셨습니까, 방주."

"지금 즉시 알아봐야 할 일이 있다. 사람들을 총동원해서, 일전에 풍상객잔의 별채를 통째로 빌렸던 자들이 어디로 갔는지 알아봐라!"

"총동원입니까?"

"그래! 어쩌면 북상을 하고 있을지도 모르니까 장강 쪽에도 연락을 띄우고!"

처음 보는 구포봉의 다급한 표정에 공소는 찍소리도 못하고 고개를 숙였다.

"예, 방주!"

공소가 뛰듯이 나가자 좌소천이 고개를 숙여 감사를 표했다.

"고맙습니다, 아저씨."

"아니, 이건 자네의 일만이 아닐세. 어르신은 나에게 있어 은인이시네. 은인의 원수는 곧 나의 원수나 마찬가지인 셈이지. 고마워하지 않아도 되네."

아무리 그렇다 해도 천외천가와 적대시할 각오를 한다는 것이 쉬운 일이 아니었다. 더구나 이토록 빨리 움직여 줄 줄은 좌소천조차 의외였다.

'포봉 아저씨에게 그들을 상대할 힘이 있을까?'

구포봉은 수적 출신이다. 당연히 그 밑에 고수들이 많을 리 없다. 공연히 끌어들여 희생이 커지는 건 아닌지 걱정되는 좌소천이었다.

그때 구포봉이 좌소천을 똑바로 바라보더니 말을 이었다.

"내 자네에게 부탁 하나 함세."

"말씀해 보시지요."

"복수를 한다는 것은 냉정해야 하네. 더구나 상대가 강할 때는 더욱 그렇지. 냉정하게 따져서 지금의 자네는 천외천가를 상대할 수 없네. 심지어 절정의 고수 한 사람도 상대할 수 없네. 그렇지?"

싸워보지는 않았다. 그러나 자신이 절정의 경지에 오르지 못한 것만은 분명하다. 싸움은 지난바 경지와 다르게 나타날 수 있지만, 상대 역시 수많은 싸움을 겪은 사람들.

좌소천은 순순히 구포봉의 말을 인정했다.

"…예, 아저씨의 말씀이 맞습니다."

"군자의 복수는 십 년이 지나서 해도 늦지 않다고 했네. 그만큼 복수를 할 수 있는 힘이 있기 전에는 함부로 움직이지 말라는 말이지. 내 말, 무슨 말인지 알겠나?"

어찌 모를까. 자신 역시 소영령의 일만 아니었다면 나오지 않았을지 몰랐다. 힘을 갖추기 전에는.

"걱정 마십시오. 령매를 구하기만 하면 심산 깊은 곳에 들어가 힘을 기를 것입니다."

"물론 그래야지. 그래서 말이네만… 소영령이라는 아이를 구하는 일에도 적극적으로 나서지는 말게."

좌소천의 눈초리가 가늘게 떨렸다.

"아저씨, 그럴 수는……."

구포봉이 손을 들어 좌소천의 입을 막았다.

"대신 내가 부족한 부분을 채워주겠네. 자네의 몸은 자네 혼자의 몸이 아니네. 자네는 어머니와 어르신의 복수를 해야 할 의무가 있는 사람이 아닌가?"

"아저씨의 말씀을 모르는 바는 아니지만, 아무리 그래도 손을 놓고 있을 수는 없습니다."

"놈들은 자네를 잡기 위해 막대한 피해를 보면서까지 어르신을 해친 놈들이네. 하물며 자네가 나타났다는 것을 알면 어떻게 되겠는가?"

"최대한 조심할 것입니다. 저도 놈들에게 쉽게 당할 정도로 약하지는 않습니다."

구포봉은 좌소천을 빤히 바라보고는 고집을 꺾기 힘들다 생각했는지 한숨을 쉬며 말했다.

"후우, 그러면 자네는 얼굴을 감추고 철저히 정체를 숨기면서 움직이게. 몸을 빼도 놈들이 쫓아오지 않게 말이지."

"뭔가 방법이 있겠습니까?"

구포봉이 고개를 끄덕였다.

"인피면구라는 것이 있네. 구하기가 쉽지는 않지만 불가능한 것도 아니네. 그걸 쓴다면 얼굴만 봐서는 누구도 자네의 정체를 알아보지 못할 것이네."

좌소천은 새삼 구포봉이 대단해 보였다.

자신은 감정만 앞서서 무작정 서두르는 데 반해, 구포봉은 감정을 누르고 모든 것을 경우에 따라 철저히 대처하고 있었다.

연륜의 깊이가 얼마나 중요한지 좌소천은 뼈저리게 느끼지 않을 수 없었다.

"아저씨의 의견에 따르겠습니다."

"가세. 아무래도 안 되겠어. 소식이 오는 대로 즉시 움직일 준비를 해놓고 대기하세."

"예, 아저씨. 그런데 저… 조금 전에 들으니 방주라고 부르던데, 방의 이름이 무엇입니까?"

구포봉이 움찔하더니 걸음을 옮겼다.

"험, 구포방이네."

포봉객잔과 구포방.

구포봉을 아는 사람이라면 누가 그 이름을 잊을까.

'나중에 다른 일을 하면 '구봉'이라는 이름을 붙이려나?'

2

좌소천은 잠깐 눈을 붙이고, 운기를 해서 몸의 피곤을 씻어
냈다.

그렇게 아침 해가 밝아올 무렵, 구포봉이 좌소천을 찾는다
는 전갈이 왔다.

좌소천은 장삼 속 허리띠에 묵령기환보를 단단히 묶고 옆구
리에 무진도를 찼다.

무진도는 전날과 달라져 있었다. 도집과 도병이 부드러운
가죽으로 감아져 있었다.

도를 뽑기 전에는 당시 싸웠던 자들이라 해도 알아보지 못
할 것이다. 물론 뽑는다 해도 알아볼 자는 당시 싸웠던 자들
중 두어 명에 불과하지만.

하나 달라진 것은 무진도만이 아니었다. 좌소천의 얼굴도
이십대 중반으로 완벽히 변한 상태였다.

구포봉이 밤중에 전문가를 데려왔는데, 그가 워낙 꼼꼼히
손질을 해서 인피면구를 씌워준 덕분에 바로 옆에서 봐도 표

가 안 날 정도였다.

　게다가 약간 냉정해 보이는 얼굴은 너무 평범해서 누구든 좌소천을 보면 길거리 어디선가 만났던, 표정이 조금 싸늘한 청년으로 생각할 터이다.

　구포봉은 백 냥의 은자를 줬다면서 마음에 안 들면 언제든지 말하라고 했다.

　'땀이 진짜 피부처럼 밖으로 나온다고 했지?'

　그것뿐이 아니었다. 세수를 해도 괜찮고, 비를 맞아도 괜찮다고 했다. 떼어내는 방법이 조금 복잡하다는 것을 빼면 그 이상의 인피면구는 천면신마만이 만들 수 있다고 했다.

　동경을 바라본 좌소천은 그 얼굴이 마음에 들었다. 자신의 복수를 도와주기에 너무나 어울리는 얼굴이었다.

　덜컹!

　밖으로 나가자 건너편 건물에서 구포봉이 나오고 있었다.

　"마침 나왔군. 가세. 만날 분들이 있네."

　전청에 두 사람이 와 있었다.

　둘 다 사, 오십대의 중년인이었는데 언뜻 보기로도 예사 인물들이 아니었다.

　구포봉은 등 위로 은빛 검병이 튀어나온 중년인과 무기가 없이 눈빛이 칼날 같은 중년인을 차례대로 가리켰다.

　"인사드리게. 이분은 탕산은검 위청현 대협이시고, 이쪽 분은 염화장 비혁산 대협이시네. 두 분 다 어르신과 친분 관계가 두터우신 분이라 내가 모셨네."

그러고는 좌소천을 두 사람에게 소개했다.

"여기 이 사람이 선우 어르신의 제자인 천소라는 청년입니다."

좌소천은 구포봉이 어젯밤에 한 말뜻을 어렴풋이 이해할 수 있었다.

구포방은 정보 문파다. 그나마도 강호에 아직 이름을 날리지 못한 구석진 곳의 문파.

당연히 절정고수를 상대할 사람이 있을 리 없었다. 그런 방파의 주인인 구포봉이 도와주겠다고 했지만, 좌소천은 솔직히 무력에 대해선 의구심을 품었다.

한데 구포봉에게는 나름대로 방법이 있었던 것이다.

자신들의 정보망을 이용해 선우궁현과 친했던 사람들을 끌어들이려 한 것이다.

결코 자신은 할 수 없는 일이었다.

"천소가 두 분께 인사드립니다."

인피면구를 쓴 이상 이름도, 신분도 바꿔야 했다. 어떤 이름을 써야 하나 고민하는데 포봉객잔과 구포방의 이름을 직접 지은 구포봉이 그답게 간단히 해결했다.

"이름을 거꾸로 써서 '천소'라고 하면 어떻겠나?"

그렇게 천소라는 이름이 생긴 것이다.

좌소천이 가명을 대며 인사를 하자 위청현이 침울한 표정으로 고개를 끄덕였다.

"선우 형께서 돌아가셨다는 말을 들었네. 더구나 제자가 납치되었다니, 어찌 그런 일이 있을 수 있단 말인가? 내 청천벽력 같은 소식을 듣고 백 리 길을 단숨에 달려왔네만, 아직도 믿을 수가 없다네."

"제가 직접 보고 겪은 일입니다. 한이 사무쳐 무공이 아직 완성되지 않았는데도 나오지 않을 수 없었지요."

그때 이마를 좁히고 있던 비혁산이 의문을 담아 물었다.

"대체 천외천가가 왜 선우 형을 살해했단 말인가?"

좌소천은 자신의 이야기는 숨긴 채 선우궁현과 천외천가 사이에 얽힌 이야기만 했다.

"전에 한 번 풍림에서 싸운 적이 있었는데, 당시 십여 명이 선사님의 손에 죽고 몇 명이 크게 다친 적이 있었습니다. 아무래도 그때의 원한 때문인 듯합니다."

위청현이 냉소를 흘리며 분노를 토해냈다.

"흥! 천비삼역이 아무리 대단하다 해도 감히 이곳까지 와서 선우 형을 살해하다니! 놈들이 선우 형을 몰라도 너무 모르는군!"

"그러게 말입니다. 선우 형이 어떤 사람이라는 것을 제대로 알았다면 그들이 어찌 오늘 같은 일을 저질렀겠습니까?"

좌소천은 그들의 말에 의아한 생각이 들었다.

그때 문득 제천신궁의 궁주 혁련무천이 선우궁현의 친구라는 생각이 떠오르자, 두 사람의 말을 이해할 수 있을 것도 같았다.

'궁주께선 과연 이번 일을 어떻게 처리하실까?

선우궁현의 복수를 하겠다고 천외천가에 선전포고를 할까?

아마 그렇게까지는 하지 않을 것이다. 전에 어머니가 그들의 습격에 중상을 입었는데도 그냥 두지 않았던가.

'그렇다고 나 몰라라 하지도 않겠지. 친우가 죽었는데 가만히 있으면 강호가 손가락질할 테니까.'

문제는 자신이었다. 선우궁현이 자신을 빼내갔다고 생각한다면 배덕자로 치부할 수도 있는 냉정한 사람이 바로 혁련무천인 것이다.

하지만 선우궁현의 친구는 혁련무천만 있는 것이 아니었다. 그의 친구는 강호에 수백 명이나 되었다. 그들은 대부분이 일류 이상의 고수들이었는데, 개중에는 절정고수도 십여 명이나 되었다.

위청현은 그걸 말하는 것이었다.

만패철검, 철검판관 선우궁현.

그는 혼자였지만 강호에 가장 많은 친구를 둔 사람이었으니까.

좌소천이 생각에 잠긴 사이 위청현이 구포봉을 바라보며 말했다.

"일단 우리가 아는 사람들에게 소식을 전할 생각이오만, 구 방주가 연락 좀 해주시오."

"염려 놓으십시오. 함자와 장소만 일러주시면 제가 최대한 빨리 연락을 취하겠습니다."

구포봉은 기다렸다는 듯 문방사우를 꺼내 탁자에 올려놓았다.

위청현과 비혁산은 즉시 자신들이 아는 사람들에게 서신을 썼다.

곁에서 지켜보던 좌소천은 구포봉을 보며 진정 감탄하지 않을 수 없었다.

먹이 미리 갈아져 있다. 당연히 그럴 거라 생각한 듯하다.

아마 위청현이 말하지 않았다면 그가 나서서 그리 진행했을 게 분명해 보였다.

'저런 사람이 수적이었다니⋯⋯.'

문득 선우궁현의 말이 떠올랐다.

"훗날 그를 네 사람으로 만들어라. 네가 창공을 나는 데 적지 않은 도움이 될 거다."

좌소천도 인정하지 않을 수 없었다.

작명하는 것만 빼면 자신의 동반자로 삼기에 부족하지 않은 사람이 구포봉이라는 것을.

3

천외천가의 움직임에 대한 것이 전해진 것은 아침을 먹고난 직후였다.

구포봉은 서신을 받아 들더니 즉시 좌소천과 위청현, 비혁산에게 알렸다.

"현재 감리(監利) 쪽에서 배를 내려 북상하고 있는데, 놈들의 인원은 모두 열아홉이라 합니다. 본래 이곳에 나났났을 때 인원이 사십 명에 가까웠다는 것을 생각하면, 놈들 중 반 이상이 어르신께 죽은 것 같습니다."

감리라면 물길로 이백 리다. 하루의 거리.

그러나 그들은 부상자가 적지 않다. 그로 인해 발걸음이 늦어진다면 서두를 경우 사오 일 안에 꼬리를 잡을 수 있을지 몰랐다.

구포봉은 즉시 사람 몇을 부르더니 천외천가의 사람들이 북상할 길을 예상하고 미리 조치를 취했다.

그러고는 사람들을 둘러보았다.

"출발하시죠."

"가세!"

위청현이 벌떡 일어서자 좌소천과 비혁산도 분연히 일어섰다.

비록 지금은 그들 네 사람뿐이었다. 구포봉이 구포방의 호위무사 중 추려낸 십여 명까지 합해도 아직은 천외천가의 사람들을 상대하기에는 부족함이 여실했다.

그러나 이제 시작이었다.

가는 길에 몇 사람이 더 가담할지 그것은 아무도 몰랐다.

저만치 바닥에다 뭔가를 긁적이고 있는 여인이 있다. 긴 머리가 귀 앞쪽으로 몇 가닥 흘러내려 바람에 춤을 춘다.

분칠을 하지 않았는데도 그녀의 뺨은 연한 복사꽃처럼 발그레하니 달아 있다.

순우무궁은 그녀를 바라보며 침을 삼켰다.

'미치겠군. 가만히 앉아 있는 것만으로도 나를 안달 나게 하는 계집이 있다니.'

하는 행동만 보면 영락없는 백치다. 그래서 이름도 백미(白美)라고 지었다.

그런데 백치 같은 백미가 멍하니 하늘을 바라보기라도 하면 순우무궁은 눈을 뗄 수가 없었다.

처음 있는 일이었다. 혁련미려조차 눈에 차지 않아 미련없이 돌아섰던 그가 여인에게 빠지다니…….

그것도 백치처럼 반쯤 넋 빠진 모습의 여인에게. 자신에게 아무런 관심도 없는 여인에게 말이다.

그는 은근히 화가 나면서도 백미가 눈길이라도 주길 바라며 멍하니 그녀를 바라보기에 정신이 없었다.

사람들이 그런 자신을 보며 고개를 젓는 이유를 그도 모르지는 않았다. 하지만 그는 그들의 반응에 신경 쓸 틈이 없었다.

차라리 그 시간에 어떻게 하면 백미의 웃음을 볼 수 있을까 고민하는 게 나았다.

"이공자, 저 여인을 정말 태백산까지 데려갈 생각이시오?"

보다못한 교초온이 넌지시 물었다. 그리고 곧 후회했다.

순우무궁이 그 말을 듣더니 살기를 쏟아낸 것이다.

"데려갈 겁니다. 그러니 다시는 그런 말 하지 마십시오, 교장로님."

'아무래도 섬에서 떠나면서부터 이상해졌어. 하긴, 그날의 일에 충격을 받지 않은 사람이 누가 있을까?

심지어 자신마저 그 충격을 벗어나는 데 하루가 더 걸렸다. 하물며 일인지하 만인지상이라도 되는 것처럼 살아왔던 순우무궁에게는 더욱 충격이었을 것이다.

"험, 이공자가 원한다면 누가 말리겠소."

휙 고개를 돌린 순우무궁은 다시 백미를 쳐다보았다.

'다른 사람을 다 죽이는 한이 있어도 너만은 데려간다. 데려가 예쁘게 단장시켜서 내 방에 놔둘 것이다. 그리고 앞으로 나만 바라보며 살게 만들 것이다.'

자신도 이해할 수 없는 욕망이었다.

하지만 그러한 생각을 할 때마다 자신도 모르게 심장의 박동이 빨라졌다.

희열!

그랬다. 그것은 분명 희열이었다.

자신도 억제할 수 없는, 누구도 간섭해서는 안 되는 오직 자신만의 희열!

'너는 나만의 인형이 되어야 해!'

그는 그 인형이 선우궁현의 것이었다는 게 더욱 마음에 들었다. 자신에게 정신적인 충격을 준 선우궁현이 아니던가!

한데 그는 죽었고, 자신은 살아서 인형을 차지한 것이다.

5

감리에서 배를 내린 일행 앞에 한 사람이 다가왔다.

어깨가 떡 벌어지고 턱에 흑염이 풍성한 사십대 후반의 중년인이었다.

그를 본 위청현이 두 손을 모으며 반갑게 맞이했다.

"남 형, 오랜만이외다!"

다가오던 자도 반가운 표정으로 포권을 취했다.

"삼 년은 족히 된 것 같소이다. 좀 더 좋은 일로 만났으면 좋았을 텐데, 그것이 안타까울 뿐이외다."

"하아, 그러게 말이오."

위청현은 탄식을 하고는 좌소천을 가리켰다.

"여기 이 사람이 선우 형의 제자인 천소라는 청년이외다."

"천소라 합니다."

"이분은 창무객이라 불리는 남 형이시네."

"남운평이네. 이런 일로 만나게 되어 안타깝구먼. 더구나 사매까지 납치되었다니……."

남운평은 가볍게 포권을 취하고 좌소천을 살펴보았다.

평범해 보이는 모습에 조금 실망한 표정을 지은 그는 곧 위
청현을 향해 고개를 돌렸다.

　"놈들이 더 멀어지기 전에 쫓아야 하지 않겠소?"

　구포봉이 조용히 나섰다.

　"일단 가면서 계획을 세워보는 게 어떻겠습니까?"

　추격대는 해가 지기 전에 잠강(潛江)에 도착했다.

　어두워질 무렵, 추격대가 머물고 있는 객잔으로 다섯 사람
이 찾아왔다.

　궁산(穹山) 여가장의 장주인 여시현이 그와 함께 궁산사호
로 불리는 세 명의 의형제와 함께 오고, 강릉의 섬전수 종나겸
이 분노에 찬 표정으로 이백 리 길을 달려온 것이다.

　모두가 일류고수로, 그들이 합류하자 추격대에 활력이 넘쳤
다.

　둘러앉은 그들은 선우궁현의 의기에 대해 칭송하고, 그런
선우궁현을 살해한 천외천가를 성토했다.

　"선우 형이 어떤 분입니까? 그분이 어려운 사람을 도와준
게 어디 한두 번입니까? 강호에서 풀리지 않는 일을 얼마나 많
이 해결했습니까? 천하에서 그분에게 도움을 받은 사람이 아
마 수백 명은 될 겁니다!"

　"괘씸한 놈들! 수십 명이 몰려가 그런 선우 형을 살해하다
니! 마도 놈들이나 다를 바가 뭐 있습니까?!"

　"내 말이 그 말이외다! 그들에게 따끔한 맛을 보여줘야 합

니다!"

"흥! 듣자 하니 선우 형에게 반도 넘는 인원이 죽임을 당했다 하더이다. 심지어 절정고수 둘까지 섞여서 말이오. 진정 죽어도 싼 놈들이오!"

"맞소이다! 진정 대단한 분이 아닙니까? 천하의 누가 천외천가 사십 명의 고수와 목숨을 건 일전을 벌이고 그들 중 이십여 명을 죽일 수 있겠소이까?"

좌소천은 한쪽에 앉아 조용히 그들의 이야기를 듣기만 했다. 이야기가 길어질수록 새삼 백부가 그리워져 입이 열리지 않았다.

'백부님, 친우 분들의 말씀이 들리시지요? 곧 령매를 구할 테니 너무 염려하지 마시고 편히 쉬십시오.'

그렇게 자정이 지나갈 무렵, 구포방의 수하가 객잔으로 들어왔다.

그는 구포봉에게 빠르게 다가가더니 급히 보고를 올렸다.

"오늘 오후 그들이 종상(鍾祥)을 지나쳤다고 합니다, 방주. 그들 중에 여자가 하나 섞여 있다는 것으로 봐서 어르신의 제자 분은 아직 별일이 없는 것 같습니다."

구포봉이 눈을 가늘게 뜨더니 미간을 좁히고 잠시 생각에 잠겼다.

좌소천은 소영령이 무사하다는 말에 안도의 숨을 내쉬었다.

'령매, 조금만 참아라. 곧 구해주마.'

그렇게 얼마나 지났을까. 그는 식은 차를 단숨에 입 안으로 털어 넣고는 사람들을 바라보았다.

"무엇 때문인지 놈들의 발걸음이 생각보다 늦어지고 있습니다. 이대로라면 이삼 일 사이에 놈들을 따라잡을 수 있을 것 같습니다."

깊게 가라앉은 눈빛이다. 단순히 그 말을 하기 위한 것은 아닌 듯하다.

좌소천이 구포봉의 가라앉은 눈빛을 쳐다보며 다음 말을 기다릴 때다. 위청현이 굳은 표정으로 찻잔을 내려놓았다.

"구 방주가 따로 생각하고 있는 것이 있는 것 같은데… 말해 보게나."

구포봉이 사람들을 둘러보고 천천히 입을 열었다.

"발걸음이 늦어진 이유가 뭔지는 모르지만, 그 이유가 사라지면 거리를 좁히기가 만만치 않을 것입니다. 괜찮으시다면 지금 출발했으면 합니다만……."

"지금?"

"놈들이 속도를 높이기 전에 조금이라도 가까이 접근했으면 합니다."

위청현이 신중하게 고개를 끄덕였다.

"음, 일리있는 말이네. 어쩌면 기회일지도 모르겠군."

"그럼 망설일 게 뭐 있겠소? 갑시다!"

남운평이 탕! 탁자를 치고 벌떡 일어섰다.

좌소천은 이를 지그시 깨물고 무진도를 움켜쥐었다.

오늘이 지나면 그만큼 소영령과의 거리가 가까워질 터다.

날이 밝은 무렵, 추격대는 사양(沙洋)에서 한수를 건넜다.

배에서 내리자 십여 필의 말을 준비해 놓고 기다리던 구포방의 수하가 다가왔다.

"방주, 놈들이 종상을 떠났다고 합니다."

"그래? 가시죠. 이곳부터는 길이 평탄하니 말로 달리는 것이 나을 것입니다."

모두가 구포봉의 철저함에 경탄하며 말에 올랐다.

좌소천도 잠시 망설이다 말에 올랐다.

어릴 때 두어 번 말을 탄 경험이 있지만 워낙 오래전의 일이었다. 그 바람에 처음에는 어색한 자세로 인해 뒤로 처질 수밖에 없었다.

'말을 버리고 경공을 펼쳐 따라갈까?'

어차피 갈 길이 먼 만큼 전력으로 달리지는 않는다. 경공을 펼친다 해도 충분히 따라갈 속도였다.

문제는 종상까지 삼백 리 길이라는 것이었다. 도착할 즈음에는 체력이 떨어질 수밖에 없을 터. 그다음이 마음에 걸리지 않을 수 없었다.

좌소천이 처한 상황을 알았는지 속도를 늦춘 구포봉이 옆으로 다가와 나직이 말했다.

"몸을 가볍게 한 채 말의 움직임과 호흡을 같이하고 고삐를 너무 강하게 잡지 말게. 강제로 움직이려 들면 말이 반항할지 모르니까 허벅지로 말의 몸통을 감싸 안은 상태에서 최대한 말에게 자유를 주게. 고삐로 방향을 트는 건 알지?"

몸을 가볍게 하는 것은 그리 어렵지 않았다.

급한 마음을 가라앉힌 좌소천은 어릴 때의 기억을 되살리며 구포봉의 말대로 말과 한 몸이 되기 위해 노력했다.

반 시진가량을 달리자 말의 움직임이 몸에 익더니 속도를 조절하는 것이 큰 무리 없이 이루어졌다.

좌소천은 그제야 일행과 보조를 맞추며 말을 몰았다.

추격대는 한 시진을 달리고 이각을 쉬었다. 일행은 쉬는 동안에 운기를 하며 잠을 못 잔 피로를 풀었다.

좌소천도 운기를 하며 몸을 최상의 상태로 끌어올리기 위해 전력을 다했다.

그렇게 정오 무렵, 마침내 추격대가 종상에 도착했는데 그 즈음에는 천외천가와의 거리가 이백 리 이내로 줄어 있었다.

6

"뭐야?!"

제천전 안에서 고함이 터져 나왔다.

전각 앞을 지나가던 사람들이 목을 움츠릴 정도로 분노에 찬 노성이었다.

처음 들어보는 혁련무천의 노성에 내궁이 고요해졌다.

"대체 그게 무슨 말이냐?! 선우 형이 죽었다니?!"

태사의에서 벌떡 몸을 일으킨 혁련무천의 눈에서 불길이 일었다.

무릎을 꿇은 채 보고를 올리던 천이당주 악상유는 이를 악물고 마저 보고를 올렸다.

"황파 지부에서 급보로 올라온 보고이옵니다, 궁주! 천외천가가 선우 대협께서 머물고 있던 섬을 공격해서 선우 대협을 살해했다고 하옵니다!"

황파 지부라면 자신이 멸망시킨 신월맹에 세워진 지부다. 그들이 없는 일을 꾸며대 급보라며 올릴 이유가 없었다.

"천외천가 그놈들이 감히!"

이유를 어렴풋이 짐작한 혁련무천은 이를 지그시 악물었다.

"놈들은 지금 어디에 있느냐?!"

"그들은 선우 대협을 살해한 후 그분의 제자를 납치해서 북상하고 있사온데, 그로 인해 장강 일대의 고수들이 천외천가를 쫓고 있다는 보고이옵니다!"

혁련무천의 불길이 일던 눈에서 새파란 살기가 감돌았다.

"제자라고? 소천이 말이냐?!"

"그게… 남자가 아닌 여자라 하옵니다, 궁주!"

그 말에 혁련무천의 미간이 좁혀지고 세 줄기 골이 파였다.

"여자? 선우궁현이 여제자를 들였단 말이냐?"

"예, 궁주. 정황으로 봐서 그런 듯하옵니다."

분노를 가라앉힌 혁련무천이 악상유를 직시한 채 중얼거리듯 말했다.

"그의 거처를 아는 사람은 극소수에 불과하거늘, 천외천가가 어떻게 선우 형의 거처를 알았단 말인가? 게다가 그가 머물고 있는 섬에는 기문진이 펼쳐져 있어서 누구도 들어갈 수 없는데… 이상하군."

어쨌든 지금 중요한 것은 그것이 아니었다.

의문을 잠시 접은 혁련무천은 즉시 악상유에게 명을 내렸다.

"악 당주, 그대는 즉시 정확한 상황과 놈들의 움직임을 파악해서 보고해라! 필요하면 황파 지부의 사람들을 동원해서 최대한 빨리 알아보도록! 물론 소천이에 대한 것도 모든 것을 조사해야 할 것이다!"

"복명!"

고개를 숙인 악상유가 몸을 일으키더니 조심스럽게 제천전을 나섰다.

그제야 혁련무천이 옆으로 고개를 돌렸다.

"은환!"

조용히 서 있던 사공은환이 고개를 숙이며 답했다.

"예, 주군."

"태군사의 부인에 이어 내 친구가 천외천가에 의해 죽었다. 게다가 내 딸을 지난 이 년간 농락했다. 어찌하는 게 최선이라 생각하느냐?"

"주군께서 하고 싶으신 대로 하시지요."

혁련무천의 눈매가 꿈틀거렸다. 송충이처럼 굵은 눈썹이 팔자로 구부러졌다.

"전쟁을 하고자 한다면?"

"하셔야지요. 천하제일패이신 주군의 결심을 감히 누가 말리겠사옵니까?"

혁련무천의 눈이 사공은환을 똑바로 향했다.

"더 말하고 싶은 게 있는 것 같은데 마저 말해봐라."

사공은환이 조용히 웃으며 고개를 들었다.

"태백산은 이곳에서 너무 먼 곳이고, 그나마도 천외천가의 위치를 알고 있는 사람이 천하에 거의 없는 상황이옵니다. 또한 그곳으로 가는 길목에는 우리를 시샘하는 자들이 몇 곳이나 있지요."

그랬다. 만일 제천신궁이 대대적으로 움직이면 무림맹에 속한 대문파들이 들고일어나 막을 것이다.

"유명무실해진 무림맹이 다시 뭉치기라도 하면 저희에게 좋을 게 뭐 있겠사옵니까?"

그걸 혁련무천도 모르지 않았다. 하기에 태군사 부인의 죽음에도 천외천가에 직접 죄를 묻지 않았다.

그러나 한 번도 아닌 두 번, 아니, 세 번이라면 이야기가 달라진다. 그대로 있으면 남들이 제천신궁의 위엄을 부정할지도 모른다.

"그렇다고 또 참을 수는 없는 일이 아닌가?"

"궁주님의 뜻이 전해지는 것만으로도 천외천가는 많은 것을 내놓아야 할 것이옵니다."

"사람들이 친구의 죽음을 계기로 욕심만 챙긴다고 손가락질을 하지 않겠나?"

"그들이 감히 손가락을 들 수도 없게 일을 처리하시면 될 것이옵니다."

"방법은?"

"일단 제천단 오십을 보내서 놈들을 잡아들이시고, 선우 대협의 장례를 본 궁에서 치른다는 걸 천하에 알린 다음 천외천가의 가주를 초대하시지요."

"흠… 힘을 보여주고 상대를 안으로 끌어들여 굴복시킨다, 그건가? 한데 순우연이 태백산에서 나올까?"

"본인이 오지는 않아도 실례를 범하지 않을 정도의 사람을 보낼 것이옵니다. 그 정도는 눈감아줘도 아무런 상관이 없지요. 궁주님께선 그저 만인이 보는 앞에서 태백산에 있는 순우연을 향해 호통을 치듯 그를 야단치시고 나중에 순우연이 어떤 선물을 보냈는지 그것만 확인하면 되옵니다. 물론 미려 아가씨에 대한 것도 빼놓지 말아야겠지요."

말을 마치고 조용히 고개를 숙이는 사공은환이다.

눈을 가늘게 뜨고 생각에 잠겼던 혁련무천이 천천히 입을 열었다.

"좋아, 그럼 일단 선우궁현의 여제자를 구하는 것이 먼저겠군."

"즉시 제천단을 움직이겠사옵니다. 그리고 섬으로 사람을 보내 선우 대협을 모셔오고 좌소천에 대한 것도 알아보도록 하겠사옵니다.”

혁련무천은 천천히 태사의에 앉고는 눈을 감았다.

“그 아이를 찾으면… 반드시 데려오도록.”

“예, 주군.”

고개를 숙인 사공은환의 눈 깊은 곳에서 은은한 한광이 번뜩였다.

‘오지 않겠다면 시신으로라도 데려오지요. 당신의 뜻대로……’

7

석양이 점점 붉게 변하는 시각.

추적대는 산등성이에 멈춘 채 몸을 낮췄다.

이백여 장 정도 앞, 완만한 골짜기 안에 사람들이 모여 있다.

언뜻 봐도 스무 명 가까운 숫자. 그중 한 사람은 옷차림으로 봐서 여인이다.

그들을 본 좌소천은 갑자기 눈 가장자리가 찡해지는 바람에 이를 악물어야 했다.

‘령매!’

종상을 출발한 지 하루 만에 천외천가를 꼬리를 잡았다. 남장(南章) 서쪽 삼십 리 지점에서였다.

추격대는 모두 스무 명으로 늘어난 상황이었다. 어젯밤 의

성에서 세 사람이 합류한 것이다.

그중 한 사람은 부운비영(浮雲飛影) 노은이었다.

나이 마흔아홉의 그는 신법의 고수로, 일행 중 유일하게 절정의 경지에 이른 자였다.

"산을 돌아가 최대한 적들 가까이 접근한 다음 칠 것입니다. 위 대협과 남 대협, 여 장주님의 형제 분들이 적들 속에 속해 있는 절정고수를 합공해서 막는 사이, 나머지 분들이 일반 무사들을 처리해 주시고, 노 대협께선 그 틈을 타 소영령이라는 여아를 구해주시기 바랍니다."

구포봉이 대충 계획을 말하자 사람들이 고개를 끄덕였다.

몇 사람이 합공하는 것을 못마땅하게 여기는 듯했지만, 구포봉은 상황이 상황인지라 고집대로 밀어붙였다.

"최대한 빨리 적을 섬멸하기 위해선 어쩔 수 없습니다. 놈들이 소영령이란 아이를 인질로 이용하기 전에 빼내야 합니다. 그나마 제갈세가의 장로가 보이지 않는 것을 다행으로 생각하십시오."

그제야 못마땅하던 표정들이 풀어졌다.

구포봉은 사람들이 자신의 계획대로 움직이겠다는 의사를 보이자 좌소천을 바라보며 신중히 말했다.

"자네는 노 대협과 함께 움직이게. 몸조심하고."

좌소천은 묵묵히 고개를 끄덕였다.

소영령이 눈앞에 있다. 마음 같아서는 당장 달려나가 놈들의 목을 치고 싶다.

하지만 그럴 수 없다는 걸 자신도 잘 안다.

자신이 강하지 못하기 때문이다.

하기에 사랑하는 소영령을 눈앞에 두고도 다른 사람의 손을 빌려야 하는 것이다.

"시작합시다!"

그때 구포봉의 말이 나직이 울렸다.

노은이 자리에서 일어나자 좌소천은 이를 지그시 악물고 그의 뒤를 따라갔다.

몇 걸음 옮기던 노은이 힐끔 좌소천을 보더니 고개를 갸웃거렸다.

"아침부터 궁금했는데 말이야, 자네 혹시 비연문의 신법을 익힌 적이 없는가?"

"어릴 때 인연이 닿아 기초적인 신법을 조금 배운 적이 있습니다."

"흠, 어쩐지⋯⋯. 좌우간 서두르지 말고 조심하게. 저들 중에는 절정의 고수만 세 명이나 섞여 있다네."

좌소천의 실력이 못 미덥다는 표정이다.

좌소천은 아무런 말도 하지 않고 고개만 끄덕였다. 그러고는 칠성의 내공을 끌어올린 채 노은의 뒤를 따라 움직였다.

실력은 말로 설명할 수 있는 것이 아니었다.

'최선을 다할 것이다. 충분히 저들을 상대할 수 있어!'

무진도를 쥔 좌소천의 손에 힘이 들어갔다.

교초온은 기이한 느낌에 번쩍 고개를 들었다.

"웅?"

순우무궁으로 인해 신경이 날카로워진 것 때문만은 아니었다. 바람을 타고 이질적인 기운이 밀려든 것이다.

그러던 것이 시간이 지나면서 전면과 좌우, 사방에서 느껴진다.

급히 고개를 돌린 그가 나직이 말했다.

"이공자, 아무래도 적이 다가오는 것 같네."

백미를 바라보며 온갖 사악한 표정을 짓던 순우무궁이 고개를 들었다.

그는 눈살을 찌푸리며 교초온을 노려보았다.

마음속에서 백미를 겁탈하려는 순간에 교초온의 목소리가 들려왔다. 훼방을 놓은 그가 좋게 보일 리 없었다.

하지만 그도 곧 이상함을 느꼈는지 눈을 돌려 사방을 둘러보았다.

두 사람의 태도에 손자기가 급히 수하들을 움직였다.

"주위를 철저히 경계하라!"

바로 그 순간이었다.

휘이익!

완만하게 경사진 골짜기 위에서 몸을 날린 사람들이 그들을 향해 쇄도했다.

"웬 놈이냐?!"

쩡!

다급히 검을 뽑아 든 교초온이 날아드는 사람을 향해 소리치며 마주쳐 갔다.

바로 그때, 반대쪽에서도 대여섯 명이 모습을 드러내더니 아무 말도 하지 않고 곧장 골짜기 아래로 몸을 날렸다.

"감히 우리가 누군 줄 알고 암습을 하는 건가?!"

교초온은 내공을 실은 음성으로 상대의 기를 죽이려 했다.

하지만 그의 목소리에 발을 멈추는 자는 아무도 없었다.

쩌저정!

골짜기는 그리 깊지 않았다.

위청현 등이 두어 번 몸을 날림과 동시에 격전이 벌어졌다.

순식간에 사람들이 뒤엉키더니 비명이 터져 나왔다.

도유당의 무사들로서는 추격대의 고수들을 막을 수 없었다. 그나마 천귀단의 무사들이 그럭저럭 대항할 수 있을 뿐이다.

"으악!"

"크억!"

"놈들을 막아라! 이공자를 보호해!"

의외로 강한 공격에 교초온이 대경해 외쳤다.

하나같이 일류급의 고수들이다.

장로인 도지강도 세 사람의 합공에 꼼짝을 못하는 상황.

"교 형, 보통 놈들이 아니오! 내가 놈들을 막을 테니 이공자에게 가보시오!"

자신도 그렇게 하고 싶었다. 하지만 두세 명의 공격에 쉽게 몸을 뺄 수가 없다.

교초온의 안색이 창백하게 굳어졌다. 그는 자신의 뒤쪽에 있는 순우무궁을 바라보지도 않고 소리쳤다.

"이공자! 따로 떨어지면 위험하니 조심하시오!"

한데 그때였다. 순우무궁이 갑자기 몸을 돌리더니 백미를 향해 손을 뻗었다. 그러더니 곧장 백미의 허리를 잡고는 대뜸 뒤로 빠진다.

위기에 처해 있는 동료들은 보이지도 않는다는 듯 돌발적인 행동이다.

"이놈!"

찰나, 뒤쪽에 숨어 있던 노은이 순우무궁을 향해 몸을 날렸다.

부채를 든 백의청년이 격전이 벌어지는 곳으로 향하면 소영령을 낚아채려 했다. 한데 동료의 위기를 외면한 채 소영령의 허리를 잡아채는 백의청년이다.

그는 생각지도 못한 상황에 마음이 다급해졌다.

"어림없다!"

오른손에 부채를 든 순우무궁은 광기마저 느껴지는 눈빛을 한 채 노은을 향해 마주쳐 갔다.

쾅!

두 사람의 공격이 정면으로 부딪쳤다.

노은과 순우무궁이 동시에 뒤로 물러섰다.

노은이 순우무궁을 바라보며 눈을 부릅떴다.

소영령이 다칠까 봐 차마 전력을 쏟아낼 수 없었다. 게다가 상대가 이제 이십대 중반의 청년이라는 것에 별다른 주의를 기울이지 못했다.

그 대가는 작지 않았다.

노은은 가슴이 턱 막히는 충격에 이를 악물었다.

"네놈이……!"

"누구도 내게서 백미를 뺏어가지 못한다!"

결코 인질로 잡고자 하는 것이 아니었다. 빼앗기지 않으려 하는 집착이었을 뿐이다. 하나 그로 인해 상황이 묘하게 돌아갔다.

"이놈!"

분노한 노은이 다시 순우무궁을 공격했다. 그의 쌍장이 강력한 기운을 토해내며 순우무궁의 머리 위로 떨어져 내렸다.

하지만 순우무궁의 무위는 결코 노은의 아래가 아니었다.

분노만으로 순우무궁을 상대할 수는 없는 일이었다.

콰광!

다시 한 번 정면으로 두 사람의 공세가 부딪쳤다.

"으음……."

창백해진 얼굴로 비틀거리며 물러서는 노은이다.

반면에 선우무궁은 차가운 냉소를 입에 물고 광기 어린 웃음을 지었다.

"흐흐흐흐, 그따위 무공으로는 나를 어쩔 수 없을 것이다!"

한편, 좌소천은 노은이 뛰쳐나간 것을 보고도 숨어서 기회를 엿보았다.

'침착해야 돼! 침착해야 된다, 좌소천!'

마음 같아서는 당장 뛰쳐나가고 싶었다.

놈들의 심장을 가르고 목을 쳐서 백부의 한을 갚고 싶었다.

그러나 그전에 소영령을 구하는 게 먼저였다. 소영령만 구하고 나면 아수라라고 욕하더라도 놈들을 처참하게 죽일 것이다.

그렇게 이를 악다문 채 참고 있을 때였다.

두 사람이 두어 번 격돌한 순간, 백의청년의 옆구리가 그대로 눈앞에 드러났다.

기회였다!

'이놈!'

좌소천은 무진도를 소리없이 뽑아 들고 몸을 날렸다.

『절대천왕』 2권에 계속…

저작권 보호!!
장르문학의 성장에 힘이 되어주십시오.

저작물의 무단 전재와 복제, 불법 다운로드!
이것은 관심이 아니라 무관심입니다!

작가님들은 창의적 열정과 시간을 투자해 자신의 꿈과 생계를 유지합니다.
한 권의 책을 만들어 많은 사람들은 자신의 인생과 미래를 설계합니다.

저작물 속에는 여러 사람의 노력과 희망이
담겨 있습니다!

저작물의 무단 전재와 복제, 불법 다운로드는 여러 사람들의 꿈과 생계를
위협함으로써 장르문학을 심각한 상황에 빠뜨리고 있습니다.

이제는 무관심이 아니라 관심으로 장르문학의
성장에 힘이 되어주세요.

[도서출판 **청어람**은 항시적인 저작권 보호를 통해 장르문학과
여러분의 희망을 지키겠습니다.]

저작물의 무단 전재와 복제, 불법 다운로드는 법률에 의해 처벌받을 수 있습니다.

저작권법 제97조의5 (권리의 침해죄)
저작재산권 그 밖의 이 법에 의하여 보호되는 재산적 권리(제73조의 4의 규정에 의한 권리를
제외한다)를 복제·공연·방송·전시·전송·배포·2차적 저작물 작성의 방법으로 침해한
자는 5년 이하의 징역 또는 5천만 원 이하의 벌금에 처하거나 이를 병과(동시에 두 가지 이상의
형벌을 지우는 일)할 수 있다.

도서출판 **청어람**

화사무쌍 편 전 2권
이경영 판타지 장편 소설

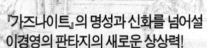

『가즈나이트』의 명성과 신화를 넘어설
이경영의 판타지의 새로운 상상력!

자신만의 독특한 세계관을 창조한 작가
이경영의 새로운 도전과 신선한 충격.

바란투로스의 특수부대 샤델 크로이츠의 리더 파렌 콘스탄.
야만족을 돕는 안개술사를 물리치기 위해 아시엔 대륙에서 온
불을 뿜는 요괴 소녀 카샤.
너무나 다른 두 사람이 운명의 길에서 만나다.
친구란 이름으로 시작된 모험, 그 앞에 놓인 난관과 운명의 끈은
어떻게 될 것인지……

"질투가 날 만도 하지.
요괴가 산신령을 엄마로 두는 건 흔한 일이 아니거든.
괜찮다, 파렌. 본좌가 아는 요괴들 전부 본좌를 질투하고 부러워하니까."
소녀는 손에 잔뜩 받은 빗물을 훌짝 마셨다.
파렌은 그 순수함에 웃음을 흘렸다.
그는 지금까지 자신이 봤던 그녀의 기이한 행동들을 어렴풋이나마 이해할 수 있을 것 같았다.
그렇게 친구가 된 둘은 그 길로 긴 여행을 떠나게 된다.

-본문 중에-

 세상을 보는 또 하나의 창- inthebook.net
유행이 아닌 자유추구- chungeoram.net
Book Publishing CHUNGEORAM

학교에서는 가르쳐주지 않는
10대들을 위한 **인생수업**

작가 : 이빙 | 역자 : 김락준

10대들을 위한 나침반 같은 인생 교과서!
사회 초입에 들어서게 될 청소년들에게 들려주는
100가지 인생 이야기

내 인생의 방향잡기!
여행길에 오르기 전에 접해보자!

100가지 이야기, 100가지 명언

사람은 태어나면서부터 각기 다른 모습으로, 각기 다른 사고로 "인생"이라는
여행길에 오르게 된다. 내가 지금 서 있는 이 위치에서 그리고 사회라는 공간에서
한 사람의 몫을 당당하게 해낼 수 있는 역량을 키워나가기 위해서는 어떠한 생각을
가지고 있어야 하는 걸까.

늦지 않게 준비하자! 스스로의 마음가짐이 자신의 미래를 결정한다!
설레는 마음으로 떠난 길일지라도 기존에 생각하고 있던 것과는 다르게 흘러가는
사회의 모습에 당혹스럽기도 할 것이다.
그러한 곳에 발을 들여놓기 위해 첫 발걸음을 막 뗀 청소년이라면 학교에서는
미처 배우지 못한 상황에 더욱이 큰 혼란스러움을 느낄 수밖에 없다.
시간이 흐를수록 사회가 한 인간에게 요구하는 것은 다양하고 세밀해지고 있다.
그러한 사회 속에서 자신만이 앞으로 나아가지 못해 제자리걸음을 하게 된다면 어떠할까.
미리 대비를 하지 않는다면 당신 역시 그러한 현상에 빠지는 또 한 명의 사람이 되고 말 것이다.

책장을 넘기는 순간, 책과 당신의 공감대가 형성된다!
적응을 위해 도움이 될 만한
인생의 지혜와 경험, 깨달음이 한가득 담겨있다.
그 속에 담긴 100가지 이야기 그리고 그와 관련된 100가지의 명언은
가슴 깊이 새겨 놓고 되뇌어 보기에 충분하다.

세상을 보는 또 하나의 창 - inthebook.net
유행이 아닌 자유추구 - chungeoram.net

Book Publishing CHUNGEORAM

공부하는 감각의 차이가 자녀의 미래를 결정한다.
이 시대가 필요로 하는 명품 인재 만들기!

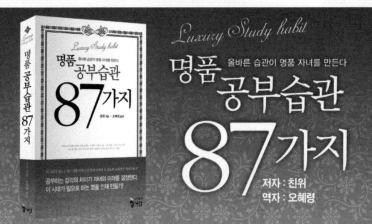

Luxury Study habit

올바른 습관이 명품 자녀를 만든다

명품 공부습관 87가지

저자 : 친위
역자 : 오혜령

※ **똑소리 나는 부모의 똑소리 나는 자녀 교육법!**

어린 시절의 습관은 평생을 결정한다.
제대로 바로잡지 못한 나쁜 습관은 자녀의 미래에 검은 그림자를 드리울 수도 있다.
대부분의 부모들은 아이의 잘못된 습관을 발견하면 언성을 높이는 경향이 있다.
하지만 그것이 문제 해결의 방법이 아님을 당신은 이미 알고 있을 것이다.
지금 당신은 적절한 대안을 찾지 못해 힘겨워 하고 있지는 않은가.
내 아이가 명품 인생으로 살아가길 희망하는 부모라면 이 책에 귀를 기울여 보자.

※ **내 아이가 세상의 중심에 우뚝 설 수 있게 하는 방법!**

이 책은 잘못된 공부습관과 대인관계 형성 등의 문제 등을
87가지 이야기를 통해 알아보고 그에 걸맞는 올바른 해결책을 제시해주고 있다.
이 한 권의 책을 통해 똑소리 나는 부모가 되어보자.
그리고 내 아이가 최고의 명품으로 거듭날 수 있도록 노력해보자.
이 책은 분명 당신에게 꼭 맞는 효과적인 자녀교육서가 될 것이다.

세상을 보는 또 하나의 창 - inthebook.net
유행이 아닌 자유추구 - chungeoram.net

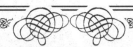

B o o k   P u b l i s h i n g   CHUNGEORAM

Rhapsody Of Cardinal

카디날 랩소디

송현우 판타지 장편 소설

놀라운 경험(the enormous experience)!

He created a completely new world,
It is a place who have never known and where never been able to imagine,
This splendid world will introduce the enormous experience for the
person only who reads,

그 누구에게도 알려진 것이 없으며 상상조차 할 수 없었던 새로운 세계를
작가는 완벽하게 창조해내었다.
이 멋진 세계는 독자들만이 체험할 수 있는 놀라운 경험으로 인도할 것이다.

판타지는 허구다? 아니다. 판타지는 일상이다.
우리의 삶은 연속된 판타지의 연장선상에 놓여 있고,
상상은 우리의 일상을 더욱 살찌운다.
『카디날 랩소디(Rhapsody of Cardinal)』를 경험하는 독자들은
더욱 풍부한 일상 속에서 새로운 삶을 경험할 것이다.
멋진 만남! 흥미로운 경험! 이것이 『카디날 랩소디』가 가진 장점이며,
작가 송현우가 독자들에게 바라는 꿈이다.

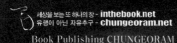

세상을 보는 또 하나의 창 · inthebook.net
유행이 아닌 자유추구 · chungeoram.net

Book Publishing CHUNGEORAM